英雄联盟

LEAGUE OF LEGENDS

符文之地的故事

[美] 拳头游戏（RIOT GAMES）著
谢楚聿 周煜博 译

中信出版集团 | 北京

图书在版编目（CIP）数据

英雄联盟：符文之地的故事 / 美国拳头游戏著；
谢楚丰，周煜博译. -- 北京：中信出版社，2020.7（2024.4重印）
书名原文：League of Legends: Realms of
Runeterra
ISBN 978-7-5217-1703-7

Ⅰ.①英… Ⅱ.①美… ②谢…③周… Ⅲ.①故事－
作品集－美国－现代 Ⅳ.①I712.45

中国版本图书馆CIP数据核字(2020)第043109号

英雄联盟——符文之地的故事

著　　者：[美] 拳头游戏
译　　者：谢楚丰 周煜博
出版发行：中信出版集团股份有限公司
（北京市朝阳区东三环北路27号嘉铭中心　邮编　100020）
承 印 者：北京盛通印刷股份有限公司

开　　本：787mm×1092mm　1/16　　印　　张：15.25　　字　　数：345千字
版　　次：2020年7月第1版　　印　　次：2024年4月第13次印刷
京权图字：01-2019-1325

书　　号：ISBN 978-7-5217-1703-7
定　　价：199.00元

致拳头人

能够每天身处于一群追求卓越的人中间，
是我们的荣幸。
拳头血液中的热情、耐心和坚持不懈，使得这个世界
（以及这本书）成为可能。

梦想所及，就一定能够实现。谢谢你们每一天都在说：
“能行，而且……”

致玩家

虽然这本书讲述的是《英雄联盟》的幻想世界，
但毫无疑问，
你们才是我们宇宙的中心。

谢谢。

引言

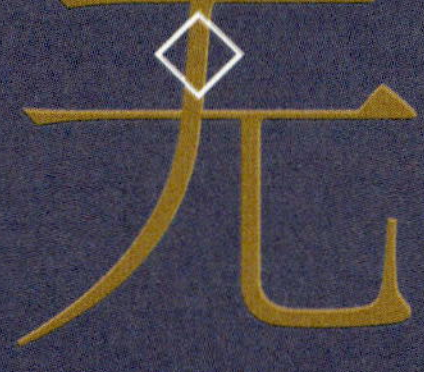

论新朋旧友，欢迎大家。

对一些人来说，这可能是你第一次遇见《英雄联盟》宇宙。对于另一些与我们一起走过多年的人来说，打开这本书可能就像推开了你一直在寻找的约德尔传送门。

撰写本文之时，我在符文之地的旅行刚刚开始四年有余。这期间，我曾在恕瑞玛的沙丘上冲浪，在祖安锈斑后巷追逐增强体罪犯，在艾欧尼亚解开一位长老的神秘死亡事件的谜团。

当我加入拳头游戏的时候，他们对我说，在《英雄联盟》的世界里，每个人都能找到自己喜欢的东西。一开始我很怀疑，一个幻想设定能有那么丰富吗？但随着我逐渐熟悉它的全部，我意识到，我们可能遇到的角色、可以讲述的故事，可谓无边无际。

符文之地属于我们所有人，一如既往。

今天，你可能是诺克萨斯战争石匠，为帝国扩张新的领土；而我可能是寻宝猎人，在暗影岛鬼影森森的海滩上寻找神秘的遗物。明天，或许我们都可以成为德玛西亚军中的新兵，宣誓加入无畏先锋；又或者是弗雷尔卓德的战士，在瑰丽的极光下碰杯庆祝又一个“好日子”。无论我们的好奇心把我们带向何处，我知道，永远都有新的东西等待发现。

众所周知，想象力是最好的故事、玩具、工具、游戏。我衷心希望，通过这些书页向那个世界的惊鸿一瞥能够激发你的想象力，就像当初的我一样。

祝你在未来的旅途中收获魔法和冒险。

—— 阿丽尔·劳伦斯（Ariel Lawrence）

拳头游戏叙事负责人

目录

符文之地由物质与精神领域共同组成，
是星间的造物之能与深渊的灭世之力之间唯一的屏障。
这个与众不同的魔法世界，养育了千奇百怪的种族。
凶猛狂暴、神秘奇异，应有尽有。
不如就将这卷书当作一份邀请，
邀你穿行于每一处城邦与王国，遨游至最远的天际，
耳边响起的是那些壮阔冒险的传说故事，
以及不受界域所限的诡秘奇谈。

艾欧尼亚
14
符文之地大事记
60
虚 空
236
班德尔城
238
皮尔特沃夫 & 祖安
110
比尔吉沃特
148
以绪塔尔
144
恕瑞玛
210
暗影岛
176

神峰

要想更好地理解符文之地，或许要从巨神峰开始，因为许多创世神话都以这里作为起点。

和其他神秘的地区一样，巨神峰也像一座璀璨的信标一样吸引着梦想家、朝圣者和追寻真相与启迪之人。坚强的拉阔尔族就在这条山脉安了家。在这座符文之地最高的山峰上，嶙峋的山石披着日光，似乎在永无止境地伸向星空。

几千年来，不断有凡人被巨神峰所吸引，尝试着攀上峰顶，但即使是他们自己也无法说清楚为了什么，而且众所周知，登顶是不可能的。

山脚四周的

烈阳教派

虽然几乎所有拉阔尔人都崇拜太阳，但有一些人会将自己的生命全部奉献给信仰，他们就是烈阳教派的信徒。作为巨神峰地区最大的宗教团体，烈阳教派相信太阳是所有生命的源头，其他一切光芒都是虚伪的，而且会威胁拉阔尔族人的未来。信徒们会接受祭司们的训诫和教导。他们相信如果太阳有一天黯淡下去，世界就将被黑暗完全吞没。所以烈阳教派的武士们必须做好准备，对抗任何企图威胁那圣洁光辉的人。

生活

皎月教派

皎月教派崇拜银色的月光，也因此被烈阳教派打上了异教徒的烙印。他们只能秘密地进行自己的仪式，躲避那些想要将他们永远逐出巨神峰的人。但有种说法称，这两个教派曾经不分彼此，和平相处，一起敬拜着天空。

禓牟

禓牟是拉阔尔人驯养的一种很聪明的动物。它们浓密的软毛每年可以修剪两次，制成保暖的衣服和其他织物。

拉阔尔人

四处迁徙的拉阔尔部落在山壁上凿出了市场、临时的居所和举行仪式的圣堂。

虔心

饯行之礼

在神圣的饯行仪式上，人们会祝福即将离去的登山者们。这一天标志着他们把自己的灵魂交付给了巨神。这些登山者也许再也不会回来。

朝圣

死者之形

陡峭的岩壁和险恶的环境让攀登难上加难，所有挑战者都将面临体力、信念、意志力和决心的全方位考验。有时候登山者们会考虑结伴出发，以便在路上相互照应，因为若是登山者力竭或受伤，根本不可能指望来自山下的救援。

死者的遗体在这样的高度上不会腐烂，而是仿佛与山石融为一体，随着山脊蜿蜒回环的岩石逐渐变得扭曲。

险峻奇峰

巨神峰最危险的地方不在于高度，而在于对每个攀登者的心性的考验。拉阔尔人认为登山是一场心灵的历练，因为途中无可避免的孤独会成为无法承担的重负，最后让人狂乱迷惘，看到曾经某时、某地和后悔之事的幻象。

刺穿天

登顶

极其罕见的情况下，会有凡人成功抵达巨神峰之巅。天界会在他们面前打开，散发出夺目的宇宙之光。据说在云霄之上、群星之间，是永恒神灵居住的金银之城，焕发的光辉几乎无人有幸得见。

永恒之触

巨神峰附近的天空中闪烁着宏伟的天界光辉——有交替闪耀的日月、划过黑暗的彗星，以及符文之地其他地方看不到的星座。拉阔尔人从很久以前就开始相信，这些都是星界不可知的存在于尘世的显灵，它们的力量和历史远超凡人可想象的尺度。

的确，每隔几代人就会有一个星灵选择的认为够资格的攀登者，以凡人之躯为载体，从山巅步入人间。每每发生，都会成为一段传奇故事。而且很有可能，这些神圣的生灵从古至今一直在以这种方式操纵着世界的命运。

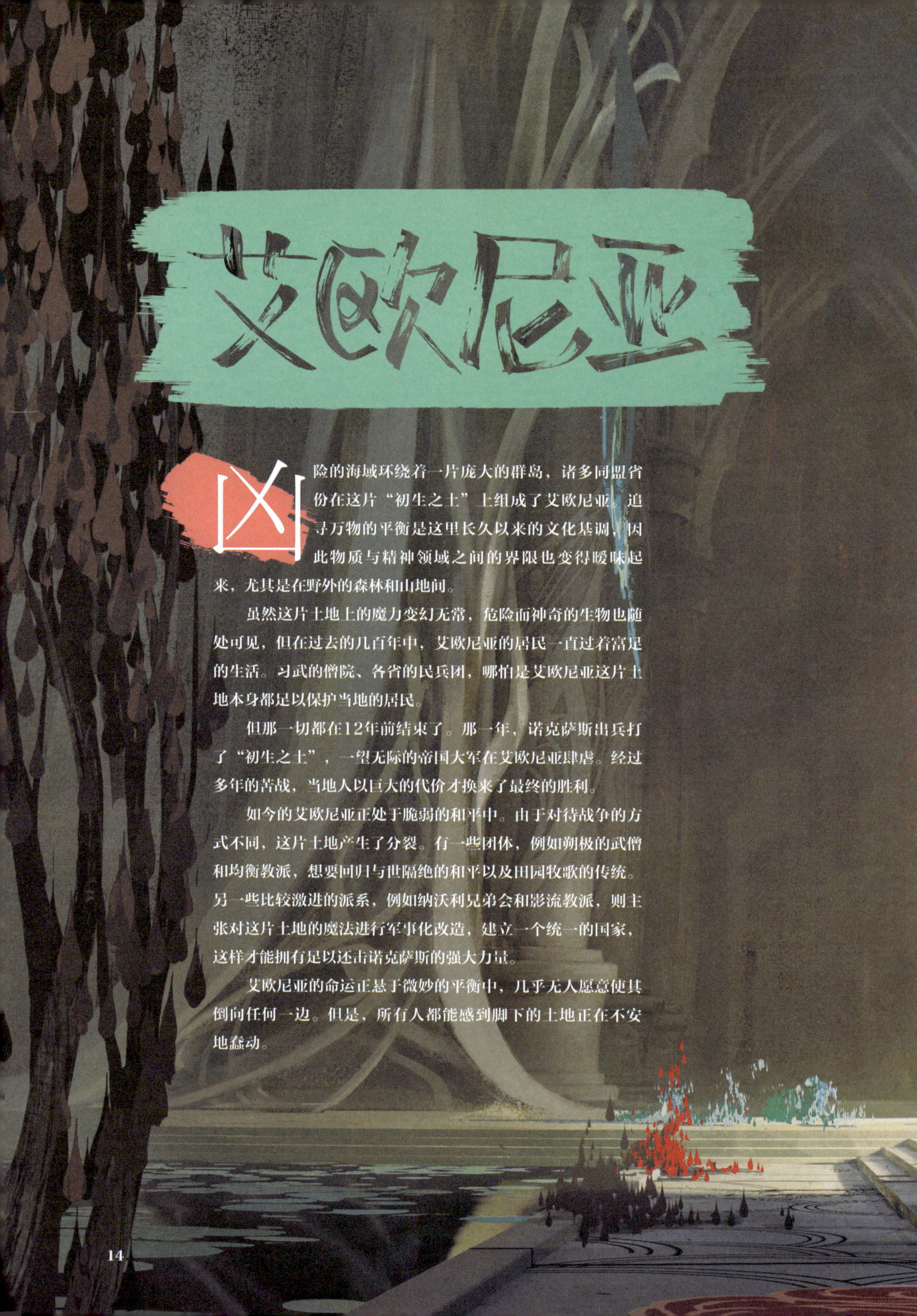

艾欧尼亚

凶险的海域环绕着一片庞大的群岛，诸多同盟省份在这片“初生之土”上组成了艾欧尼亚。追寻万物的平衡是这里长久以来的文化基调，因此物质与精神领域之间的界限也变得暧昧起来，尤其是在野外的森林和山地间。

虽然这片土地上的魔力变幻无常，危险而神奇的生物也随处可见，但在过去的几百年中，艾欧尼亚的居民一直过着富足的生活。习武的僧院、各省的民兵团，哪怕是艾欧尼亚这片土地本身都足以保护当地的居民。

但那一切都在12年前结束了。那一年，诺克萨斯出兵打了“初生之土”，一望无际的帝国大军在艾欧尼亚肆虐。经过多年的苦战，当地人以巨大的代价才换来了最终的胜利。

如今的艾欧尼亚正处于脆弱的和平中。由于对待战争的方式不同，这片土地产生了分裂。有一些团体，例如朔极的武僧和均衡教派，想要回归与世隔绝的和平以及田园牧歌的传统。另一些比较激进的派系，例如纳沃利兄弟会和影流教派，则主张对这片土地的魔法进行军事化改造，建立一个统一的国家，这样才能拥有足以还击诺克萨斯的强大力量。

艾欧尼亚的命运正悬于微妙的平衡中，几乎无人愿意使其倒向任何一边。但是，所有人都能感到脚下的土地正在不安地蠢动。

初生之土

魔法充盈于艾欧尼亚的方方面面：人民、历史，以及这片土地本身。各种形式的生命共处于平衡之中，同时又有许多秘密等待被探索与发现。那些将这片陆地视为家园的人努力与其他种族和居民和谐共处，他们的历史远比符文之地大多数种族更加悠久。

自然之美

艾欧尼亚养育了许多珍稀且古老的精魂与异兽。它们隐匿于世，只有极少数幸运者曾一睹尊容。海洋中也活跃着奇异的生命，它们在不断地变化与重生。

古时巨人

毫无疑问，艾欧尼亚的历史悠久厚重，任何活着的生灵都不敢妄称自己已经通晓它的前世今生。在那些偏僻的山间隘口，依然散落着古代战场的痕迹。不过艾欧尼亚人并没有清扫这些遗址，而是恭敬地保存着，即便他们已经无法完全理解其背后究竟意味着什么。

神秘友朋

艾欧尼亚诸多省份的居民一直都将自己视为自然世界的一部分，故此他们的生活方式与周围各种神奇的动植物和谐共存。在外来者看来，这种亲密的关系可能有些奇怪，但正是因为相互依存，才让这片土地和这里的居民繁衍生息了无数个世代。

平衡的生活

对于平衡的追求，是艾欧尼亚信仰和文化的中心。生活在这里的人非常注意自己改造世界的分寸。他们与自然合为一体，共同生存，而不是强迫自然屈从于自己的需索。

宏伟的修道院

虽然在艾欧尼亚诞生了许多武术流派，但这片土地上始终没有常备的军队。不同的战斗技法在人们的敬仰和维护下代代相传，更大程度上意味着彼此相左的哲学理念。坐落于东北方山区的希拉娜修道院是一座古老的避难所，接纳所有追寻自我与精神领域相接之真义的人。

由于两界之间的屏障在这里尤为薄弱，自然界的魔法和精魂弥散在这片土地及其文化的各个角落。艾欧尼亚人对此早已司空见惯，但总会时不时地出现一些人想要利用这种和谐的关系。

这片天地，以及天地之间的万物之灵，一旦受到刺激就会做出相应的反应。与大地相谐，就能收获满仓的稻谷；与波涛交融，就意味着渔船满载。若是有人来犯，得到的则是艾欧尼亚万物之灵的反抗。

艾欧尼亚人的生活，以及他们对于永恒的理解，往往与符文之地上其他地方的人大不相同。即使是稀松平常的季节性劳作也会产生巨大的变化。在漫长的夏日里，旱地渔夫们会采集稻谷和水果。到了秋季，他们则需要与青草之河变幻莫测的魔法径流调和。

艾欧尼亚上千年的与世隔绝，导致了这里的文化尤其注重保持和谐共生的传统。这些习俗和生活态度常常体现在艾欧尼亚的建筑中——他们的建筑风格轻逸优雅，体现着这片土地的轻灵之美，广阔的开放空间让身处其中的人也能始终体会到不曾断绝的勃勃生机。

化为己用

艾欧尼亚人会尽量避免砍伐树木，以免冒犯或伤害树木的灵体。所以当需要建造房屋的时候，就会请织木人“劝说”树木长成人们需要的样子。也就是说，树木并未死去，还会继续生长。随着时间流逝，房屋的样子注定与最初的计划大不一样。

师匠的手艺

有些高原山谷中的庙宇会与崎岖的山石混为一体。拱廊和立柱由鞭柳长成，墙体和其他部分之间的过渡极其平滑，几乎看不到任何棱角。

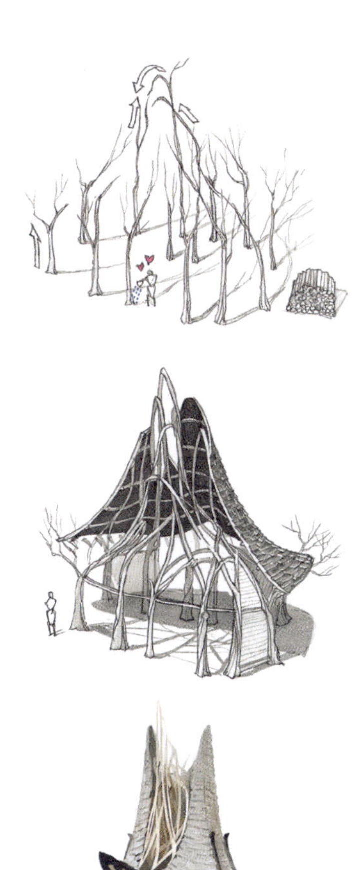

屋顶花园

艾欧尼亚的建筑经常会利用自然生长的曲面，以木瓦拼接成屋顶。以这座房屋为例，屋内的树木向外伸出了枝叶和丫杈。

田园生活

与这片土地和谐共生，意味着一切形态都趋向于自然的本体。农田和村庄于自然环境间错落有致，房屋的地面、大门和四壁都顺应着天地的起伏。

艾欧尼亚坐拥许多学府和庙宇，严格自律的学生们在此接受训练，掌握古老的武术，领悟深奥的哲道。这些武士、法师、舞者和学究有夺命之能，兼具温文俊雅。他们经年累月地研修，希望能够彻悟自己的技艺。

然而在诺克萨斯入侵期间，这些传统遭到了动摇，战争结束后也未恢复。越来越多的人开始对从前的信仰进行极端且强硬的解读，因为在目睹了动荡浩劫之后，每个传统的承袭者都难以面对眼前的新世界而坦然自处。

启迪之路

虽然大多数艾欧尼亚人都确实一心向往和谐，但鲜少有人能在这条路上坚定前行，直到最终获得真正的启迪。他们所怀的理念非常崇高，但并不是所有人都能践行终生，而且艾欧尼亚人也和其他符文之地的居民一样，无法摆脱仇恨、欲望、愤怒和爱的驱使。

凡是想要更加理解自我的人，从希拉娜到纳沃利的普雷西典，许多圣所都敞开大门欢迎他们。

研修之所

均衡教派

这个宁静的教派致力于守护物质世界和精神领域之间的平衡，绝不偏袒任何一方。教派的唯一领袖肩负着暮光之眼的称号，他最重要的职责是一项被称为“观星”的庄严使命。

影流

这群刺客义不容辞地扛起了保卫艾欧尼亚、抵御外族入侵的重任，同时也在故土激进地推行完全的军事化。影流成员通常要进行数年的修行，学习暗影魔法的禁忌之术。

瓦斯塔亚霞瑞

在那个只留下神话的远古时代，从天而降的巨人族与凡人发生了战争，打破了初生之土的和谐。凡人中的天启者们召唤先祖的智慧，将精神领域的力量注入了自己体内，成为最初的瓦斯塔亚霞瑞——永不死亡的换形者，能够将自然世界本身当作武器使用。

巨人族最终被击败了，瓦斯塔亚霞瑞也被奉为那个时代的英雄。虽然如此，他们不愿将自己凌驾于凡人同胞之上，因而选择与凡人一起平等生活。

瓦斯塔亚之谜

瓦斯塔亚是一种神秘的杂合生物，既不是凡人，也不是神明，但他们与符文之地上的魔法有着很高的调和度。他们的祖先是瓦斯塔亚霞瑞，不过在很久以前就已分别形成了各自的部落——肉齿兽、鲛人、洛特兰，还有数不清的其他群落。数千年来，瓦斯塔亚人始终在坚持自身的灵魂传承，不惜因此产生内部冲突。

近来，人类持续不断地扰乱世界上的魔法径流，许多瓦斯塔亚部落之间的关系开始恶化。而瓦斯塔亚人已经很久没有新生儿降生了，久到足以抵得上好几代凡人的寿命。这个古老的种族现在可能已经觉察到，又一个巨大变革的时代即将到来……

挺立之战

纳沃利的普雷西典位于艾欧尼亚的心脏地带，传统底蕴浓厚，是艾欧尼亚的象征之地，因此也成了诺克萨斯统领杰里柯·斯维因垂涎的战略目标，因为他知道，要想让艾欧尼亚人自愿投降，就要摧毁他们的精神象征。

但是艾欧尼亚人对待入侵的态度远远不够统一，甚至有瓦斯塔亚人投到了斯维因麾下，因为他们只想着保护自己的远古魔法丛林免遭破坏和征服。还有很多这种难以想象的盟友，帮助诺克萨斯人将普雷西典的守护者们囚禁起来。

虽然守护者数量很少，但却身居高位，结果就成了吸引艾欧尼亚援军的诱饵。普雷西典的庭院和堤道变成了惨烈的战场，最后，原本被囚禁的战士们在怒火中重创了统领本人。诺克萨斯人溃不成军，他们的瓦斯塔亚奸细在随军撤退的时候遭到了屠杀。

刀锋舞者

据传，砍倒了诺克萨斯统领的是一个来自纳沃利的年轻刀锋舞者，艾瑞莉娅。这个传闻很快就成了艾欧尼亚各地的战斗号角。虽然有些人依然呼吁在冥想中寻求平衡，但多数人都开始了反击。他们运用魔法，拿起了刀剑和长弓，或是通过刺杀和计谋各显神通。身在纳沃利的人投入了无尽的运动战，追剿残余的帝国战团，而艾瑞莉娅则很快被他们一厢情愿地当成了精神领袖。

虽然这场战斗扭转了战局，但普雷西典的神圣光辉已经被可怕的血腥玷污，这里永远失去了原有的宁静。诺克萨斯在艾欧尼亚刻下了伤痕，曾经在平衡中团结一致的土地从此四分五裂。

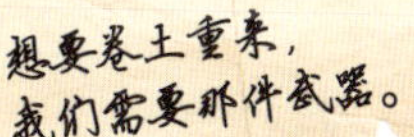

作者：王一侨（MICHAEL YICHAO）

婧深吸了一口气。

微风将兰花清幽的香气送进门来，屋外瑟瑟的竹声中不时冒出啁啾鸟鸣。婧的脸上浮起一丝微笑，春天的香甜气味在她的舌尖跃动。她轻叹一声站了起来，一只饱经风霜的手拿起身边的竹杖，悠悠地穿过房间。

茶馆中无数熟悉的嘎吱声和叹息声围绕着她。她穿着便鞋走到每一扇窗前，娴熟稳健地用双手打开窗板。几片花瓣在她开窗的同时飘了进来，从她身边轻轻拂过。她并不介意，这间茶馆本身就是以花为名。花瓣点点散落，她不禁心喜，也回忆起已经逝去的美好时光。

脚步声让她的注意力回到正门口。意外的来客——早春的季节里很少有旅人路过此地。有那么一刻，婧屏息静气。布鞋走在石路上的声音几乎微不可觉。还有宽松衣物轻轻的摩挲声。莫非是……不。节律不对。这步子太多了。

失望转瞬即逝，换上了慈祥的微笑。婧撑着竹杖起身，面向正门的方向，感受温暖的阳光洒在脸上。

“您好，伊麦。”路上传来一个声音。这个敬称让婧感到意外。从门外飘进来的话音洪亮清晰，同时又有一丝熟悉感，不过婧一时想

不起来自己在何时何地听到过。或许这正是那个许久未闻的声音，又或者，这只是模糊的记忆开的玩笑。

“欢迎光临，这位客人。”她应声回答。嗓音中的沧桑和沙哑总是让她自己感到吃惊。真是岁月不饶人。时间沉淀在了骨骼和筋腱中，带来的阻滞和重量让人无所适从……

“长途劳顿，找个地方歇歇脚吗？”她问。

“正是。”那个声音答道。

“请进。”婧说完，回过身走向后屋。她听见那个旅人走进了门。有拖拽板凳的声音。金属轻轻放在木头上。听起来，应该是一个带了武器的浪子。可能是个剑客，剑不离身。她娴熟地拿起一只小茶壶，从缸里舀了一瓢清水，把茶壶坐在炉子上。

在艾欧尼亚这一带，带着武器上路的旅人并不少见。事实上，表面上手无寸铁的旅人往往怀有更大的杀机——他们暗藏匕首，或者身为法师，甚至可能是不需要武器也能自保的人。而真正少见的是独行的旅人。

很久之前，茶馆的客人络绎不绝。但自诺克萨斯入侵艾欧尼亚以后，这些年来客人越来越少了。在战争的刺激下，人们的戒心和疑虑越来越重，山贼和豪强群起，敢走这条路的旅人越来越少。但即便如此，婧还是始终如一地开着这间茶馆，固执地坚持着。只有时间、关爱和耐心，才能重建平衡和信任。

而现在这里就有个独行的旅人，只不过个别情况并不能代表宁静的回归。他的声音中透着旅途的疲惫，但打招呼时用的却是本地的方言。婧的手悬停在茶叶罐上方。她没有选择传统的混茶，而是挑了白茶，薄纱般的韶兰花茶。多数人都喝不惯，但这一带十里八村的人都很喜爱。

风声低语。炉火旺盛。水声鼎沸。她迅速配好了茶具，一只手托着托盘，另一只手握着竹杖回到了茶室。

要不是他微弱的呼吸声，婧以为那个旅人可能已经离开了。不过婧也感觉得到他的凝神冥想，正散发出一种微妙的宁静。稍微集中一些，她还可以看到他灵魂精魄的轮廓。她走到他面前，将托盘放在桌上。“请用茶。”

“谢谢您，伊麦。”

沸水入杯。茗芳四散。一声深嗅。一口赞叹。婧露出了微笑。

“今年的兰花开得早。”她说着，坐在了旁边的桌前。

“韶兰树的花也开得早。”旅人回答道。

他能说得出韶兰的名字。婧点了点头。“季节还没到。意外之喜。”

“意外的来访往往让人措手不及。”旅人说。

“也可让人喜出望外，”婧用双膝夹住竹杖，“风向流转，常携厚礼万千。”

“丧家之犬，无礼能报。”

旅人的话近似叹气，浸透了甚于浓茶的苦涩。这唐突的语气让婧不禁皱眉。再三回味。他的言语之中带着一丝悔恨。

“飘摇的花瓣难以在狂风中自处。”她说道。

旅人一言不发。

婧站起来伸展了一下后背。“啊！我这老太婆就爱瞎说天气，客官别介意。要不要给你配些糕点？”

“这里就您一个人吗，伊麦？”旅人问道。

这个问题让婧稍微起了戒心。但问话的语气柔和，甚至比之前更透着关心。她觉得自己肯定熟悉这个声音。然而她的记忆依然模糊不清，似乎触手可及，却又从指间溜走。

“我的帮工们大概还要三天才会回来，”她回答说，“认真说起来，你是开春以来的第一个客人。”

“荣幸至极。”婧感受得到他话语中的微笑。

“我才是真的喜不自禁，”婧说，“是哪边的风在吹你上路呢？回家，还是离乡？”

短暂的停顿。“恐怕，都不是吧。”空气冷峻，他语气中的轻快感消失了。“愚人无家可归。”

婧思索了片刻。“你这孩子可真是又臭又硬。”她最后说道。

她听见旅人惊讶地扑哧一声笑了出来，心满意足的她差点就咧开了嘴，勉强板住了脸。“我看你还是来点奇瓦果吧。我儿子只要闷闷不乐的时候，有这东西就好了。”

婧再次走向后屋，让旅人独自静思。

竹杖嗒嗒，轻轻点过地面。打开地窖的门。走下颤抖老旧的楼梯。假装嘎吱作响的都是木头，不是她的骨头。布满皱纹的双手找到了贮藏在凉气中的奇瓦果。手指在肥厚的果皮上跳跃，仔细聆听熟透的果瓤发出的空灵。爬上楼梯。拿起厨刀，拦腰切开。剥皮，切块，一如往昔。

还没等她切完，又有新的声音传来。下流。嚣张。有说有笑，但笑声中没有快乐。婧在围裙上抹了把手。端着一碗果肉走出来。

另外几个人进了屋，或者可以说是闯进了屋子。他们围坐在正中央的桌前。四个、五个声音。随手扔下武器，发出沉闷的哐啷声。刻意做出来的，在威胁恐吓。皮靴蹬在桌子上，人坐在椅子上向后仰靠。

今天的风还真是吹来了许多陌生的来客呢。

婧走向那个独行的旅人，放下水果。他用双手接过碗。“谢谢您，伊麦。”

“哎，哎！给我们也弄点吃喝啊？”一个粗鲁的女声打断了那个独行的旅人。

“不客气，”婧没有理会另外的声音，回应他的致谢，“如果你还有别的需要——”

“老太婆，你聋了吗？”那个声音叫道。

房间静了下来。很显然，喊话的女子是这群人的头头，或者至少是代表他们说话的人。

婧继续忽略她的声音。

“还需要别的吗？”

“……这些就够了，伊麦。”那个旅人答道。他的声音如同弓弦，已经绷紧。婧皱了皱眉。*希望这把弓没有发射的必要。*

最后，她转身走向那群吵闹的新客人。屋里一片安静，只剩下嗒、嗒、嗒的竹杖点地声。她笑着走到桌前。“欢迎光临，几位客官。”

“你这有什么喝的？”大姐头吼道。

“我们这是间茶馆，有茶。”婧说。

吐痰的声音。“就没有烈一点的？”

“红茶。”婧答道。

她敢肯定自己听见了那个旅人在她身后露出微笑。

“那就茶吧。”带头的人嘟囔着说。

婧微微俯身，然后向后屋走去。*还真是充满意外的一天，她心想。*

她把着茶盘出来，前厅又鸦雀无声。但那批客人窸窸窣窣的声音暴露了他们的位置，浑身不自在地搔扒、撸胳膊挽袖子、躁动地抖腿、无病的干咳。他们神经兮兮，在等待着什么。

婧叹了口气，她基本已经猜到接下来要发生的事情了。唯一值得欣慰的是那名旅人似乎已经离去——他的呼吸声已经消失了。

不出所料，就在她走过去的同时，“噗”

的一声，有人伸出一只脚想绊倒她。婧向前一个趔趄，重新站稳——不过茶壶在托盘上滑动了一下，她听到水洒在桌上的声音。

一瞬间，几个人全都跳了起来。“你把滚烫的茶泼我身上了，傻老娘们儿。”一个年轻男子喊道。婧压抑着无奈，没有对如此做作的愤怒露出不屑。

“笨手笨脚的。”另一个人说道。

“抱歉。”婧一边说，一边微微俯首。

婧听到大姐头插进来。她探近身子，向下喷着热气。“你烫着我们布岚了，”她说，“你看怎么赔吧。”

婧转身面向她，毫无表情地说：“就为喝茶不给钱，还真是费事呢。”

“这老娘们还挺横的。”大姐头怒吼道。许多只手抄起家伙，叮咣作响。那群人叫嚣着围了上来。婧用力握紧竹杖——

“这屋里的确满是蛮横之气，但与伊麦无关。”

婧吃惊地转过身。那个旅人没有离开。他的声音清澈响亮，还在原来的座位上。然而婧刚才一直没听到他的声音，也没有感知到他的存在。*静气凝神的高手。这人到底是谁？*

“与你无关，流浪汉，”带头的人低吼道，“你要是不想永远留在这屋子里的话，劝你现在就走。”

婧又叹了一口气。她感觉到许多双眼睛又看回了自己。“你刚出山的吧，孩子，”她对那个女人说，“面对流浪的剑客，你越劝他走，他越是要留。”

“说得没错。”那名旅人的声音依然紧绷，但掺杂了一丝笑意。

“话说回来……这件事上我还是同意这几位客官的意见，年轻人。”婧说着，扭头面向那个旅人。

“哦？”那个旅人说。

一只粗鲁的手拽住婧的衣领，拽着她拉到自己面前。“喂！拿我们的话当耳旁风吗！”大姐头火冒三丈。

刀剑纷纷出鞘的声音四面响起。而在那个旅人的方向，她听到了轻柔的咻声——刀刃的系带轻轻松开了。

“能独自经营茶馆这么多年的人，怎么会没见过大场面，”婧依然扭头面向着那名旅人，说道，“如果你别插手这事，就给我这老伊麦帮大忙了。”

“别把我的话当！耳！旁！风！”那个大姐头吼叫着，唾沫星喷到了婧的脸上。

“抱歉，孩子。你刚才说什么？”婧对那个女子堆出一个微笑。

“我改主意了。你跟我们走。”大姐头回身就要拽着婧离开，她手下的团伙已经开始向门口走去。

但婧纹丝未动。

大姐头用力向后拉，依然无法动她分毫。婧听到她惊讶地嘀咕了一声。感觉到她调整了一下手形，紧紧拽住了领子。感觉到一只手抓住了她的胳膊。感觉到大姐头又用力拉她，但又失败了。

“很抱歉，孩子，但我不能走。”婧遗憾地摇摇头，“你看……我还得在这等人呢。”

又有好几只手抓住她一起拖，力道很大。婧沉下气，将灵力的微粒聚在下盘。脚下生根。她如同雕像一样，任凭他们使出吃奶的劲儿，一动不动。

“砍了她的腿。他只说把她‘活着’带回去，又没有说要个‘完整的’。”大姐头喘着粗气说。

两个人走过来——这个时候婧感受到了，也几乎是同时听到，那个旅人冲了过来。

一阵风刮过这群人。婧感知到两道剑气与自己擦身而过，随后便是两声哀号。金属质感的血腥味翻了上来。与此同时，婧提起竹杖，对着离自己最近的三个人猛敲，听上去有皮肉的钝挫伤，也有肋骨的断裂声。她向屋后的方向旋身跨步，靠近那个旅人。她双脚始终紧贴地面，大步滑行的同时转动竹杖，拐棍变成了武器。

只一眨眼间，她就和旅人站在了一起。周围是五个贼人，身上青一块紫一块。

“剑法不错。听劝的功夫还不够。”婧故作严厉地说。

她感觉到那个旅人耸了耸肩。“抱歉，伊麦。”

在她面前，一个歹人大叫一声冲了过来。婧笑了一声——多么幼稚，主动放弃了自己出手前唯一的优势。她随手用竹杖架开攻击，轻轻侧推，将他的冲劲架到一旁，紧接着抡圆了巴掌打在他的屁股上。

在她身后有许多沉重的脚步声，三个人冲向了那个旅人。婧听到那个旅人的脚步声如同骤雨般迅猛。他在敌人之间穿梭，高速中保持着身势，剑刃的清唱不绝于耳，拨开对手的武器，在表面的皮肉上切开浅浅的口子。

“你瞧瞧，我说得没错，喜出望外。”婧一边挡下两个人的攻击，一边说道。

“您是觉得绑架未遂也是乐事一件吗？”旅人问。

“老人家可不是每天都有机会活动筋骨的，”婧说，“更不用说还有一位剑术奇才作陪。”

“您过奖了。”旅人说。

婧的竹杖打在一个人的膝盖骨上，然后听

到对方发出凄厉的惨叫。“我已经许多个寒暑都没听过你这样的步法了，”她说，“而且你的剑啸也独一无二。”

“我在伊麦面前还只是学生。”旅人谦虚道。

“你们聊够了吗？”带头的人恼羞成怒，挥着剑冲过来打断他们的对话。

“暴风摧瓦乱人心。”婧侧开一步，用竹杖发起佯攻，“细雨啁断动诗情。”

“这他娘的是什么鬼话？”带头的大吼起来，挥剑招架，却顾此失彼露出了空当。婧乘虚而入。

“意思是你太吵了，”婧说完，竹杖重重落在首领的头上。“所以该学着安静点。”她给出了最终总结。

那个女子向后踉跄两步，嘴里骂骂咧咧。婧的重心向后坐，竹杖放低，转为空架势。她听着身边浅浅的叫苦声。一个歹人正在地上呻吟。另外两个正在爬着站起来。女首领和最后一个歹人在她面前喘着粗气。

“我有点担心，伊麦。”旅人说。

“哦？”

“如果他们还不罢休的话，恐怕我的剑要让您心爱的茶馆染血了。”婧听到旅人的架势变了。他的声音里也带上了钢铁的意味。“我的剑法远不如伊麦那么循循善诱。剑只为封喉，不为使人悦服。”

婧点了点头，暗暗赞许。她只露了三五个招式，而这个旅人也一直在与自己的对手周旋，但他却准确地看出了她门派的本质。然后还不动声色地将自己的观察告诉她，表面上却是在警告对手。*这个人到底是何方神圣？*

“口气真是了不得，”大姐头怒吼道，“我们先杀了你。然后再把她带走。”

大姐头嘀咕了几句简短的咒文。屋子里骤然寒意大起。与此同时，婧听到旅人换了握剑的手形。事情不妙。婧吸了一口气，向内集中精神，打开了心眼。

她向精神领域投去一瞥，面前便绽开了绚烂的色彩。灵能的触须缠络在一切生灵中，各自散发着属于自己的节奏和流光。她身边的旅人映入眼帘，他汹涌的灵力御着狂风，有如一道迷狂的旋涡。婧差点惊掉了下巴。*当然是他。我真是蠢，现在才认出来。*

然而真正让她脊背发凉的是她的对手。

剩下四个歹人也变了架势，灵能变成了浅蓝色。他们体内的灵能延伸到了手中的刀剑上，用寒霜的微光点亮了钢铁。四个歹人开始靠近，他们的双脚始终不离地面，刀剑举到胸口的高度。

他们的架势。他们的阵型。

是我的门派。

“谁派你们来的？”婧问道，但她早已知道答案。

“鲍榄有请。”大姐头不屑地答道。

婧用力握着竹杖：“告诉那个不孝子，要想见我，就自己回家。”

女首领放声大笑。冷酷。极尽嘲讽。“你自己对他解释吧，说说为什么要把事情变得这么费劲。”

婧一声叹息：“我知道了。我的儿子没有回来，但他的怒气和傻气回来了。”

大姐头怒不可遏地大喝一声，四人攻了过来。

婧用竹杖挡住了第一刀。冰霜立刻在她的武器上凝结沉淀。第二个歹人攻向她的空当，虽然她已经扭身躲避，但凛冽的寒气贴身而过，还是让她喘不上气。在她身边，另外两个歹人攻势凌厉，用寒霜之力加持武器，暂时压制了那个旅人。

他们在使用她的步法，技巧娴熟，外功强硬，但刀刃武器的使用以及激进的招式则完全违背了她的教诲。婧感到胸口一阵苦涩。*吾儿，你离经叛道已到了何种地步？*

婧继续招架格挡，她感到竹杖越来越沉重，行动也越来越慢，因为每次交锋都有更多寒气逼入体内。在她身边，婧感知到旅人在闪躲腾挪。显然他招架了一次以后就已意识到，如果用剑硬挡就会渐渐耗尽元气和热量。她的灵魂视界也看得出他正在聚集自己的力量，身边的风正在不断锐化。婧意识到，他在积攒力量。

我最好先出手结束这一仗，婧心想，*不然半间茶馆都要被他拆了。*

她呼出一口气，退出灵魂视界。再吸进一口气，唤起自己的魔法。冰晶从她脚下向外蔓延，以惊人的速度蔓延开来。茶馆里的气温再次陡降。她双手握住竹杖的一端，旋转起身体。她听到歹人迈着狂乱的步伐冲过来，想要阻止她完成这一招。

想法很聪明。但速度太慢。

婧用力将竹杖敲在地面。“定。”

以竹杖触地的点为中心，大片冰凌咆哮着向外喷发，包裹住她面前的所有人和物。

寂静。

凝固。

婧从冰面上扭出竹杖。然后拄杖大口喘气。

我真是老了，她心想，原本不至于把我累成这样的。

“抱歉，伊麦。”她身边的旅人说。话语中轻微的寒战让婧十分得意。“我应该信您的话，不管闲事的，”他说，“显然您并不需要我插手。”

“只有作践自己的傻子才会命令风往哪边吹。”婧的语气急促而不留情面。

随后是尴尬的寂静。旅人刚要开口——

但婧听到冰晶开裂的声音。

她回头张开灵魂视界，刚好看到冰晶在面前破碎，尖锐的碎片向外爆开。婧震惊地看到一大片蓝色的寒光向她飞来，不过核心中却带着一丝墨黑。大姐头发出野兽般的吼叫，婧感觉到剑锋刺穿了她的小腹。刺骨的寒冷灌入她体内，而她却还没来得及举起竹杖。

“Hasagi!”

一阵旋风将偷袭者顶了回去，狂风呼啸着吹打在冰晶上。冻结的碎片从茶馆的正门倾泻而出，大姐头摔在地上，弹起来一次，再一次，最后躺倒在地，一动不动。

婧捂住肚子，感到温热的鲜血流了出来。她体力不支，单膝跪地，另一只手里的竹杖也滑落在地。

那个旅人立刻赶来在她身边蹲下。“伊麦，您受伤了。”他一边说，一只手扶着她的胳膊，另一只手托住她的后背。

婧举起一只手：“我没事。伤口不深。”她在旅人的搀扶下走到一边，用外衣捂住伤口止血。她用另一只手在胸前画出一个圈，将经脉中的寒气驱出体外。

“我太慢了，”旅人的声音里充满担忧，“我差点就辜负了您。”

婧摇摇头：“总是责怪自己。你一点也没变……亚索。”

婧听到那个旅人缓缓站直了身子。“是风替我点破了吧。”

婧嗤笑一声。“我还有点不好意思呢，居然没有立刻认出来是素马长老的得意门生。

即使过了这么多年，你在这一带还是很有名的。”婧松开了按压伤口的手。看起来血已经差不多止住，不过褂衫是彻底废了。*可惜啊*，她想，*我还挺喜欢这件褂子的*。

婧老练地摸到了自己的竹杖，捡了起来。在她身后，她听到亚索的身势紧绷起来。微弱的咔嗒声是他举起了剑。

“哦，别这么快就变脸。我不会害你。”婧说。她拄着竹杖走到一张椅子旁。“再说，我听说你已经洗清了罪名。免除了责罚。是一个外人，侵略者，害死了他。”

“我依然是戴罪之人。是我的疏忽才导致我没保护好他。”婧听到他声音中酸涩的痛苦，“我本可以救下他。”

婧叹了口气：“你这么想就太自以为是了。”

“至少我可以有机会一试。我应该在场的，可是……他已经死了。而那个带着御风剑术的陌生人，那个被他打碎武器的人，却因我的失职而背上了罪责。”

“气宗弟子练的是绝息而轻舞，你却偏要扛起所有最重的负担。”婧说，“所以，你才走到了这里。亚索。踟蹰的浪客，被自责而侵扰。风中的落叶。‘无家可归的蠢货’。你还要继续逃下去吗？你还要继续拒绝你的家乡吗？”

“您觉得我能寻得安宁吗，伊麦？”亚索的声音里夹杂了愤怒的沙哑，“我无法原谅自己的行为。我也无法否认我的过去。”

“我懂，”婧深吸一口气，“我也无法要求你什么。亚索，如果我说我对你毫无记恨，那也是说谎。素马长老是我的老朋友。他的许多学生我都认识。我也认识你哥哥。”婧听到亚索的呼吸乱了节律。她摇了摇头，悲伤揪住她的心：“但如果你抓着过去的错误不放，将功补过就无从谈起。”

寂静降临在前厅。婧站起来一步步挪向后屋。

“您要拿什么，伊麦？”亚索问道。婧摆了摆手。

“请叫我婧姨。如果再听你叫伊麦，我可能会立刻在你眼前灰飞烟灭。”

“婧师太，”亚索刚一开口，婧就夸张地叹息。“……婧姨。”亚索改口道。

婧转过身面向他。“我要去拿扫帚，把这里收拾出来。”婧示意了一下身上的衣服。“另外，我也要换下这件褂衫。不用看也知道肯定特别难看。”

“您挺好看的。”亚索说。

“你太不会骗人了。”婧说。

亚索向婧走过去。“我帮您，”他请求

道，“收拾屋子。”

“这些是我的责任，”婧说，“尤其是他们。”婧示意了一下茶馆四周。“我得化开他们，叫醒他们，再把他们送走。”

“您要……放走他们？”亚索难以置信地问道。

“嗯，除了那个被你的风刮倒的，”婧说，“应该是没得救了。”

“可他们想要掳走您——”

“他们是我儿子的徒弟，”婧答道，“和他一样，误入歧途，全都迷失了自我。”

亚索的声音十分强硬：“歪枝需要修剪，而不是呵护。”

婧挑起一撇眉毛：“谁能相信，说出这话的人正是别人口中的歪枝。”她没有理会亚索的反对，“我的儿子没能走上正道，是我的责任。”

“您不能因孩子的过错而责备自己。”亚索说。

“你收过徒弟吗，亚索？”这么久以来，婧的声音第一次变得紧绷。

“虽然不是很正式，但……有的。”亚索试探性地答道。

“那如果你的徒弟走错了路，你不觉得应该负责吗？你不会负责吗？”

亚索的沉默对于婧来说已经是回答了。

“子女，徒弟，即使再犯错，也依然是我们所爱之人。或许就是在犯错的时候才最需要我们的爱。”婧说着，声音软了下来，“我的儿子已经迷失方向。诺克萨斯战争……让他变了。让他心碎、急躁、愤怒。”

婧点着地走回到亚索身边，抬头与他面对面。

“对他来说，我不是合格的师父，也不是合格的母亲。我等着他回家，等着他的心伤能够愈合。可现在，显然我必须去找他。和他说话。提醒他平衡之道。”

“他派这些贼寇来掳走您。您就不担心见面的时候，他已经无药可救了吗？”

“如果我们必须兵戎相见，那就如他所愿吧。”婧拍了拍亚索的肩膀，“但你不用为了我这么一个老太婆白费力气。你还有大好的人生，还要面对你自己的心魔。”

婧面向茶馆的前门，吸进兰花的芳香：“艾欧尼亚如今动荡不安。自身的反省必须与外在的行为相互平衡。或许我们都可以在寻找外界答案的时候，找到内心所追求的彻悟。”

又一阵风吹得竹林哗啦啦地响。鸟儿又渐渐唱起来，打破了大战过后的死寂。

“我不知道该何去何从。”亚索轻轻地说，但婧能听到声音里的心碎。

“你是强者，也是仁者，”婧说，“而世上有太多贫弱和邪恶。与其在风中漂泊，不如御风而行，锄强扶弱。”婧举起竹杖，轻轻在亚索的额头点了一下，“不过眼下，你给我走开，我且需要收拾一番了。”

婧听到亚索站在原地，将剑重新系到腰侧。“谢谢您，婧姨。还要谢谢您的茶。很久都没喝过了……家的味道。”

“家就是家，”婧答道，“无论你迷途多偏，无论你浪迹多远。”

“愿令郎倦鸟归巢。”亚索说。

婧露出喜忧参半的微笑：“亦我所愿。”

诺克X萨斯

诺克萨斯是一个威名震天的强大帝国。在诺克萨斯境外的人眼中，它拥兵自重、血腥野蛮、欲壑难填，但有人可以透过其好战的外表发现，这里的社会氛围实际上超乎寻常的包容。各种特长和天赋都会受到尊重，并得到进一步培养的机会。

古代诺克西人是残暴的野蛮人联合部落。他们占领了一座古城并将其建成了现在的帝国中心。当时的诺克萨斯面临着来自各方的威胁，因此他们与所有敌人都激烈交锋，睚眦必报，不胜不归，最终让帝国的版图连年扩张至今。这一段艰难求生的历史让诺克萨斯人从骨子里感到骄傲自豪，也因此重视力量胜过一切。当然，所谓的力量可以通过许多不同的形式体现。

无论社会立场、身世背景、祖国故乡和个人财富如何，任何人都可能在诺克萨斯获得权力、地位和尊重，只要他们能够表现出必要的能力。能够使用魔法的人会被高看一眼，帝国还会主动招揽这类人才，让他们的特殊天赋得到锻炼，最高效地为帝国所用。

虽然诺克萨斯有贤能统治的政治理想，但老一辈贵族家庭依然在帝国的心脏把持着相当大的权力。有人不免担心，诺克萨斯最大的威胁并非来自外敌，而是内乱。

实　力

诺克萨斯人对力量的尊敬高于一切，而不断历练是保持强大的唯一方法。他们非常看重与他人竞争的机会，因为无人挑战就意味着变弱。所以即使是处于力量巅峰时期的人也必须寻找挑战自己的方法，否则他们的地位将岌岌可危。

诺克萨斯人不仅钦佩蛮力或武力，那些在政治、制造、贸易和魔法等领域展现出才能的人全都能够让诺克萨斯的力量更加强大。

诺克萨斯的军队在已知的世界上规模最大，其中既有崔法利军团这样的精锐，也包括上百个由当地人组成的独立战团。每个战团都由自己的首领、元帅和队长带领，拥有自己独特的文化和层级。战团可以构成更大规模的战群，并在战场上负责不同的分工。根据战团各自的能力，可能被上级指派为前线突击队、重装步兵、斥候、刺客或者骑兵。

由德莱厄斯亲自带领的崔法利军团是整个诺克萨斯上下最精锐、最受尊敬而且身经百战的军事力量。他们不仅是诺克萨斯全军最优秀的士兵，也是最忠诚的死士，为帝国和领袖毫无保留地奉献自己。

法　　则

不同战群的军阶编制几乎没有一致性。诺克萨斯鼓励并接纳士兵的天赋特长，而不是强迫他们必须采用一致的军事方法。这个规矩也被带入了诺克萨斯人民生活的方方面面——人们所信奉的，就是发现自己的长处，用来为帝国效力。

大统领杰里柯·斯维因建立的崔法利议会目前正在掌管诺克萨斯。议会中的三名成员各自代表实力法则中的一种力量。斯维因拥有远谋，而诺克萨斯之手德莱厄斯则是武力的化身。最后，一个遮头蔽面的无名人物代表狡诈，议会之外的政敌们没人能猜透此人的真实身份。

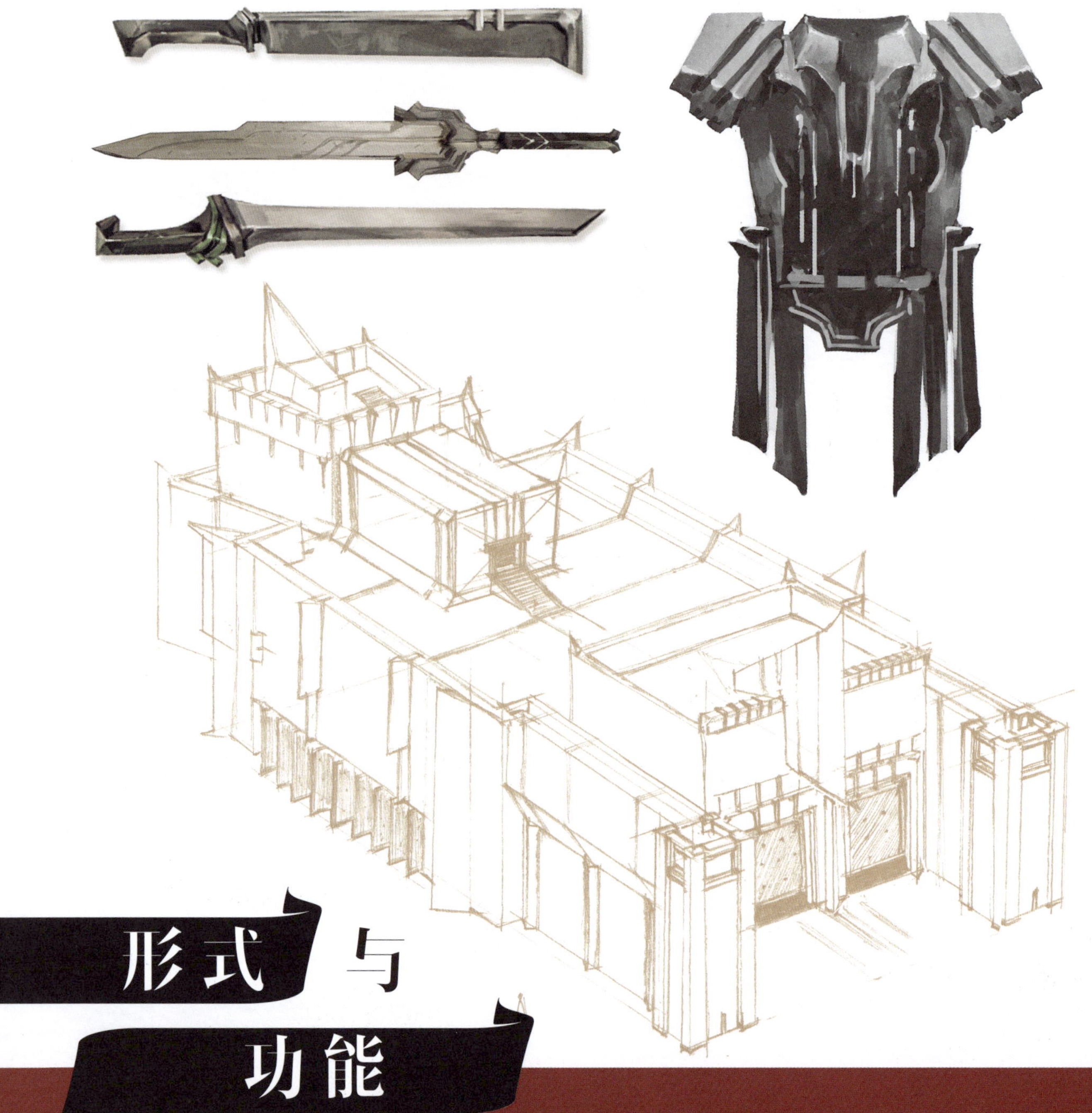

形式与功能

帝国建筑

诺克萨斯所辖众多城市的共同特点是：城门高耸，建筑威严，街道狭窄幽闭，房檐上立着墙垛。这些城市凸显出帝国的力量和掌控，而且非常适于防守作战——任何想靠武力占领某座诺克萨斯城市的敌人都将面临顽强的抵抗，因为即使是再简陋的住房也会修建得如同一座碉堡。

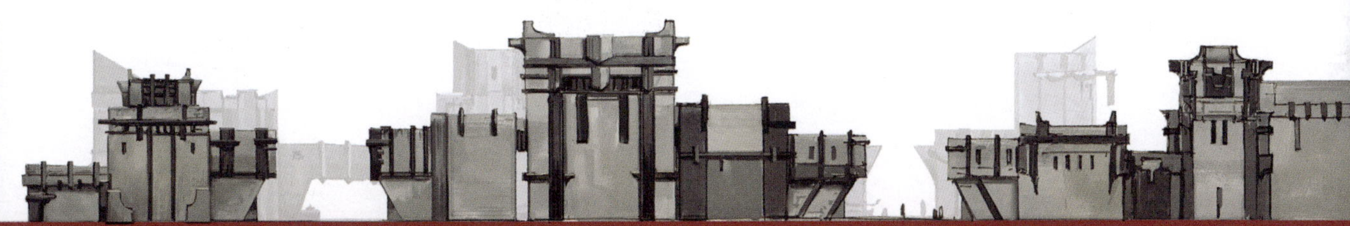

征服者的武器库

诺克萨斯的锻炉永不冷却，一直在大批量地生产着剑、斧和护甲。这个帝国更重视功能而非形式，所以他们的设计会经常整合更多的用途，比如可以将骑兵拖下马鞍的钩状握柄。

近年来，诺克萨斯开始试验黑火药武器和祖安的炼金科技，但是结果喜忧参半，常常杀敌一千就自损一千。

帝国的建立

诺克萨斯是一个好战的扩张主义帝国，自古以来就在开疆拓土。他们的征服并不只靠暴力，有许多国家都在诺克萨斯统领的面前选择下跪臣服，因为他们看到，加入这个帝国可能会更稳定也更安全。而且，所有忤逆诺克萨斯的人全被毫不留情地碾碎了。

战争石匠

战争石匠是足智多谋的斥候、工程师和战士，他们负责设计和监督路桥及防御工事的建设。诺克萨斯扩张的最初迹象并不是部队开拔，而是孤身一人的战争石匠深入敌人的领土，探查可行的入侵路线。

诺克斯托拉

只要诺克萨斯获得胜利，战争石匠们就会立刻开工，在新的领土上立起帝国的权威象征。每一条通往都城的道路上都耸立着黑色的巨大石门。这些高耸的建筑物可以打消过往旅人的疑虑，让他们清楚地知道谁在掌权。

诺克萨斯龙蜥

龙蜥是来自恕瑞玛东部丛林中的爬行怪兽。它们是凶猛的掠食者，体形堪比巨兽。幼年的龙蜥是名贵的坐骑，这时的它们几乎无法反抗骑手的操控。当它们长大到无法被人驾驭的时候，就会成为载重的驮兽，有时也会成为活体的攻城锤，带头撞破敌人的城墙。

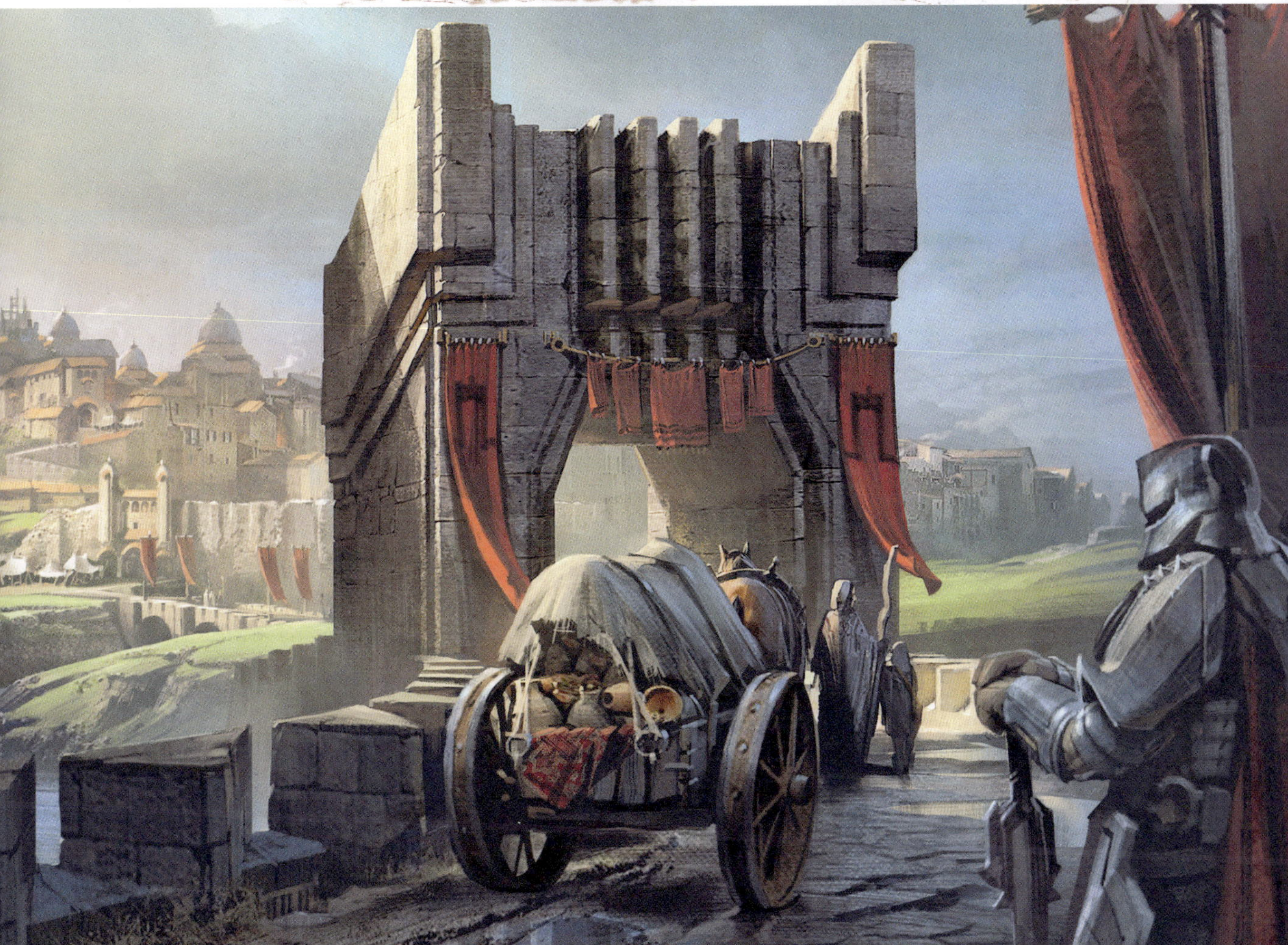

诺克萨斯在符文之地上不断征服扩张，它的都城也逐步扩建到了战痕累累的城墙之外。诺克萨斯的旧城保留着冷峻的风格，但在旧城防外围，建筑风格逐渐变得丰富起来，因为帝国境内各个地方的人都追随着财富与荣耀的召唤来到了这里。

变迁无休

政变、暗杀和其他各式各样的密谋都是切实可见的风险，所以都城内的房产和资产会经常转手。人们觉得万事万物都是昙花一现，也因此造就了一座杂乱无序的房屋迷宫。新房与旧屋造在一起，甚至直接以原来的屋顶作为地基。

都

城

不朽堡垒

不朽堡垒坐落于都城的中心，据说是由恐怖的冥魂莫德凯撒下令建成的。堡垒的许多部分都已被彻底铲平，在过去的几百年里逐步重建。这里的街道高低层叠，有的部分现在已低于地表——崔法利禁止任何市民在这些区域徘徊逗留，违者处死。

铁石

作者：丹尼尔·考慈（DANIEL COUTS）

诺克萨斯人来到崎米尔的大门口时，残余的部队还没时间安葬死去的同胞们。科尔姆·欧恩伦，崎米尔守军的队长， 正站在城墙上看着墙内外分别撑起了两个长方形的军用帐篷。这片晌工夫里，他没有觉察到任何炫耀和欢庆。只有眼前的忙碌景象，就像正在筑巢的工蚁。

“比我预想中少一些。”他的副手玛什·戴亚正怒气冲冲地瞪着前方。晨霜四降，笼罩了附近的山丘。

科尔姆将粗糙的双手搭在城垛上，感受着历尽沧桑的石料。这道城墙由崎米尔的先人切削垒砌，象征着这方水土与人民。

“他们的战群主力已经赶往下一个战场了。”科尔姆答道。他的目光随着两名士兵移动，他们正搬着一个巨大的水槽，足以同时饮十多匹马。他本以为自己不得不恭迎诺克萨斯，在谈判期间为他们安排食宿。但这支军队把家背在了自己背上，已经用无人能及的速度把城门外的空地变成了安全的港湾。

“真可惜。”玛什狠狠啐了一口。科尔姆希望他没有别的意思，但他的话语里显然满是不甘。二人默不作声，凝望着城门下帝国的使团。

玛什突然没好气地大笑一声。“他们只承认实力。或许我们可以——”

“我们已经在山上发挥了全部实力。”科尔姆打断了他，“还是没

挡住诺克萨斯的大潮。战斗已经结束了，玛什。”

玛什的双眼挤成一条线，一手拂过城墙。“我们已经抵挡了他们这么久。趁现在他们松懈，干翻他们，怎么样？如果让他们知道我们不怕他们，或许我们就能获得应有的尊重。”

科尔姆在采石场过了一辈子，知道一个简单的道理：要么你打碎石头，要么石头打碎你。诺克萨斯曾像惊涛拍岸一样冲击崎米尔，现在他作为队长，能做的只有保证崎米尔在潮水退去以后能留下一些东西。

“不，”科尔姆告诉玛什，“几十年来，崎米尔一直看着诺克萨斯的疆界一寸寸扩张。我们能撑到现在靠的是地理优势和利益输送。如今，我们只能忍让。”

玛什挪了一下，然后一动不动。他可能是在不服气科尔姆的气馁表现，也可能是害怕同样的未来。科尔姆站起来伸展了一下身体，然后走向楼梯，准备迎接他的新上司。

晨雾散去，取而代之的是崎米尔士兵们的忧郁和疲惫。他们混成一列长队，蹒跚地走向诺克萨斯指挥官的营帐。科尔姆站在入口，默默地迎接每一双眼睛。他成为队长的时间不长也不短，足够让他对所有士兵感到责任与惭愧。站在这里就是他最后所能给予的东西。

玛什差不多闲逛到最后才过来，身边还簇拥着一群职业军人。崎米尔的士兵大部分是猎户出身，打过的仗都是小规模的突袭，每一次交战之前都已经做好了撤退的计划。科尔姆突然脊背发凉，他在伙伴的双眼中觉察到异样的神光，还向他颇有深意地点了下头。那群人没有说话，但就在他们经过的同时，空气中激荡着憎恨。他与其他人肩并肩站好，等待接受判决。

指挥官营帐的布帘一荡，走出了一名诺克萨斯将领。她愉悦地深吸了一口清晨的空气。为了御寒，她穿着一件红色的毛边长袍，头顶留着一根马尾辫，其余的部分都被剃光。她的脸上刻着岁月的沟壑，绿色的瞳仁为她的笑容增添了一丝暖意。她身形壮硕，力量十足，四肢时刻都紧绷着，一触即发。

诺克萨斯士兵们看到她便纷纷立正，不知是出于自豪还是恐惧。即便是隔着这么远的距离，科尔姆也能感受到她的气场。她走到一排排崎米尔的精锐面前站定。所有人都已疲惫得不愿去思考自己为什么站在这里。

“你们这儿的人，生得都很高大啊。”她说着，扫视了一圈集合完毕的人，发出一声大笑。她是在讽刺，因为就算他们再高，大多数人也还是要仰视她。

自尊心让科尔姆挺直了腰板，从人群中间发出洪亮的声音。“能拿得动锄镐的人都要去采石场轮班。世世代代都这样。造出了我们的身板。”

她看了过来，科尔姆喉头一紧。他用力咽了一下口水，硬着头皮没有退缩。

指挥官点点头：“你在前线会很出色的。”

科尔姆压住了怒吼。她正要走向下一个目标，但他举起了一只手以示抗议。

“我们的人不适合上前线。”他朗声说。周围窃窃私语也停了下来。“我们是雕刻匠和矿工，不是士兵。我们的武器，是陷阱、地形和伪装。”

她穿过第一排崎米尔士兵，站在了科尔姆面前，距离近得让他不自在。她说话时的眼神有动作。“我知道你们是什么样的战士。我的人告诉我你是带头的。科尔姆，是你吧？”那名女将的语气很轻快，但声音有些嘶哑。

她从头到脚打量着他，锐利的目光刺入他身上的每一根纤维，鉴定着他的战斗能力。科尔姆感觉到她正在掂量他的双肩。在采石场常年挥动镐头，让他的肩膀棱角分明、宽展厚重。在雕刻大师的监督下劳作，让他的双手稳健壮实。孩童时期在矿坑崖壁上的探险跋涉，让他的步伐轻盈安静。*就像我担心的那样。他们眼里只有战场上的士兵。*

“只带了很短一段时间，”他点头答道，“长者倒下以后我接管了指挥。大概五天前吧。”

她久久地与他的目光对视。之后，她昂起头，不可一世地大声说：“崎米尔的碎石者们，我们的战争石匠花了好一阵子才突破你们的防御。我们在过去几天里看到的抵抗，让我们觉得自己是在用铲子敲石头。诺克萨斯一直所向披靡，但我是你们的见证者：你们的抵抗不输给任何人！”

她话音刚落，突然一声雷鸣般的巨响——是那些诺克萨斯士兵，一齐用枪杆砸在地面上。

“嘿，这是我自己练出来的。”那名女将说着一巴掌拍在科尔姆的肩膀上。她握紧了手，他在她眼中看到了某种闪光，或许是认同和理解。“我叫哈玛。从现在开始我是你的长官。你是我的副官。”她松开了手，然后示意他出列。“跟我走。我们要开拔了，还有很多事要处理。”

崎米尔的创建者在许多个世代以前立起了这座长厅，基石就出自不远处的采石场。与其他部落之间对牧群的争夺，演变成了贸易磋商和边境摩擦。石头给先人带来了力量、城墙、基业。他们将传统留给孩子，将故事传给家人。正是因为采石场，崎米尔人产生了自我认同。

科尔姆可以看得出，对于诺克萨斯的战争石匠，这里的一切都只是石头的堆砌。

“你们还没采出地下水？”那个战争石匠急躁地高声问道。他个子很高，但瘦得像根芦苇秆，而且他没穿保暖的衣物和护甲，只有一件简朴的短衫，肩膀和前胸的工具带上挂着大包小裹。他精神饱满的气场已经足够抵御采石场边呼啸的寒风。

崎米尔最古老的采石场在北方是独一份。三座高山将其环绕着，犹如一座倒插在地下的尖塔，慢慢蚕食着山坡。科尔姆和战争石匠所在的地方是其中一座山顶，他们从这里可以看到东面的山脉、北面的森林和西南面不远处的城墙。

“附近有一段蓄水层，”科尔姆答道，同时指向采石场的另一面山顶的竖井群。“我们很小心。我们在更往东的地方开过几个坑——有好几个都被水淹了。”

“很好，很好。那你们主要开采的是？”

“滑石、雪花石膏、黏土、石灰岩，还有板岩。我们也找到了几条花岗岩带，但都离蓄水层太近了，开采的话很危险。”

“哈！这座矿坑简直无懈可击。你们手艺不错。”那个战争石匠单膝跪地，俯身将细长的手指贴在石头上，探查着矿坑的侧边。他闭上眼睛深吸一口气，似乎是在吸收采石场的信息。过了一会他站了起来。“我们不在这挖了。软料没有用——但如果能在这么往北的地方有一座花岗岩的采石场，打起仗就好办多了！”

科尔姆不像他一样急切，也没有和他一起大笑。“你说的软料，是我们的生计。就连诺克萨斯都买我们的石雕。”

“好吧，”那个战争石匠虽然嘴上笑得开心，但眼神却很严肃，“务必把最一流的工匠推荐给我。我们的每一条路上都要造诺克斯托拉，会干活的石匠多多益善。”

“我见过你们的石碑。”科尔姆答道。那名战争石匠可能没有觉察到话里的尖酸，或者是注意到了也懒得理睬。“高大、简单的玩意。我们的工匠都是*艺术家*。那种工作是在浪费他们的才华。”

然而那名战争石匠自顾自地回到路上。“那更好了！熟能生巧，我们只需要熟练就够了，他们的效率可以是普通人的两倍。我见过的！”

在如此靠近城市的地方开挖新的采石场，半数的石匠都去给帝国造石碑。科尔姆眉头紧锁，但没有说话，只是默默跟着往山下的城墙走去。这就是崎米尔的未来吗？

“这块地里能长什么？”崎米尔长厅中，地图铺满了一整张桌子。一根细长的木尺戳向地图。科尔姆盯着这幅画卷，墨水和花体字刻出了他的家园。这张地图可以精确到每一颗石子，紧密的线条和整洁的字迹将一个个地方简化成军事意义和战略储备。科尔姆不禁好奇，诺克萨斯人在这里安插战争石匠是多久以前的事，是不是装作商人或旅客经过，一路上记载着一切细节，铺垫着崎米尔最终归顺帝国的那一天。

科尔姆看了看拿着木尺的人。这是一个长头发的女子，身上的长款皮衣从剪裁来看是本地的手艺，随身的小箱子里装满了卷宗和羽毛笔。她的眼中透着一股子执拗的专注，扫视地图的样子就像一只夜枭在田野上空捕捉着老鼠的踪迹。科尔姆心中泛起疑虑，面前这个女人比战场更令他感到不安。已然沦陷的家园化为一只地图皮筒，正被她攥在手中。

“花。”一分钟的沉默过后，他给出回答。

她兴致盎然地提起眉毛，上身又往前倾了一些，身后被推开的椅子早就忘得一干二净。“是药草还是香料？”

“我们围出了几亩药田，其他地方长的只是普通的花。”

“装饰用的花？”

与诺克萨斯之间的贸易本身就是一种战斗，武器是自卖自夸、讨价还价，以及有关必需品和珍奇物的讨论。但科尔姆面前的这位可是个中好手，她的筹码可不只是钱币或者粮草。城镇、城墙、疆界——这些是她的货币。眼下他的故乡城市正赤裸裸地摆在桌上，科尔姆只好求助于祖辈的学识，这是他一败涂地后仅存的武器了。

“主要用于印染，不过这些花本身也有其他意义。在这么偏北的地方很难长出这些花，所以我们的邻邦都十分垂涎。我的曾祖父只要有机会就会对人讲，当年一束恰到好处的蓝望星，让我们不费一兵一卒就打赢了莫琳城。”科尔姆是受到父亲的影响才对染料如此热衷，他自己的私人花园也收获过不少羡慕和赞叹。但那都是过去了，他参加战争以来就再没打理过花园。

他指着地图上的几个地点开始解释。哪里长了特定颜色的花，他们花了多少代人的时间才培育出这种颜色，哪几种花制成的染料可以在石灰石上保持光泽，哪种花可以在页岩上着色。他向那位战争石匠展示出自己的知识。他了解崎米尔，了解所有贸易伙伴。她安静地倾听，夜枭般的双眼吸收着一切信息。

他说完了，于是她从箱子里拿出一根粉笔做了个记号。“你的骄傲理所应当，”她说，“这是一片好地，在这么偏北的地方很稀少。我们会在这里种药草。”

科尔姆用力抿起嘴。“这是我们几代人积累下来的成果。要想把我们的手艺传授给别人，也需要好几代人的时间。”

“首都南边有许多地方，染料就在野地里自己长。你们就从他们那里进口染料，而在这里种植药草，可以方便沿着边境线运输。”

诺克萨斯应该用凿子在崎米尔的地基上刻下自己的痕迹——现在正相反，它在用破拆的大锤敲除珍贵的细纹矿脉，只为得到里面的大块宝石。

“牵一发而动全身，整个崎米尔都将为此受到影响，”科尔姆说，“如果能让我们延续从前的旧业，会对诺克萨斯更有好处。”

这名交易员“啪”的一声打开了皮筒，干净利落地将地图卷好放回原位。“你已经是帝国的一部分了。你属于诺克萨斯，诺克萨斯也属于你。凡是能在其他地方以更低成本完成的事，你们就不要做了。这是对你们好。”

这是对你们好。他给出那么多信息、建议和让步，就换来这一句。玛什的话回响在他的脑海中。或许诺克萨斯觉得战败的人民拿不出有价值的东西。或许他们觉得自己的力量能带来不可置疑的知识。他此刻只想要抵抗，想要放弃合作的尝试并挺身而出。想要对她说，*别玩这套纸上谈兵的把戏。我们要一如既往地种花，我们要像祖辈那样用汗水换来春梢和祭祝。这是我们灵魂的一部分，你们别想给它定价。*科尔姆想要堂堂正正地说出这些话，只有一个办法，而且必定会导致更多战争。

就算交易员看出了他的挣扎，也并没有因此感到愉悦。科尔姆又瞪了片刻，然后灰溜溜地走出长厅。

崎米尔的城墙并不高，但城市周围的地面崎岖不平，让城墙看起来显得十分高耸。科尔姆正带着一群曾经的部下，走在城市东沿的石子路上。他们的墓园是在城墙外的一处深谷中开凿出来的，旁边立着一排排逝者的雕像。他父亲的雕像就站在这里，玛什的爱妻也在。在他们动身开拔之前，要在这里立起新的雕像，向逝者做最后的告别。

“所以我们把知道的一切都教给那帮杂种，还给他们最好的工具，最好的石头，他们说挖哪儿就挖哪儿。我们这是图个什么呢？”玛什走在科尔姆身边说。

科尔姆发出无奈和无心的笑声。这些让玛什愤愤不平的事，他只觉得一了百了。“为了能活下去吧。”

玛什也发出低沉的笑声，带着十足的火气。“活下去，却是以诺克萨斯人的身份，成为他们军队的饲料。不值得啊，我的朋友。我要我们以崎米尔人的身份，要么站着，要么倒下。”

“交易员说我们不需要自给自足，还说成为帝国的一部分是对我们好。”

玛什哼了一声，“怎么个好法？可以不用自己打猎了，因为要在别人家的地盘上打仗？”玛什弯腰抄起一把路上的小石子，愤愤地甩到城墙上。

同样的念头一直都在科尔姆脑海中打转。“还不止。我们将成为他们的北方边境。他们会让我们面向弗雷尔卓德的部族布防，静候他们的掠夺者过来试探诺克萨斯扩张的成果有什么弱点。”

他也从地上捡起一枚石子，在手掌中颠来倒去。粗糙的边缘是因为巨锤敲打碎裂，而不是在河床上磨光了棱角。“他们会学走我们的一切，并传播到帝国各处，再将我们的家园换算成财富，划入他们的储备。”

科尔姆想象出一个未来，不久后的未来，崎米尔人先是骄傲地自称诺克萨斯人，然后为了加入他们的军队削尖了脑袋，为了升官晋级争破了头，把凿刻石头的手艺丢弃在时间和冷风中。他并没有说出自己更深层的恐惧，对未来的恐惧。

万一诺克萨斯没落了呢？

一阵漫长的沉默，随后只听见玛什把拳头攥得咯咯响。“你咋这么平静？”

这是在指责。朋友的愤怒钻进了科尔姆心中。“我还能怎样，玛什？谈判的人是我，我已经尽力解释了。”

“他们想要的是做交易吗？他们本来一直都在和我们做交易！可他们却大举进军，带着明晃晃的刀枪，因为他们只会这个。他们只认这个！”玛什的喊叫在山谷中回荡，惊起一群鸟飞上晴空。

逝者的雕像与山坡一道映入眼帘。正前方的道路两旁摆着数十具崎米尔烈士的遗体，用宽绒布包裹着。再往前，两道土堆中间夹着一条长长的深坑。十多个诺克萨斯士兵正在挥舞着铲子，挖出了一个又大又浅的坑。他们抬起头，望向迎面走来的崎米尔战士们。科尔姆可以感受到紧张的杀气充满了山谷。

“你们这帮诺克萨斯狗杂种，”玛什吼道，愤慨的脚步把路上的小石子踢到空中，“你们这是要干什么？”

一个坟坑里的诺克萨斯人把铲子竖直插进土里，倚在上面，眯眼看向科尔姆一行人。

“正门那边的人说你们一定要把死人埋了才肯走。”那个诺克萨斯人示意了一下脚下的浅坑，科尔姆看到里面已经放了几具遗体。“我们奉命料理此事，早完事早开拔。不用谢。”

科尔姆伸出一只手拦住自己人，他们停在了他身后。

可玛什没有理会，走到他前面，伸手要抽出挂在腰间的锤子。科尔姆快步向前抓住他的手，按住他的胸口。

“这样行不通的。”他低声说，然后转身面对那群诺克萨斯人，开口说道：“我们需要时间雕刻出他们的样貌，以便让他们的家人——”

“你们现在有别的任务，”那个诺克萨

斯人不耐烦地回应道，“哈玛长官给你们时间是让你们进行出发前的准备。如果你们准备完了……”他拔出了铲子递过来，咧着嘴用下巴指了指地上的遗体。

科尔姆心中的火花变成了烈焰，甚至玛什都没能做出反应。他把自己的老朋友向后推开，一把抓住那个诺克萨斯人的领子，把他从坟坑里提了起来。顷刻间，红衣的诺克萨斯人将他包围，一个个神色阴沉。科尔姆将那个铲土的扔了出去，撞到另一个人身上。无数只手向他伸过来，但一声熟悉的号叫撕破空气，玛什撞到他身边，带领他手下的一班人加入混战。

他们输得还不够，他告诉征服者如何将这座城市按照他们的胃口来料理，但还是不够。他一整天都和诺克萨斯人在一起，帮他们想象着属于他们的未来，而他自己的人民却在夕阳中没落。要不了多久，他们的雕像就将被遗弃、风蚀，化成尘土。

受够了。诺克萨斯只认实力。那我就让他们看看我们的实力。

他不知道自己在暴力之中迷失了多久，但他听到了一连串严厉的命令穿透了混战。诺克萨斯士兵整齐划一地退了回去，立正站成整齐的一排。虽然突如其来的停顿让他们有些不知所措，科尔姆、玛什和其他士兵还是爬起来收缩成防御圈。有几个人已经一瘸一拐，脸上还有瘀青和血迹。哈玛带着另一群诺克萨斯士兵在他们周围站成一圈。

“我倒不反对练兵比武。”领军长官依然在打趣，但话里却带着尖锐的质问。她双眼炯炯有神，面向自己手下那帮血迹斑驳的士兵。“当地人教了什么新招式吗？”

科尔姆大步走向前。胸中依然燃烧着不屈，眼中的火光不逊于哈玛。“我们不能看着自己人被葬在这样的坟墓中。”他指了指那个草草挖出的坑，意味着可鄙的死后境遇。

一声短促而尖锐的笑，虽然态度居高临下，但却发自肺腑。“不可能。我们今晚就要开拔。实在不行就交给你们的家人。”

“他们和我们一起奋战至死，”科尔姆反驳道，“必须由*我们*送终。这是传统。”

“传统，啊？即使到了这一步，你依然还愿意为了传统而战。”她的声音中似乎透着一丝怅然的怀念。科尔姆点了点头，眼神坚毅，而她迎上他的凝视。“我尊敬你的勇气。但诺克萨斯也有传统，而你已经是我们的一员了。”

她笑得更明显了。“我来教教你这意味着什么。”

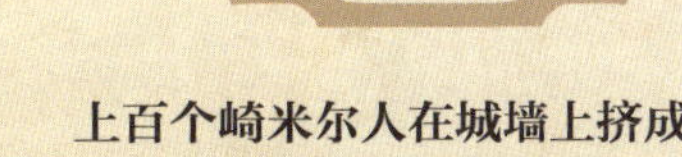

上百个崎米尔人在城墙上挤成一排，向下望着这对指挥官营帐——二人之间的角力好戏即将在凉爽的暮色中拉开帷幕。科尔姆和哈玛脱掉铠甲，只剩下宽松的裤子和上身缠紧的布带，站在冷风中面对彼此。诺克萨斯和崎米尔士兵站在他们周围，组成巨大的圆环。

“这就是你们的传统？”科尔姆喊道，他表情严肃，而哈玛则很放松。

哈玛耸耸肩，“和你们的葬礼相反，你们赞颂死者，向他们道别。而我们却赞颂生者。”她用一只手拍在对侧的肩膀上，唤起人群的注意。“谁先把对方推到圈外谁就是赢家。输了以后，可别忘了这是你自己选的。”

科尔姆摆出摔跤手的架势。“诺克萨斯

不请自来。我们从未挑起战争。”他俯下身子准备就绪。

“别这么严肃嘛！”哈玛笑着说，然后也俯下身子。

他们站在原地，如同两尊石像。

科尔姆吸进凉爽的空气，把刚才墓地里的那场战斗抛在脑后。他已经对崎米尔的未来不抱希望。现在，他要为了崎米尔的当下最后奋力一搏。他突然猛冲向哈玛。

这位诺克萨斯指挥官瞬间就占了上风，她一掌狠狠打在科尔姆的侧腰上，逼他为了缓冲力道而迅速转身，但被她一脚绊住小腿。哈玛踢起他的腿，顺势用手抓住。他则抓住她的肩膀，尽量保持直立，然后两个人就被锁死在一场角力中，采石工与军人的对阵。

“你觉得我们到这里来是为了把你们碾成历史的尘埃。”哈玛说着，把他的小腿握得更紧了一些。科尔姆忍着冲动没有叫出来，使出加倍的力气动摇她的站姿。他突然向上踢，踢中了她的肋骨，疼得她抽了一小口气。两个人后撤了一步的距离。“其实选择权永远都在被征服的人手里。”

“什么选择？要么投降，要么死？”科尔姆的话像黑曜石般锋利，他不等她回话就冲了过去。哈玛用小臂抵挡他一轮乱拳，然后突然用下巴接下一拳，同时横扫她的双腿。他倒在地上，半下心跳过后，哈玛的手肘刺在他肚子上。他发出窒息的呛咳。

哈玛的声音很柔和，丝毫听不出是在搏斗。“你和你的人看到有空子可以钻。你们反抗我的战团。想要夺回自己的家园。”她的手肘又向下逼了一寸，然后她突然起身退后几步。他站了起来，费力地喘息，而她则舒展了一下身体。

“我们是——”他刚开口，但她已经开始向前走。

“你们的策略很好。诺克萨斯承认实力。”她说着，举起双拳，摆出竞技场斗士的架势。接着哈玛打出一组试探性的直拳，他用力将她推开，给自己制造空间。“下一个战群将是这次的两倍。再下一次，三倍。通往你们城门的路上已经立起了诺克斯托拉。向北扩张的计划几年前就有了，你们的城市只是一小步。”

她一记勾拳命中他的下巴，打得他整个脑袋向后仰起，目光也离开了她。“你们很久以前就被诺克萨斯征服了。我只是来让你们看清楚。”

科尔姆的视线飘忽不定，哈玛的笑似乎在他眼前飞来飞去。他的力量足够拔起巨石塑造大地。但他知道再尖利的锄镐也无法打破这个钢铁帝国，以及这个铁打的使节。

“那我们就只能死了。”他缓缓举起双拳，拒绝屈服。究竟是自暴自弃，还是自尊自傲，他已经分不清了。

哈玛的微笑最后变成了鄙夷：“如果你想死在今天，想要让你自己和你的家园堕入湮灭，那就死吧。”她贴近上来，一双手绕过科尔姆，任他进行无力的反击，凶狠地擒住了他的上半身。

他听到她的低语：“你很看重葬礼的仪式，科尔姆。那你想给自己办葬礼吗？”他感觉自己被举了起来，举过了哈玛的头顶，然后突然空了下来。后背传来爆炸般的剧痛。他一下子什么都感觉不到了。

每一次呼吸之间似乎都隔了好几年。等到他咳嗽着醒过来的时候，他正被拖着一只胳膊拎向圆环的边缘。“高傲、固执、冥顽不灵，就会被人遗忘。”

她的话醍醐灌顶，如同冰冷的灵药让他猛醒。诺克萨斯每一天都在强化自己，准备战争。科尔姆的母亲教会他使用锄镐，父亲教会他浮雕，而哈玛学的则是如何挥剑，如何冲破防线。诺克萨斯人与战争为伴，这是他们的家常便饭。要战胜那样的军队，任何反抗者都必须付出一切。

科尔姆生自石床，这个世界的基岩就是他的脊梁。他闭上双眼，让哈玛再拖他走一步。然后他向反方向挣脱——她握得更紧了，然后他露出了胜利者的微笑。他用全部力量转过身，被抓住的这只手臂扭脱了臼，同时他脚趾抠进地面，冲到军官的下盘。他用力推着，用受伤的肩膀抵住她的身躯，要将她摔出圆环。

如果科尔姆是石头做的，那哈玛就是海做的。他的猛冲没有前进一寸，战吼也变成了无法忍受的痛苦哀号。哈玛挥拳打在他的脊梁上，他弓着身，踉跄着后退，一只手臂无力地垂下。哈玛脸上的皱纹浮现出满意的表情，双眼放出冷光。她向他庄重地点了下头。毒蛇出击一般的上勾拳迫使他挺直了身子，随后一脚正中他的肚子，把他踢飞到了圆环外。

傍晚的空气中填满了深沉的宁静，就像地震之后的死寂。科尔姆单膝跪地，紧紧闭着眼，不愿感受肩膀传来的剧痛，不愿接受现实。他再也抡不起锄镐了。

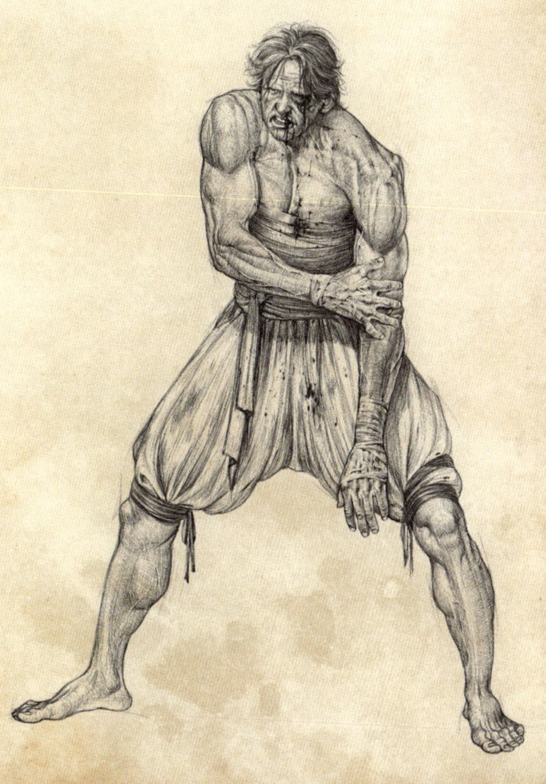

“你并不是多强的打手。”哈玛毫不掩饰自己的愉悦，走到他旁边俯视着。科尔姆看向一旁。“但你依然主动挑战，还尽力打了一架。从你扭废的肩膀来看，真的是尽了全力。我佩服。”

她伸出一只手扶着他没受伤的胳膊把他架了起来。一阵疼痛袭来模糊了他的视线，让他不禁叫喊了一声。但科尔姆不愿低下头，他的人都在看着呢。他深吸一口气，直面那双眼睛。

“我们会效命，长官。我们会看着崎米尔化成尘土，取而代之的将是诺克萨斯的军营。”

哈玛的笑声让凝结的空气碎裂。“你们之中有些人要从军效命。”她一边说，一边向玛什和他的手下点头，而他们现在正怒而不语，似乎随时都会迸发。“但你不一样，科尔姆，你不是士兵。你强迫自己上战场，因为诺克萨斯打到了你的家门口，因为你的人民需要你成为士兵。而现在，他们需要的是领袖。”

科尔姆看向玛什。科尔姆自己的愤怒、心中的狂躁、紧握的拳头全都消散了。他以为崎米尔已经被诺克萨斯击垮。他拼命要保住的，只是别让崎米尔的碎片永远消失。但水并不会击碎石头，水只是塑造石头，把石头打磨光滑，在上面留下沟壑和坑槽。崎米尔并没有毁坏，它正在被历史的水流冲刷。科尔姆可以引导这股水流，可以塑造它的水道。他又看回哈玛，她的眼神像是在品鉴，像是在等待他即将强迫自己做出的宣誓。

“我不是士兵。崎米尔也不是军营。”科尔姆说，虽然这番话分量十足，但他努力让自己的呼吸平稳。“崎米尔可以奉上许多。但它是块顽石，它顽固的棱角会默默地抵抗。”他盯着哈玛的双眼，握住脱臼的大臂，忍着剧痛伸出一只手。

“请让我成为你们的凿子，崎米尔将最大限度地为诺克萨斯效命。”

这一天，站在城墙上的崎米尔人可能暗暗怀着各种各样的希望，希望他们的领袖能以某种方式抵抗、驱逐诺克萨斯，或是拦住洪流，但无论哪一种，都随着科尔姆的效忠破灭了。他刚刚对玛什和他的士兵承诺过要反叛，现在科尔姆却彻底接受了失败。或许他们难以接受这一决定，就像他们不接受诺克萨斯一样。但这场仗才是他要打赢的。

哈玛看着他伸出的手，这一刻漫长得像是过了永远。科尔姆并没有让自己的目光动摇，让她充分享受自己给出的教训。终于，她握住了他的手，巨大的握力向他的肩膀传来一阵阵疼痛，她把他的肩关节推回了原位。她露出微笑，他也回敬以微笑，只不过他沾满尘垢的脸上正流淌着泪水。

“你是一位好领袖，崎米尔的科尔姆。”

女将退后了一步，她手下的士兵立正站好。

“给你们一晚上。安葬逝者。明早组织一支战团，急行军追上来——我要真正的战士。把最好的人交给我，我来教他们战争。”

她离开了科尔姆：“带领崎米尔走向富强吧。为了诺克萨斯，也为了你的人民。”随着最后一声枪柄击打石面的巨响，哈玛带着部队走向他们的营帐。

采石工的歌声飘在清晨的空气中，浑厚的声音伴着当日劳作的疲倦和喘息。学徒们推着一车车的废料、石材和尘土，清理场地。崎米尔的男女老少热火朝天地将锄镐凿向石块，开掘这片新石场的第一层。

科尔姆和另外两个人站成一行，手中握着锄镐，若有所思地看着一块长方形的白垩矿簇。他转了转肩膀——恢复得很好，只不过一直都有些刺痛。另外两人紧张地后退一步。科尔姆高高举起锄镐，然后用全身的力量砸在石块上，正好命中白垩矿簇的边缘。

一层层碎石和石灰应声脱落，显露出花岗岩的斑纹。两个同伴鼓掌庆贺，科尔姆也无法藏住笑容，没有喷出泉水真是让他松了一口气。

“我们当时都以为你的采矿生涯结束了呢。”一个如同尘土般粗糙的声音喊道。科尔姆转过身看到了他的将军玛什，红袍和灰须让他显得非常精神，几乎都认不出来了。“他们这么快就把你踢出长老席位了？”

“真那样就好了，”科尔姆双眼放着光。他把锄镐交给了同伴，伸出一只沾满灰尘的手，玛什轻轻握住。“要是继续把我和那些诺克萨斯建筑师关在一起，用不了几天我就能把房子拆喽。”

玛什赞同地吼了一声，然后把老朋友拉进怀里来了个熊抱。两个人都大笑起来。

他们沿着上坡向采石场的入口走去。二人站在喧闹之外，望向远处的丘陵。

“家怎么样了？”玛什问。

“我们找到了第三处花岗岩矿场。可能需要让南方来的商队增加一倍，相应地，护送的人也要再找。”

玛什赞赏地点点头。“我们立起了一座你设计的诺克斯托拉。哈玛让我转达赞美。她说拱门上多一些图案好看多了。”

科尔姆难以觉察地停顿了一下。“没错，”他说，“给我讲讲前线的事。”

玛什从身旁的袋子里拿出一枚明亮的银制别针，外形是鹰的形状，装饰着复杂的线条和蓝色花瓣。“莫琳投降了。殊死抵抗了一番。”

科尔姆点点头。他们的邻国和崎米尔一样骄傲，甚至更甚。虽然两国之间存在竞争，但一直是对抗诺克萨斯的同盟。“马蒂长老怎么样？”

玛什默不作声。

科尔姆的目光垂了下去。“啊。”

“挺痛快的。发挥了最强实力攻入我的战团。我们会善待城镇。一群平民正在赶往这里的路上。”

“为什么？”

“哈玛说他们开窍慢。”

“所以我们是要教他们如何成为帝国的可用之才。”

玛什点点头。

科尔姆望向山坡，上面立满了故人的雕像，山坡最后与崎米尔的城墙交汇。而在城墙另一侧，他可以看到他们的花田，一大片蓝望星正在盛开。

“他们已经是诺克萨斯人了。我来教他们这意味着什么。”

符文之地大事记

过去数百年间，诺克萨斯吞并吸收了无数小国，构建起疆域遍及符文之地的宏伟帝国。诺克萨斯引以为豪的，除了显而易见的军事力量以及稳固的中央集权式政体之外，还有“将历法传遍天下”的雄图大志——确实，很难想象还有什么更委婉的说法来指代“军事征服”的了。

然而，成为诺克萨斯人就意味着接受他们的历史观，即是说，世界历史的滥觞远在符文战争之前，后者又直接导致了帝国的发端。由于众多史籍散佚在了黑暗的年代中，早于符文战争的任何细节可能只是基于推测和神话的无端想象罢了。

-9000

初生之土

在如今被称为艾欧尼亚的岛屿上，凡人与摩天般的巨人族展开了一场大战。唯独瓦斯塔亚霞瑞——传说中拥有无上的神力，并且在物质与精神领域之间同时共存——的助力之下，凡人才取得了最终的胜利。

-8000

三姐妹之战

在击败了北方的古代诸神之后，三姐妹阿瓦罗萨、赛瑞尔达和丽桑卓之间生出嫌隙，很快便激化成了公开的矛盾。最终的战役在丽桑卓的城堡大门前打响。丽桑卓牺牲了众多盟友的生命，将她的敌人们禁锢在了臻冰之中。

-6000

大西迁

-2500
艾卡西亚反抗怨瑞玛
为了摆脱怨瑞玛帝国的暴政，艾卡西亚孤注一掷地在战斗中释放了虚空。一瞬间，艾卡西亚的都城便灰飞烟灭，四周土地也遭到了前所未有的腐化。即便是神力加身的飞升者军团也无法与这种恐怖相匹敌，怨瑞玛也被迫永远地放弃了艾卡西亚。

-2000
阿兹尔的殒堕
因为可鄙的背叛，怨瑞玛的末代皇帝阿兹尔自此与神格无缘，并与太阳圆盘一道于世间失落。人们惊惧又悲痛，只能转向余下的飞升者寻求庇护。

-550
暗裔战争
飞升者在与虚空直面之后经历了巨大的创伤，也自此丧失了意义。许多飞升者的肉体和精神因此而扭曲，将自己称作"暗裔"，并集结起凡人的大军开始征服世界。最后，天神战士的始作俑者只好出手干预，将暗裔封印在他们自己饱受诅咒的武器中。

-400
铁铠冥魂的霸权
军阀萨恩·乌祖尔骗过了复活他的法师们，重生成了莫德凯撒。他由自己的不朽堡垒开始了征伐。虽然耗费了近三百年的时间，他最终还是被一众诺克希部落组成的联军所击败。联军从此入主了他所建立的帝国。

-25
破败之咒
深藏于福光岛的海力亚地底的奥法秘库中，爆发了一场可怕的意外。物质与精神领域之间的障壁变得支离破碎，亡者的灵魂被缠卷的黑雾囚禁在永恒的折磨之中。从此，福光化作暗影，这里成为了任何稍有理智的凡人都不会接近的遗弃之地。

-13
符文战争
随着海力亚的陷落，危险的魔法器物开始流入心怀不轨之人的手中。在可雷姆村外的田野中，著名法师泰鲁斯与他的学徒瑞兹目睹了符文战争的开端。那场毁天灭地的冲击成了瑞兹挥之不去的梦魇，永远地侵扰着他非人般漫长的生命。

0
诺克萨斯不灭
符文战争愈演愈烈，已知世界上的大部分地区都陷入了火海。经历了十余年末世一般的战斗之后，最后一支诺克希人被迫撤进了不朽堡垒，希望从魔法的灾祸中寻得庇护。等到他们再度走出大门时，远方的大地已经满地疮痍，但他们却得以幸存。幸存者们融合成了一个统一的部族，诺克希从此被诺克萨斯所取代，他们的历法也由此开始。

292
德玛西亚称王
遥远的西边，在伟大的英雄奥伦所创立的国家，他们的第一位国王得到了加冕。德玛西亚最初是符文战争的难民聚集之所，据说那里成了永远不受魔法侵害的圣地。

349
诺克萨斯帝国化
诺克萨斯发起了一连串的武力吞并，龙门也落入了帝国之手。帝国的力量也随着野心越发膨胀。帝国的贵族们宣誓，即便历时千年，也要将符文之地的所有势力统一在一面旗帜下。并且他们选出了一名大统领，带领帝国的战团走向胜利。

772
皮尔特河的惨剧
控制瓦洛兰与怨瑞玛之间贸易线路的商帮大兴土木，建造了广阔的运河与传送机。然而，开掘"日之门"的过程破坏了祖安的古老港口，最终令整个城市陷进了暗无天日的地下洞穴中。

787
比尔吉沃特
越来越多的寻宝者被冲上了海滩，芭茹的传信者把南部的岛湾划给了这些外乡的粉皮人当作避难地。虽然这里的文化多年来混杂难解——甚至包括蟒行群岛的名称也莫衷一是——但是这块定居点将会凭借自身的力量最终发展成一座繁荣的港口城市。

984
入侵艾欧尼亚
经过多年的侦察与筹备，大统领勃朗·达克威尔下令大举攻占艾欧尼亚。虽然帝国的战团在战争前期如入无人之境，但是很快便引来了艾欧尼亚各地民兵的凶狠报复。在那场恶名昭彰的普雷西典战役后，这些松散的抵抗变成了一股组织程度更高的力量。

989
杰里柯·斯维因执掌诺克萨斯
虽然斯维因将军被除去了军籍，他在诺克萨斯的首都发起的政变却成功地推翻并处决了勃朗·达克威尔。之后不到一年的时间里，他放弃了占领艾欧尼亚的计划，大幅削弱了贵族们的影响力，并建立了崔法利议会来统治整个帝国。

德玛西亚实力雄厚、法度严明，拥有功勋卓著的光辉军史。人们崇尚正义、荣耀和职责，极度自豪于王国的文化遗产。

今天的德玛西亚，在当年是人们为躲避符文战争后的魔法灾祸而建立的避难所。这个基本上可以自给自足的王国建立在禁魔石的基础上。这种奇特的白色石料能够抑制魔法的能量。掌权的王族受到诸多贵族的拥护，坐镇于“德玛西亚雄都”，庇护着境内的城镇、村庄、沃土、森林以及矿藏丰富的山脉。

然而近百年来，德玛西亚已逐渐变得孤立和封闭。他们甚至对所有城墙之外的人都充满怀疑，而“怀疑”一词已经算是含蓄的说法了。如今，王国的许多盟友都已经开始向其他地方寻求保护。

有人已经敢在暗地里说，德玛西亚的黄金时代早已一去不返，除非王国的子民愿意拥抱新时代的变化——很多人都认定绝无可能——否则它将不可避免地走向衰落。

他们还说，再多的禁魔石也无法阻止德玛西亚由内向外覆灭。

镌刻于磐石

宏伟广场

这片开阔的广场位于雄都中心。人群常常在此汇聚，为那些赢得王家荣誉的人献上赞美。

御花园

王后凯瑟琳夫人生前的最爱。一片片精心打理、井然有序的园林任人徜徉其间，静思自省。

黎明城堡

黎明城堡就是德玛西亚王族的宅邸。这座宫殿雄伟壮丽、不怒自威，光盾王朝的辉煌气象由此可见一斑。

1. 莫开之门
2. 驻军区
3. 贵族庄园
4. 王座山
5. 搜魔人营地
6. 宏伟广场
7. 银翼禽舍
8. 墓堂
9. 港口

我们收到报告，
目前在埃尔德堡的进展
非常顺利。

光明使者神殿

这座神殿是国都里最古老的建筑之一，用于纪念飞翼保护神的传说——她们是德玛西亚职责、荣誉和传统理念的化身。

剑与盾

德玛西亚军中最小的建制单位称为“盾阵”。同一盾阵的战士会使用几乎一致的武器和护具。多个不同装备配置的盾阵会组成一个“团”，经常会包含一些辅助指挥部的特种专精人员，比如斥候、龙禽骑士和剑击手。

最出名的一个团毋庸置疑就是“无畏先锋”。在编总兵力超过两千人。目前这支兵团由盖伦领导，也就是现任元帅缇亚娜·冕卫的侄子。

德玛西亚的军队虽然在规模上远不及诺克萨斯的众多战团和弗雷尔卓德的联合部族，但是其军事力量却在瓦洛兰大陆上声名远扬。纪律严明的军旅文化甚至渗入了王国百姓的日常生活。无论是普通的盾士长还是受过武勋的剑尉长，只要是长官，就有责任垂范下属，身先士卒。他们麾下的战士们也必当忠勇无畏，誓死追随。

德玛西亚钢

有时候被称为银钢或符文钢。这种合金在符文之地久负盛名。据说德玛西亚的制甲匠会使用圣水进行淬火，以此方式打造的盔甲便可以免受魔法的侵害。

盖伦·冕卫

虽然盖伦生来就带着“冕卫”的贵族姓氏，但他完全是凭借勇气与技艺为自己赢得了盾墙中的一席之地。当无畏先锋的前任剑尉长在战斗中牺牲后，盖伦自然而然地得到了同伴们的一致推举。时至今日，他不惧任何敌人，始终坚毅地守护着王国。他不仅是德玛西亚最可怕的士兵，也代表着德玛西亚赖以为本的最高尚的理念。

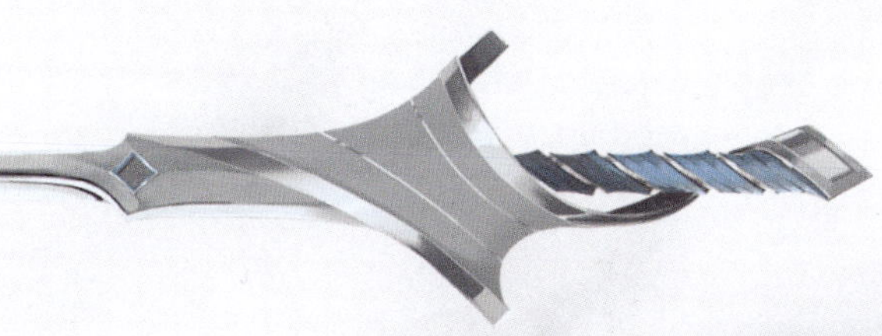

嘉文四世

作为国王的独生子，嘉文四世是显而易见的王位继承人。他自小就被寄予厚望，有朝一日能够成为德玛西亚的楷模。他人的殷切期待令嘉文备感沉重，迫使他通过在战场上证明自己来获得内心的平衡。作为一名独具杰出天赋的战士，他英勇无畏的气势和一往无前的决心鼓舞着全军上下，显现出身为人主的真实才干。

关于魔法的传说

德玛西亚和法师群体之间的纠葛关系由来已久。他们有一个古老的传说，是关于飞翼保护神的警世寓言，讲述了德玛西亚的创建。几百年来，这个传说奠定了律法的基本精神和人民的价值观基础，但也导致人们惧怕魔法力量的不确定性。最近，臭名昭著的搜魔人兵团正在奉命打压一切关于法术的知识和实践。

灯下黑

过去，人们会将魔杖一类的法术媒介巧妙地伪装起来以躲避搜魔人的搜查。经过漫长的时间，这些物品的真正意图可能已被遗忘，因为它们看上去都是貌不惊人的家传物什，例如手杖、长棍和节杖。

面纱之女

还有一个关于“面纱之女”的传说，在世间流传已久。出身低贱的她心中怀有不可抑制的暗念，四处宣扬救赎的真义，导致自己最后遭到流放。即便如此，还是有一些德玛西亚人会制作她的图腾，在遇到有关亲情和宽恕的难题时寻求她的指引。

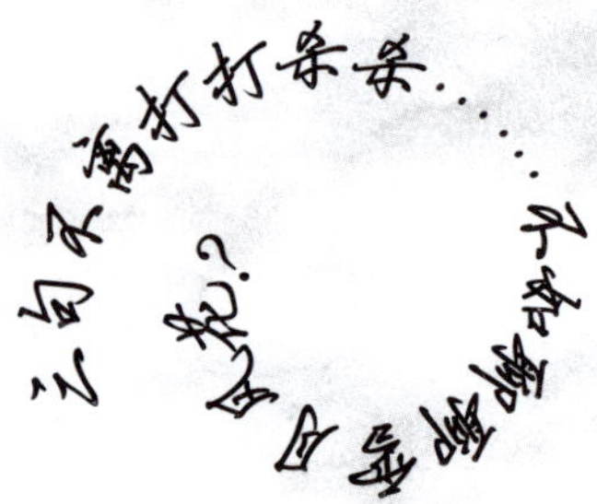

II - 双子降世

于星辰照耀的穹顶下，
一明，一暗。
凯尔和莫甘娜，
命运纠葛的姐妹，携手降生。
秀丽雄奇的德玛西亚，
彼时未经染指，王业待成。
猖狂世间的魔法，
却在她葱郁的海岸上败退。
这飓风中无虞的天堂。

XIV - 尾声

世间只留下莫甘娜的传说。
秘密蒙上面纱，阴影躲进暗处。
而凯尔的传奇不曾湮灭，
在我们心中熠熠闪耀。
微风仍在轻唤着她。
当巨神峰再次闪亮，
长夜降临于世，
目眺天南。
祈求安邦。

——节选自
《飞翼姐妹颂歌》
寇银城冕卫家族的
藏书中的一首史诗

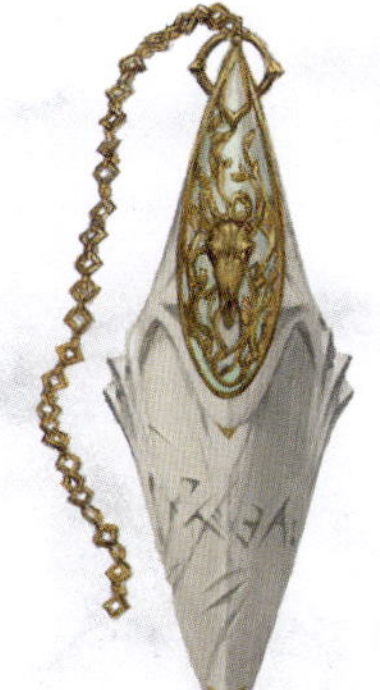

珍奇宝石

有一些原始的元素魔法会凝成珍奇宝石，流入德玛西亚人的手中。这些珠宝被制成了奢华的饰品，例如吊坠、胸针……甚至冠冕。

禁魔石并非万无一失。如果石块没有正确地将魔法钝化，就会成片剥落，并极其不自然地扭转。

飞翼卫士

飞翼和翎羽是德玛西亚艺术与建筑的常见主题，普遍程度和剑与盾不相上下。它们象征的是自由和超脱的雄心壮志，同时也反映了王国与银翼龙禽之间的关系——它们是瓦洛兰上空最为夺目的猎手。

猛禽

龙禽生活在德玛西亚的悬崖绝壁上，极为稀有。这些凶猛的掠食者会袭击落单的农夫，甚至偶尔还包括武装护卫的车队。虽然如此，但还是有个别非同寻常的人能够与这些高贵的生物和睦相处，建立起深厚的友谊，甚至能够以龙禽为坐骑。这些骑士效力于德玛西亚军队，负责在前线外围进行侦察，或者对来犯的敌人展开扰袭。

一飞冲天

银翼龙禽刚破壳的时候是黄蓝相间的毛色，只有到了成年以后才会化成标志性的白银——这也标志着它们成了迅雷一般的死神。

奎因和华洛

在布维尔家族的支持下，奎因成了德玛西亚的一名游骑兵精锐。她和她的传奇巨鹰华洛经常深入敌国腹地执行危险的任务。奎因与华洛之间存在着一种牢不可破的关系。很多时候，他们的对手死到临头也没意识到，自己面前的这位德玛西亚英雄并非孤军奋战。战斗中的奎因灵巧敏捷，十字弓例无虚发，而华洛则会从空中标记隐蔽的敌人。两者之间默契的配合造就了一对所向披靡的战斗搭档。

荣耀与传统

德玛西亚的每个孩子都知道自己肩负着怎样的期望和责任。哪怕出身低微，只要是德玛西亚人，就会以帮助他人为己任，无论亲疏。人们的一言一行，无不透露着勇气、敬意、正义和仁慈。

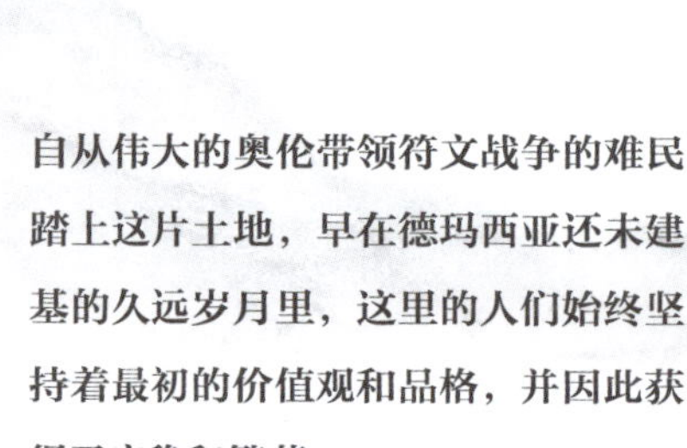

自从伟大的奥伦带领符文战争的难民踏上这片土地，早在德玛西亚还未建基的久远岁月里，这里的人们始终坚持着最初的价值观和品格，并因此获得了安稳和繁荣。

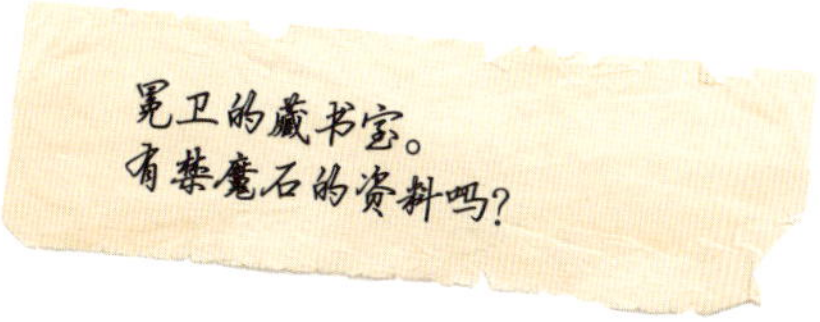

冕卫的藏书室。
有禁魔石的资料吗？

王之断言

有时候外人会误以为德玛西亚人不懂幽默，一心只有使命，无聊至极。但其实他们与其他地方的人一样热衷于舞蹈、歌唱和玩乐。德玛西亚有一个十分流行的游戏，是家庭中、军营里和结交新友等场合的热门之选，它的名字叫“王之断言”。

王之断言是鉴棋众多变体中的一种，人们将其视作心智的对决。棋手需要牢记棋子的走位，同时还要迷惑并智取对手。

负重前行

作者：阿曼达·杰弗里（AMANDA JEFFREY）

希思莉亚抡起鹤嘴锄凿在地上，双肩火烧般地疼。地里满是硬土，似乎是故意不想让她顺利地沿着营地外围挖出一道壕沟。黎明前还有两声钟响的时候她就醒了，然后她的整个世界就只剩下了锄头、尘土和泥沟。她将深沟两侧已经松动的泥土刮下来，见惯了的锄头和泥土间突然蹦出来的一样东西把她吓了一跳——是一双靴子。

“不错，新兵。就算是杜朗也不过如此。”这声音乍听上去有点陌生。希思莉亚抬起头，看到穿这双靴子的人是卫班长佩尔，是负责监督她通过无畏先锋测试的人。在尘土和夕阳的映衬下，她的金铠笼着光晕，看上去美极了——她其实是个宽肩膀的歪鼻子，笑起来大大咧咧的。

难道我累得出现幻觉了吗？

“这可比不上东境长城。”经过数小时的沉默劳作，希思莉亚口干舌燥。

远处，刚刚换班过来的士兵们正在挖凿剩余的壕沟，不过希思莉亚几乎没怎么休息，她已经在这里干了一整天。

“来吧。剩下的交给士兵们，”佩尔说，“你待会还有傍晚的哨戒任务，先吃饭吧。”佩尔翻出壕沟，递过一只手。希思莉亚感激地握住她的手，让佩尔把自己拉上去。她早就没心思在乎自己通红的手上沾满的泥土了。希思莉亚刚要往营地走，佩尔就抓住她的肩膀，对她摇了摇头。

哦。她忘了背包。

希思莉亚俯身提起背包，甩到背上，连讨厌它的力气都没有。背包里面只是石头，不过最近一段时间这些石头是她最亲密的同伴，和佩尔班长一样形影不离。

在过去的两周里，佩尔曾命令她行军、走步、奔跑，雨里来泥里去，而更惨的是，这场考试要求她时刻扛着相当于自身体重一半的重量。带着这样的负重，希思莉亚和其他受试者曾蹚着雪融水过河；在黑夜中紧急集合急行军；在“敌方”领地进行大撤退，同时还要用临时担架转移假扮伤员的大块头佩尔。

每一块石头上都有一个第九团战士的签名——每个人都是她的朋友和曾经的战友。刚来的第一周，她还曾想过要“弄丢”一两块。但看到那些名字，想到每个名字所代表的德玛西亚人……重量似乎减轻了一点。

但也就一点点。

然后她的训练就变本加厉了，但如果她能过关——如果她能成为传奇的无畏先锋的一员，那么……她一想到家人们的自豪感就心里一紧。

佩尔在前面迈着大步，希思莉亚顺从地跟在后面。走着走着她们站到了路旁，给一位测量员和一列扛着门柱的士兵让路。希思莉亚刚参军的时候觉得军营里的混乱让人无所适从，但现在她却只感到骄傲。辛勤的德玛西亚人向着明确的目标前进，为了大家共同的愿望：共筑更安全、更有序的德玛西亚，一座抵御黑暗的避难所。

她们来到了露天食堂，希思莉亚看到炊事班的大厨们吵闹着盛出一碗碗热乎乎的烩汤，士兵们正在把新出炉的大块面包蘸进汤里。香气扑鼻，希思莉亚的肚子在抗议，但佩尔并没有慢下脚步。希思莉亚死死地盯着前方，紧紧跟随——如果一碗烩汤都能分散她的注意力，那她还有什么资格作为先锋团的一员在战场上冲锋？

佩尔指着一群士兵旁边的一位先锋团员。“看清楚了，新兵。那边那个家伙叫班德。记住他，棋局大赛已经开始了。”

希思莉亚看到两名棋手面对面坐在人群中央的桌前。嗯。

卫班长侧过脸看了看希思莉亚：“你下得怎么样？”

希思莉亚的脑海中回忆起自己与父亲的无数场对弈，回忆起自己的勤学苦练，以及最后父亲坦白说自己早就不敢小看她了。她在第九团的时候是小队里的不败棋王。

“还行。”

希思莉亚终于接过了属于她的一碗稠厚浓郁的烩汤，第一勺就烫了舌头。

“悠着点，新兵。至少坐下来吃吧。”希思莉亚有些将信将疑，于是佩尔接着说，“我发誓，我不会不让你吃饭的。”

希思莉亚抑制住了狼吞虎咽的冲动。虽然佩尔在过去的两周里一直在给她出难题，但她却从来没说过大话。或许对战友的信赖也是考试内容吧。

她鼓起了所有的自制力才放下了勺子。然后她拿起一个窄口瓶灌满水，找到一条圆木长凳坐下。旁边，一场鉴棋对局正在进入最后时刻。以粗木桩充当的临时棋盘上，炊事班的一名厨师正以二比一的分数领先一名龙禽斥候。其他厨师们正敲着铁锅扮着鬼脸，干扰那名体态纤瘦、椒盐色头发的龙禽骑手。而她面不改色，在他们的吵闹中将一切尽收眼底。希思莉亚注意到那名斥候的嘴唇正在轻轻颤动，她正在默默背诵棋子的顺序。

“怎么样兄弟们？要偷看不？”年轻的厨师问。

“看，看，看。”旁边的人群开始起哄。

他用夸张的手势拾起一枚棋子，展示给他身后的观众。一群人佯装震惊。希思莉亚瞥了一眼，为那名斥候感到惋惜——她默念的棋子顺序是错的。然后对局很快就结束了。希思莉亚往嘴里塞满食物，掩饰自己的失望。

另外两名棋手在人群中央落座。其中一人是佩尔小队里的无畏先锋战士班德，他身材瘦高，头发灰褐色。他挑战的是另一名无畏先锋的女兵。她浑身肌肉壮实，脸上有一道疤。一场新棋局开始了，但这并不是希思莉亚熟悉的那种鉴棋——对弈双方一言不发地盯着彼此，希思莉亚从未见过如此紧张的架势。他们周围的观众越来越多，也全都和他们一样安静。当希思莉亚意识到的时候，对局已经在她不知不觉中开始一段时间了。

两名士兵不声不响，轮流移开对视的目光，轻瞄棋盘上的棋子，无声地催促对手做出应对。这场对弈的速度是她前所未见的，而且规则似乎也和她熟知的有所不同。棋子上场、移动、翻面、亮底，全都在无声中进行。那名疤面女兵瞪大眼睛，在树桩上敲了三下，炯炯的目光像是要把班德的双眼烧成黑窟窿。他轻轻说出一颗棋子的名字，同时将它翻面亮出来。

希思莉亚意识到自己饭吃到一半已经停下，勺子举在嘴边半天没动。她觉得如果自己把勺子放回碗里一定会分散棋手们的注意力，于是默默地喝了口凉汤。

双方有来有回。时而轻敲棋盘，时而低声回应。始终面无表情，而且快得让人看不清。

女兵用指节在树桩上敲了两下。

什么也没发生。

两名棋手的目光凝结不动。不再有眼神的跳动，也没有棋子走动。希思莉亚想看到他们眼中所见，但二人都纹丝不动，如同两尊禁魔石像。

最后，班德站了起来，似乎是由于突如其来的怒火而满脸通红，然后咧嘴大笑。观棋的人群发出欢呼，纷纷拍打两位棋手的后背表示祝贺。班德笑着为他的对手鼓掌，而她此刻也露出了笑容，显然她是这场对弈的胜利者。

佩尔出现在希思莉亚身后，吓得她差点没拿住盛汤的碗。

“要来一盘吗？下得还行，可是你说的。”

希思莉亚将最后一勺凉汤塞进嘴里，略带歉意地耸耸肩：“嗯嗯。”她从未有过这么措手不及的时候。

佩尔大笑道：“好吧，好吧。你可以安心把饭吃完，是我说的。吃完以后，我们教你无畏先锋是怎么下棋的。”

佩尔不由分说地一手把她按在一条圆木长凳上。她面前是另一个树桩棋盘，砍伐的痕迹还很新鲜。树桩上已经摆了一套棋子。她突然注意到一个非常重要的细节——坐在她对面的是米瑞克军士。他是无畏先锋第一盾阵的盾士长，更是盖伦·冕卫剑尉长的良师益友和副官。

希思莉亚立刻挺直腰板，背包的重量抵住她的后腰。虽然坐在长凳上，但她依然想要立正。

米瑞克看着她，一张坚毅、棱角分明的面孔露出端详的表情。希思莉亚目视前方，不知道自己在这种时候应该做什么。

佩尔向米瑞克利落地敬礼："她归你了，军士。"

"谢谢你，佩尔卫班长。我接管了。"

佩尔俯下身，与希思莉亚视线平齐，脸上浮现出一反常态的慈祥表情："你没问题的，希思莉亚，只是下棋而已。不过你可能有个疑问——没错，这当然是你进入无畏先锋的考试科目之一。祝你好运！"

希思莉亚开始浮想联翩，她回忆起参军以来听说过的种种故事。传奇般的米瑞克劈开了螺纹兽的死亡之握并脱身——那头怪物毁掉了四艘渔船，米瑞克追了将近一个月才在一个风暴的雨夜中抓到它。还有他曾和盖伦背靠背作战——

"其实是三个月。"米瑞克打断了她的思绪。

希思莉亚突然一惊。

"就现在，即使疲惫不堪，你也还是在回忆关于我的传闻。我做过的事，我打过的胜仗。你肯定刚好想到螺纹兽的故事——全都清楚地写在你脸上了。"

希思莉亚感觉自己面红耳赤。

"但我们不是来讨论我做了什么，列兵，而是要看看你能做到什么。看看你的实力。"米瑞克的话让气氛变得凝重。

他点了一下头，似乎是对自己。

"你能服从命令吗，列兵？"

"能，长官！"希思莉亚的声音颤抖，身姿也退缩了一下。

完了，这下他会觉得我是个紧张得头都不敢抬的新兵。

"看着我。"米瑞克命令道。

希思莉亚不解地眨了眨眼，然后抬起目光。她看到了他身上陈旧但保养得当的盔甲，盔甲下的皮肤留着许多陈年的伤疤。

"不对，列兵。看我的眼睛。与我对视。这是命令。"

米瑞克炽烈的凝视让她觉得自己脑仁在燃烧。希思莉亚感觉自己面红耳赤。正视军士的双眼让她有一种冲动，想要立刻抱头逃出营地，回到第九团的老战友们身边。

或许我还是趁早放弃吧。第九团的失望或许比起无畏先锋的怜悯会更容易

承受一些吧？

不。她可以的。她狠下心决定不负所望，忍住了一切冲动，没有移开目光。

米瑞克的手里正在把弄着棋子。他没有低头，把棋子在左右手之间哗啦哗啦地倒换。这声音撩拨着她的神经，但她依然抵御着诱惑，没有中断对视。

她看到他缓缓举起一枚棋子，放在她视线附近，棋子的正面冲着她。

“继续看着我。这枚棋子是什么？”米瑞克的声音变得柔和、平静了一些。

希思莉亚皱了下眉。她当然认得棋子，她又不是小孩。但要求她不用看也能看见就实在太奇怪了。她放松了双眼的聚焦程度，专心看清视野的边缘。她可以认出细长的形状，长大于宽——那就意味着是……

“利剑，长官。”她感到一丝胜利的喜悦。

哈。认出一枚棋子就觉得能当先锋了吗？别沾沾自喜了。

米瑞克甚至都没有点头。他立刻把那枚棋子“咔”的一声放回棋盘，正面朝上。他拿起了另一枚棋子，然后又是一枚。希思莉亚认出它们分别是天平和坚盾。两枚棋子应声落位。

我已经找着窍门了。

她双眼干涩，提醒自己要眨眼。

“我会看向棋盘上的一枚棋子，我要你说出我看的是哪一枚。明白了吗，列兵？”

轻而易举。他是想逗我玩吗？

她点点头：“明白，长官。”

过了一会儿——如果以呼吸和心跳次数来计算，那就显得极其漫长——他的双眼以十分明显的动作向下瞄，看向她的右手边，然后接着轻松随意的一次眨眼，又重新看向希思莉亚的双眼。

她开始飞速回想。利剑摆在中间，这是肯定的，那么两侧分别是另外两枚棋子。从她的左侧到右侧肯定是天平、利剑、坚盾的顺序。所以如果他看向她的右手边，那就肯定是坚盾。她希望自己没弄错。

“坚盾。”她的声音听起来要比实际上更有底气一些。

米瑞克轻轻发出一声赞许的咕哝，以不易察觉的幅度微微点头。“再来。”

他的双眼迅速瞄向棋盘中间然后立刻回看希思莉亚。这一次她已有所准备，立刻回答。

“是利剑，长官。”

他向棋盘伸出手。她看到他把棋子翻了个面。

“眼睛看我，列兵。”米瑞克阻止了她。

呃，我刚以为自己有了点长进。我得认真起来！

希思莉亚调整了一下坐姿，双脚在地面上踩实，绷紧全身，扛起身后无时不在的负担。她再次开始了对视。

米瑞克一句话不说，手伸向棋盘，听声音似乎是把另外两枚棋子也翻了面。现在就算她向下看，也看不到有用的信息了。

在眨眼的工夫，他向希思莉亚左下方瞥了一下，然后立刻看回来。她一直在等着这一刻，为了立刻作答差点没结巴。

“锁甲，长官。”

然后他用很明显的动作，看向棋盘右侧边缘更靠外的地方——肯定不是棋盘上的三枚棋子。他收回目光，缓缓抬起一撇疑问的眉毛。显然他没有在看坚盾、天平或者利剑，而他的动作已经做得很明显。

正如佩尔说过的，这也是考试科目之一。

她发现自己不自觉地皱起了眉，但并不能十分确认是出于挫败还是因为专注。如果不是她面前的三枚棋子，那能是什么呢？突然，她想起来刚才米瑞克将其他没用的棋子都放在了边上。

“候场区吗，长官？”

他以一种捉摸不透的表情衡量着她，片刻后才给出回应。

“对。更准确地说，应该是重锤。多练练就会了。”他的凝视从未游移，也从未变得空洞，“你觉得我这一次是在做什么？”

希思莉亚连眨一下眼都不敢，但还是差点就错过了他的眼神——这一次他直接看向下方中间，然后立刻扫到她的左边。他是临时改变想选的棋子了吗？她迎着他的目光看了又看，但并没有真的看他的双眼，因为她在脑海中拼命思考，思索他刚才的行为。

“是……是利剑……还有天平？”

米瑞克的嘴角微微上扬，他的脸庞也浮现出皱纹——一个意料之外的微笑——然后他断开了交接的目光，让她的双眼也暂时获得自由。她放松地叹了一口气。

“不赖，希思莉亚。”米瑞克若有所思地说，“你可以看出我瞥了一枚棋子，那么在鉴棋里，以你的见解，这意味着什么呢？”

虽然她的眼睛刚刚获得了自由，但她却发现自己始终在盯着一枚棋子，苦苦思索答案。那一瞥给出的唯一信息就是在这枚棋子身上。然后她意识到，直到目前为止，凡是翻过面的棋子，他都没再用目光扫过。

“我猜您应该是用了隐藏的指令，长官，因为以目前的信息，不能做出任何其他判断。”

米瑞克专心收好棋子，刻意没有看她：“接着说。”

希思莉亚继续说道：“当你一次扫过两枚棋子的时候，可能是在进行对调的操作。当你看向候场区的时候，嗯，肯定是要落子，因为你要从场边拿一枚棋子上场。总之，整场对局都不需要说话就能进行交流。”

米瑞克将棋子在棋盘边整齐地排成一行，然后在圆木长凳上坐直，眼神扫过周围的露天食堂。他似乎并不急于评价她的领悟。

“你老家在哪儿，列兵？”他突然问道。

“云丛，军士。”她回答道，这个问题让她很意外。

“云丛。那里是不是刚过金春节来着？”

他是怎么知道的？希思莉亚思绪万般：“是的，长官。往年我都赶不上，但今年山花开得早，正好我也还在休假。”

“家里人怎么样？”米瑞克似乎是在真诚地关心，一只手肘抵在膝上，上半身前倾，“都在老家吗？”

“都在，是的，军士。我的侄女今年去当花童了，我父亲拿着她的花篮跟在后面忙得团团转。他很自豪。我也是。”

米瑞克点点头，希思莉亚发现自己感觉放松了下来。心口的大石也落了下去。基本上云丛以外的人都不怎么知道金春节的事，但不知为何，米瑞克军士却很了解。

“无畏先锋有两种鉴棋的玩法，”米瑞克说，“一种叫划出阵线，另一种就是你刚才看到的静默训练。划出阵线，是用来处理更严肃的纠纷的，所以，云丛来的希思莉亚，咱们来下一盘静棋吧。”

“是，长官！”

“在下棋的时候，你就叫我米瑞克。”一抹得意的笑容爬上他布满皱纹的脸，“不过如果在棋局以外的场合这么叫，你和你的卫班长就伙食减半，直到军医笑不出来。”

希思莉亚此刻一定面如土色，因为米瑞克看到她的样子大笑了起来。

“这也是考试科目之一吗？”希思莉亚希望自己的声音听上去就是随口一问。她只是想确认一下。

“不好说。就像佩尔班长常说的那句名言——这个月里的每一件事都要当成考试科目。就像我们所有人一样，身在无畏先锋的每一天都是一场新的考试，你要证明自己配得上这身行头。”米瑞克的脸再次沉了下来。希思莉亚真切地感受到这番话的分量。

他停顿了一下，然后问道：“如果没有别的问题，我们就开始了。”

班德刚才那场对弈浮现在她的脑海中——她已经能够理解其中的大部分，但还有几个瞬间还不太明了。她在脑海中回忆那场对局，伸手模仿着刚才的情景。

她在树桩上敲了一下。

“这一下是**挑战**。”希思莉亚的语速很慢，但她很确定。还剩下一个。

她抬头看向米瑞克，在树桩上敲了

两下。

“这一下是诈，”她说，“可是随后……班德就认输了？”

米瑞克怪里怪气地吭了一声，他瞪大双眼，满脸难以置信和忍俊不禁。“认输？班德？”他环顾四周，找到了他要找的士兵。

“佩尔班长！”他喊了一声，她立刻小跑过来，“列兵希思莉亚说她在刚才那局对弈中看到列兵班德‘认输’了。你能确证吗？”

佩尔立正站好，但希思莉亚看到她的脸上表情扭曲，正在压抑着狂笑的爆发：“不，米瑞克军士，我不能。”

“那你能解释一下列兵希思莉亚看到了什么吗？”米瑞克的每个字都透着笑意。

“列兵班德对局势做出了评估，衡量了自己和对手的战力，以此得出结论，坚持交战并不能换来胜利或荣誉，军士。因此他选择了简略的结束方式，从而保存力量，筹备未来更有价值的对抗。”佩尔这一套说辞就像经过排练一样，而且全程表情严肃。

“很好，佩尔班长。你可以回去继续偷看我们下棋了。”

“是，军士。”佩尔走了几步，然后终于放松了紧绷的体态，咧嘴笑起来。她回到旁边的长凳上和其他几名无畏先锋团员一起大笑。

米瑞克向希思莉亚解释道：“列兵班德是彻头彻尾的无畏先锋。我愿和他并肩面对100个弗雷尔卓德劫掠者，而且胜券在握。”

他放低声音，似乎是在和她说一个秘密。“不过，他的犟脾气可是出了名的。你看到是‘认输’，可那是他面对自己多年来最大的敌人时，一次难能可贵的胜利。”

米瑞克突如其来地用指节在树桩上敲了一下，惊到了希思莉亚。“敲一下，意思是你吃了这一诈，对方得一分。”他快速轻敲两下，“两下的意思就是反诈回去。如果你想识破对手的诈，那就扫视棋盘，扫过每一枚棋子，让对手一一说出全部棋子的名字，错一个就输。”

米瑞克在长凳上向后仰：“好，我们开始吧！佩尔叫我让着你一点，但我觉得面对第九团的鉴棋四冠王，根本就没有让的必要。”他翘起一撇浓密的眉毛，观察她的反应。

啊。我就说嘛，但凡有人听说过我，那他们最先知道的事情肯定不会是金春节。

“要是我小瞧了你，埃尔德兰军尉一定会觉得我是没把你们整团的人放在眼里。”

“是，长官，她会的。”希思莉亚调整了一下背包，“我准备好了。”

他们开始了对弈的第一回合。希思莉亚用尽全力与米瑞克的目光对视。棋子在棋盘上落下、隐藏、对调，虽然速度不像此前她看到的那场先锋对局那样令人目不暇接，但在其他方面，她也没有让自己显得太过狼狈。

突然，一名气喘吁吁的士兵赶来向米瑞克汇报情况，打断了她的凝神。但希思莉亚却顽固地锁住眼神，棋子的顺序正在像海浪一样离她远去。从视野的边缘，她看到军士听取了信使的报告，然后毫不费力地接着刚才自己的回合继续下。

“你觉得这种玩法怎么样，列兵？”

保持眼神对接。保持眼神对接。

“有点……奇怪。更困难了，感觉有点……”她有些迟疑。说出这些感受让她觉得有些犯上。

“没关系，说。”他的声音很放松，一点儿都不像正参加一场紧张的对局。

又有更多棋子落下，再是一对棋子对调。她需要同时关注太多事情了。棋子的顺序、翻面、新的下法，还有背包里一块格外尖锐的石头——估计是埃尔德兰的那块——正在戳着她的脊梁，还要保持目光的稳定。所以最后她不假思索地说了出来。

“感觉有点野蛮。”话刚一说出口，她自己就被惊到了，“我的意思是，我不是说……”话已出口，再多解释就会显得虚伪，而且无论什么托词都会被他拆穿。

他的手突然一动，吓得她差点向后躲闪。然而他只是在木桩上敲了一下。惊慌失措的希思莉亚没能看清他瞄了哪枚棋子。她恼火地握了握拳头。她摇摇头，然后选择了偷看，窥见了其中一枚棋子。米瑞克稍做等待，按照规则，她在挑战失败以后应该也把余下的两枚棋子都看一遍，但她却拒绝了这个权利。

她不配拥有。

“野蛮，啊？”他说着，落下最后一枚棋子，“为什么这么说？”

“感觉没有人情味，很凶残，不像是在玩棋。”现在所有棋子都已隐藏，希思莉亚感到自己手心开始出汗。

“人情味，”他一边说，一边保持着凝视，而且凝视的时间比正常两回合之间的更长，“让别人产生这种感觉，我可以理解。我从小到大一直都相信诚实和公开是我们最伟大的两种力量。有的时候，人的初衷很容易隐藏在嘈杂和纷扰背后。一个人的双眼可以告诉你许多事情，他在想什么，他感受到了什么。我觉得以我现在对你的了解程度而言，普通棋局下100次也达不到，希思莉亚。”

他紧握着她的目光又过了一秒，然后回到棋局中。棋子对调，而希思莉亚的心思却陡然慌乱起来，因为她意识到自己现在对米瑞克的认识和信任远比自己预想的更深。

局势变得越发复杂。他们已经有十多个回合没有看过任何一枚棋子的正面，比分上也只有一分的差距。如果这是一场普通对弈，她应该已经要使诈了，但现在……她没有十足的把握，而且米瑞克的眼神也告诉她，时机未到。

又过了疾风骤雨般的几个回合——她隐约察觉到身边已经围满了人，大多数时候都鸦雀无声。她将旁人都赶进了脑海的远景中。她眼下的专注究竟有多少是主动使然，多少是因为应付不暇，她已经没时间去想了。

两个工程师过来报告第五盾阵和第八盾阵营地选址的难题，他像上一次一样耐心地予以批复。

“你刚才说这种下法野蛮，”他在一连串对调中说道，“德玛西亚就始建于一个野蛮的时代。我们训练、战斗、守护，为的是永远都不用再受到野蛮和凶残的戕害。这种棋可能看起来比其他的下法更野蛮，但说到底它也还是一场游戏，希思莉亚。”

“当然，我——”

“你要理解，无畏先锋必须直面野蛮、暴力、巫术和恐怖，这些都不是德玛西亚人，甚至不是一个士兵该遭遇的痛苦。每个先锋都知道自己一定会死在异乡，死在某种可怕的野兽爪下，甚至在自己变成某种邪祟之物的时候，还会死在自己的战友手里。每个披上这身铠甲的士兵都知道，自己的终极目标是献出一切，包括生命。这都是为了让德玛西亚人可以安居乐业，过上属于自己的金春节。”

希思莉亚脸红了。

“我知道，米瑞克军士。正因如此，我才来到这里。我读过那些故事，我见过的东西让大多数队友都吃不消。但我只感到愤怒！愤怒是因为那么多德玛西亚人在独自承受痛苦，苟延残喘。愤怒是因为我没能为他们而战。”

希思莉亚感到自己心脏在狂烈地跳动，耳鼓隆隆作响。她的双手也紧握成拳。

“好。”米瑞克缓缓点头，她似乎在他眼中看到了一丝赞许，“到你的回合了。”

她深吸一口气，强迫自己冷静下来。

他是想让我情绪失控吗？考验我是否能保持头脑冷静，看我是不是和列兵班德一样，只是刨去了他的优点？嗯，我也是有优点的。

希思莉亚的目光向下轻轻跳动，令两枚棋子对调，然后立刻回到对视中，比以往任何时候都更迅速。

又有一名士兵匆匆跑过来询问米瑞克什么事情，希思莉亚发现自己在对这些打断棋局的人发无名火。就在那名士兵嗡嗡嗡地说个不停的同时，她听到佩尔在自己身后悄悄说：“你有我们呢，新兵。”

疑惑的希思莉亚最后终于听见那个

士兵说的话……听上去根本毫无逻辑。

“所以很显然，军士，第二盾阵的新一批利剑今晚还在铁匠铺的重锤下——我们没法锁定产量，除非……啊，我不行了！王冠、骑士、天平、重锤、军旗、利剑，你能行的，希思莉亚！”

另一个士兵大笑着用手肘往他肋下一戳，顺势就把他拽走了。那个士兵依然在向米瑞克喊着各种棋子的名字。

米瑞克笑了出来：“看来你已经有并肩作战的盟友了，甚至一起对付我！”

他们回到了游戏中。希思莉亚意识到她并不能确认坚盾和军旗的位置是否和自己的判断一致。肯定就是这两枚棋子之一，但随着对局时间的延长，保持清醒已经越来越难。

“我们玩这个游戏是为了认识和信任彼此。正因为如此，它才是一种战争游戏，”米瑞克说，“但和你想象的不太一样。”

希思莉亚觉得她听到了片刻的迟疑。他一向沉稳的语调中带着极微弱的停顿。他开始打退堂鼓了吗？

“你能说上来为什么无畏先锋要这样下棋吗？”他的提问看似随意，但希思莉亚提醒自己，这也是考试科目之一。

为什么无畏先锋要用这种奇怪的静默方式下棋呢？就在她思考的同时，棋盘上的棋子也在走动和对调——每一步都让外人难以察觉。

“这是一种沟通的训练，让你可以在不惊动敌人的前提下与战友交流。”她的语气十分自信，虽然她对坚盾的位置不太自信。“如果我可以仅用一个眼神向你发出警示，或者是命令，那么，或许我们可以在战场上救人一命。”

虽然希思莉亚并不觉得惬意，但似乎她终于已经掌握这种玩法了。虽然很难，但她十分清楚自己在做什么。

“而且我觉得，还不止于此。”她继续说，“我一直以为鉴棋是考验记忆力的游戏。在父亲教我玩的时候，记忆力是关键。我每天都勤加练习，就像德玛西亚人一样勤奋。当我在第九团下棋的时候，我就意识到它不止于此，这个游戏的关键是规划行动，同时预判你的对手。”

米瑞克再次点头。棋子在他们中间翩翩起舞。

“但也还不止于此，对吧？”她问。

他回答了她的提问，刚才的迟疑不见了踪影：“这是勇气的游戏。你的勇气，我的勇气。技巧也很关键，但没有勇气的技巧什么都不是，比如……”

他伸手在树桩上敲了两下。

诈。

周围的人群中有人震惊地吸了一口气，然后立刻被旁边的人制止。现在太阳已经落得很低，龙禽的叫声从远处传来。银翼龙禽，远离它的故乡。米瑞克的蓝眼睛闪烁着神光，平稳地迎接着她的灰色瞳仁。希思莉亚搜寻着她刚才看到的疑虑，也在内心寻找自己的勇气，然后信心满满——她磨炼多年的技艺给了她力量。

她抬起手敲了一下，又一下。

现在轮到他做决定了，是相信希思莉亚真的猜透了每一枚棋子，还是认定她只是虚张声势。她在自己的眼神中注入了所有的笃定，让他看得一清二楚。

他微笑着，视线缓缓扫过所有棋子，要求她证明自己。

她把手伸向棋子，从左到右依次念。“重锤。天平。利剑。”她每说出一个名字，就将一枚棋子翻开。每一枚亮底的棋子，都是她技艺的明证。“军旗。骑士。”她没说错。剩下最后两枚棋子，分别是坚盾和王冠，然而即便她积累了那么多练习、技巧和决心，也依然无法确定。她犹豫了。

“然后呢？”米瑞克的声音没有出卖任何信息。

她把手放在第六枚棋子上，深吸一口气，庄严地说道：“坚盾。”

是王冠。

他们周围的人群爆发出欢呼、遗憾、激动和不敢相信的喊声。希思莉亚坐在那呆住了。她的心和背上的背包一样沉重。那里面装着的石块上刻着她战友的名字，而她辜负了他们的期望，她不配背负他们的名字。

米瑞克俯过身，坚定的声音盖过了周围的混乱。

“你打出了勇气，打出了无畏先锋的魄力。我很期待和你的下一次对弈。”

卓德

弗雷尔卓德是一片环境恶劣、残酷无情的土地。这里的人个个都是天生的武士，必须在绝境中谋生存。

弗雷尔卓德境内的诸多部族都有强烈的自豪感和独立意识，在瓦洛兰大陆上与他们接壤的邻邦常常会认为他们野蛮、粗犷、未开化，但那是因为不了解他们承袭已久的远古传统。数千年前，阿瓦罗萨、赛瑞尔达和丽桑卓三姐妹之间的同盟在一场战争中瓦解，这场战争让北地陷入混乱，进入了近乎永久的寒冬，甚至还曾不为人知地威胁了整个符文之地的存亡。现在，只有那些真正出类拔萃的凡人，那些近乎无视火焰与寒冰侵袭的人，才可能拥有成为领袖的命运和能力。

虽然冰霜守卫部族极力掩盖，但关于旧时的神灵、神秘的雪人和躁动的兽灵行者萨满之类的种种神话传说依然流传了下来。凛冬之爪的劫掠者每一年都在扩张洗劫的范围，南至德玛西亚疆界，东至诺克萨斯边境。最后，还有一些寻求和平但又坚持独立的部族开始汇聚到年轻的女王艾希身边，与她麾下的阿瓦罗萨人结盟。

即便如此，前路依旧晦暗。战争即将再次降临弗雷尔卓德，没人能够逃脱。

冰霜监视者

在嚎哭深渊的最深处，一种永恒不老的怪物正在两个世界间的帷幕后怒目而视。长久以来，它们一直在臻冰的监牢中观察着符文之地……然而现在，最不合理的事情正在发生，冰开始消融了。

远古魔法

虽然许多古老的歌谣都已被遗忘，但依然有一些弗雷尔卓德人敢于轻声唤出那些禁忌半神的名字：锻造陆地的奥恩，死而复生的艾尼维亚，还包括撕裂肉体、收割灵魂的沃利贝尔。

在炉火的映照下，魔法与信仰之间没有什么隔阂是一首歌无法跨越的。

《在世传说》

腐化的秘密

监视者的邪能，以及它们所在的深渊领域，已经渗入周围的臻冰。黑冰由此而生，上面布满漆黑的脉络，带着逆转的元素之力。虽然黑冰是难以言喻的丑恶事物，但对于那些知晓其来源的人来说，却承载着巨大的文化价值。

寒冰血脉

虽然罕见至极，但部族的血脉中的确流淌着一种力量，那是在远古时代以惨烈的代价换来的。寒冰血脉由母亲传给子女，所有冰裔都更加强壮、坚韧、耐寒。更重要的是，只有寒冰血脉能够在使出全力的情况下，挥舞由永不熔融的臻冰所制成的神器。

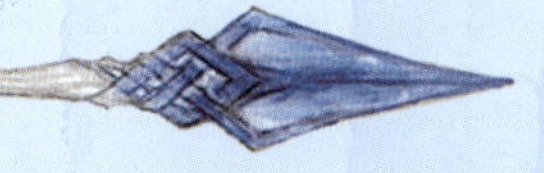

阿瓦罗萨人

阿瓦罗萨的传承

虽然关于最初征服狂野北地的“三姐妹”的故事已经鲜为人知，但在这黑暗与不安的年代，最常被人们唤起的是阿瓦罗萨的名字。她的臻冰宫殿，所经历过的战斗，所面对的下至地底、上至星空的敌人，无一不激励着人们团结在她的名号下。他们都希望、祈祷有朝一日她将履行承诺，光荣回归，再次统一所有部族。

寒冰射手

阿瓦罗萨部族的首领是冰裔战母，艾希。她克己、智慧、理想远大，但还未适应自己作为领袖的角色。艾希与自己血脉中蕴藏的先祖魔法相通，挽着一把臻冰打造的长弓。她的族人相信她就是神话中的女英雄阿瓦罗萨的转世。在族人的追随下，艾希希望夺回那些属于部族的古代领土，从而使弗雷尔卓德再次实现统一。

北地之怒

瑟庄妮是凛冬之爪残忍无情的战母，带领的也是弗雷尔卓德土地上最令人闻风丧胆的部族。她的部族的生存，是一场旷日持久的、毫无胜算的对抗元素之力的战斗，迫使他们以劫掠的方式度过残酷的凛冬。瑟庄妮在最危险的战斗中身先士卒，骑着居瓦斯克野猪冲在最前方，用她臻冰打造的链枷粉碎一切敌人。

无情的劫掠者

死亡伪装成千种模样，尾随寒冰而至。或是尖牙，或是刀剑，麻木的冻疮、苦涩的饥饿，不一而足。要想活下去就要逆转所有绝境，粉碎任何威胁，抢占一切先机。

每个拂晓都给凛冬之爪带来一个选择：要么为了活下去不择手段，要么迎接死亡。而对凛冬之爪来说，这根本不是选择。

冰霜守卫

冰霜女巫

冰霜守卫部族的多数人都认为他们的首领丽桑卓是一个在世的圣者，为弗雷尔卓德的各族带来了智慧与治愈。但事实却并非如此。她使用元素魔法将臻冰扭曲成黑暗的物质，任何胆敢揭露她最不可告人的秘密的人，都会被其以冰霜穿刺或囚禁。

冰霜祭司

弗雷尔卓德大多数的文化历史都是以悠久的口述传统形式流传至今的——不过事无绝对。丽桑卓手下的冰霜祭司已被大多数部族接纳。然而这些看上去仁慈的祭司一直在企图抹除上古传说中某些所谓不合时宜的细节，想要将传奇般的历史与惨淡严峻的现实完全切割开来。而当冰霜守卫最终面对隐藏在自己脚下的恐怖之物时，他们还能继续否认事实吗？恐怕只有时间才能揭晓答案。

好日子

作者：安东尼·雷诺兹（ANTHONY REYNOLDS）

弗莱娜咬紧牙关，想控制住打战的下巴，强迫自己继续在厚厚的积雪中勉力拖行。冷风抽打，冰雪扎在脸上，但她并未因此而退缩。她绝不会在别人面前示弱。

她的氏族从属于凛冬之爪，所以北地冻土的任何艰难险阻她都能忍受。

时近正午，他们身后东边的昏暗天空亮了起来。隆冬时节，太阳只是匆匆露个头就又要落山。再往北走就根本看不到太阳了。

这次狩猎他们一行五人。和弗莱娜一起的是三个表兄弟——哈尔加、碎骨和莱勒。他们三人向右侧散开，第五个人在前方侦察，看不到身影。

“这儿什么都没有，”离她最近的哈尔加嘟囔了一句，“这是在浪费时间。我们要挨饿了。部落几个月前就应该往南走了。”

弗莱娜翻了个白眼。就算让他们尽享蜜酒佳肴，哈尔加也能挑出刺来。

“兄弟，让你的舌头歇会吧，”碎骨吼了一嗓子，“不然我用刀帮它歇歇。”

哈尔加瞪了一眼，但没再说什么。一本正经的碎骨是此次狩猎的领袖，他的威胁从来都不是说着玩儿的，而且他也没什么耐心。

弗莱娜暗自向神祈求，是哈尔加判断错了，但是她也深深地预感到今天又会很苦。上次狩猎成功都已经是一个多月

之前的事情，储备的腌肉一周前就吃完了——可那些本来是一整个冬天的食物。他们曾离开过平时狩猎的区域，伏击了风暴之鸦的战斗小队，稍微缓了一阵子，但靠敌人身上的食物也没能撑太久。整个部落都在挨饿。

他们继续向前走，谁也没有说话，只有脚下的雪发出嘎吱嘎吱的声音。弗莱娜把手中的矛当作登山杖，每走一步都将它深深地插在雪中。她的弓斜挎在肩膀上，箭筒挂在腰间。不过这些都还没机会派上用场。离开营地已经四个小时了，他们连猎物的影儿都没看到。

她的肚子发出了抗议。好多天来，她能吃到的最好的东西就是清水似的骨头汤，但她使劲让自己不去想这些。风势渐强，弗莱娜边走边将毛皮斗篷又裹了裹。头顶上，云层越来越密，遮住了星星。虽然已经迎来正午的日出，但天光依然昏暗。

绝望和怀疑开始狡猾地爬上她的心头，似乎是在耳边低语。

我们都得死在这儿，冷冰冰、孤零零地。它们说。

弗莱娜甩甩头，把它们从耳边赶跑了。

在她的面前，积雪当中出现了一簇簇朦胧参差的岩石，就像是几根巨大、结冰的手指。走了这么远，没见过什么树木或是生命迹象。这是一片荒凉冰冷的不毛之地，四面八方都望不到边。

遥远的北面，偶尔会有闪电划过。在这片冰原上行进的同时，时间似乎都被冻住了，几分钟就像几个小时一样难熬。弗莱娜只剩下向前的念头，一脚又一脚相互交替，饥饿和疲倦已经让她的感官变得麻木了。

恍惚当中，弗莱娜用了半秒才反应过来，有一个模糊的人影突然出现在了正前方。

弗莱娜被吓了一哆嗦，后退一步举起长矛，然后才发现是他们的斥候，西格茹·踏冰。

她刚才一直站在一堆石头中间，一动也不动，身上斑驳灰白的斗篷系得紧紧的。要不是就站在弗莱娜前面不到十几步的地方，谁也发现不了她。

踏冰扎实的辫子早就变成了银色，她的脸上写满了风霜的痕迹，多年的冰雪洗礼让她的眼睛外侧布满了深深的沟壑。尽管她在部族乃至整个凛冬之爪中都属于年纪最大的一批，但她的身上依然洋溢着热烈的活力，鲜有人能经得住她那令人畏惧的目光。连战母的血盟也会在她的虎视眈眈下退缩。她高大精壮，坚毅的目光落在弗莱娜的身上。

“你在梦游吗，没疤的？”踏冰说道，“我要是敌人的话，你就死了。”

弗莱娜低下头借着喘息骂了一声，脸一下子就红了。踏冰的眼神依然能让她想起那次劫掠。过了这么久，依然无法忘记。哈尔加、碎骨和莱勒蹒跚着靠了过来。看到哈尔加一脸坏笑，她知道刚才踏冰对自己的训斥他们都听到了。

“像个受惊的雪兔一样蹦起来了，”哈尔加说，“没疤的，你还尿裤子了吗？”

“你也没看到我，哈尔加，”踏冰面向他厉声说道，“我只不过是对她期待更高。”

他咧嘴一笑，折开胡须上的冰碴儿。“从来都没人看见过你呀，踏冰。”

“有什么发现吗？”碎骨问。

踏冰盯着哈尔加瞧了片刻，让他收回笑容

避开目光，然后她转过身对着狩猎的带头人点了点头。

“有脚印，往前半里的地方，”她接着说，“就在西北边的山坡上。”

“厄努克吗？”莱勒问。他脸上爬满了刺青，表情一如既往的严肃。弗莱娜甚至怀疑他究竟会不会笑。

踏冰摇了摇头，嗓音中掺杂着隐隐的兴奋感：“雷角兽，还是个大家伙。”

弗莱娜瞪大了眼睛，而莱勒在感激地嘀咕着什么。就连哈尔加都找不出什么泄气的话可说了。

“有多远？”碎骨问。

“脚印很新，”踏冰说，“我估计几个小时前刚经过这里。”

弗莱娜瞬间将疲惫抛在了脑后。就算是一头小雷角兽也能让整个部族吃上至少一个月。期待之余，她已经开始流口水了。

狩猎小队在等待碎骨下达命令。这位长发猎手把图腾骨链放在手中握了一会儿，脑袋歪向一边，好像在聆听其他人听不到的声音。他带着许多骨制神像，都雕刻成北方的神明或灵兽的模样，弗莱娜怀疑是不是它们在对他说话。有些神她是认得的，比如冰凤凰和海豹修女，另外那些她就认不出来了，比如握着锤子的公羊，还有一只双头渡鸦。

碎骨把图腾拿近了一些，双眼注视着天空。头顶的云狂卷汹涌，冷风的呼啸越发激烈。尽管时间快到正午了，但现在却是今天最暗的时候。无论怎样，雷角兽都是个不容错过的猎物。

碎骨晃了晃手中的图腾，发出咔嗒咔嗒的响声，然后摊开手看着它们。

“往前走两个小时？”碎骨扫了一眼踏冰。

“可能都不用。”

碎骨点了点头，陷入了思考：“我们追上去。”莱勒也点了点头，哈尔加则是大吼了一声：“但是我们得快，这风暴看起来不妙。”

“你能跟上吗？没疤的？”哈尔加问。

弗莱娜瞪了他一眼。“我不会拖后腿的。”她说。

“你要是掉队了，我们可等不了你，”他吼了一句，“我们会把你丢下等死，这样部族会变得更强。”

“我不会拖后腿的。”弗莱娜攥紧了拳头又重复了一次。哈尔加得意地笑了一声便走开了。

弗莱娜感觉有人在看她，转过身去看到旁边的踏冰。显然她一直在看着他们的交谈。弗莱娜的脸又红了，更加觉得不好意思。

“最开始是我的小儿子管你叫没疤的，对吧？”踏冰说话的语气比刚才柔软了。

霍乐尔。

弗莱娜点点头：“是。”

“我很想他。”踏冰说。

弗莱娜抬头看着这个年迈的女人。踏冰的面色变得忧郁起来。

“我也是。”弗莱娜说。

哈尔加叫她“没疤的”是一种羞辱，因为她不曾面对过敌人的巨斧和剑刃，在部落的人眼中是未经历练的弱者。但每当霍乐尔这么叫她的时候，弗莱娜总是会笑。

他是踏冰的小儿子，只比弗莱娜大一岁。他们两个都没经过什么历练，所以都觉得这个称呼很有趣。

“啊！可我带着鲜血劫掠者的印记，”他曾一边高声宣告，一边自豪地比画着左脸上锯齿状的伤疤，“所有看到我的人都会明白恐惧的真正含义！”

“我看是笨蛋的真正含义吧。”弗莱娜嘲笑他说。

那时正是仲夏，他俩都还是孩子。霍乐尔引以为傲的伤疤是他前一周跑着去参加盛宴，不小心摔倒，把头磕在石头上留下的。不是什么大英雄的故事，他俩心照不宣。那是只有他俩才懂的笑话。

那个冬天他们遭遇了伏击。是风暴之鸦，因为饥饿和世仇。部落中大多数的战士当时都在外面劫掠或者狩猎。

那是场大屠杀。

弗莱娜的母亲把她藏在了一堆毛皮的下面，杀死了三个掠夺者之后被一箭射中了脖子。在那次劫掠中弗莱娜也失去了姐姐，世上已经没有她的家人了。

她麻木的脸上流淌着泪水，踉跄着走出帐篷。就在那时她看到了霍乐尔，仰面躺在雪地当中，一支长矛穿过他的胸膛。

弗莱娜跪在他的旁边，踏冰和部落中的其他人看到营地冒出浓烟便赶了回来。踏冰并没有为自己的儿子流泪，尽管这已经是她的最后一个孩子了。她膝下无女，其他的儿子也都在劫掠和疾病中丧命。踏冰的血脉可能到她这里就断了。

为了复仇他们集结了一支战斗小队，脸上涂抹着鲜血和灰烬。复仇之火中烧的弗莱娜本想和他们同行，但她当时太小了。踏冰将手放在弗莱娜的肩上。

“你的母亲是个出色的战士，”踏冰说，“是凛冬的女儿。我知道你是我儿子的朋友。我们的亲人现在都在更好的地方。不久我们就能再见到他们了，我们将和他们一起，在无尽的冰原上狩猎。”

然后踏冰就和其他人离开了，消失在黑暗之中。翌日归来，他们已经完成了复仇，让风暴之鸦付出了血的代价。踏冰对弗莱娜点了点头，但她们之间没有再说过话……直到今天。

“狩猎的时候到了。”碎骨的命令将弗莱娜从痛苦的回忆中拽了出来。

踏冰对弗莱娜点了点头，显然她们心里想的是一样的。她们都在那天失去了所有东西。只剩下她们的部落。

五个猎人大跨步地迈进了黑暗之中，像一群饿狼在行进。踏冰一马当先在前面开路，而弗莱娜作为几人中年纪最小也是最缺少经验的跑在中间，两侧是哈尔加和莱勒。作为小队的头领，碎骨留在最后面确保没人掉队，同时也警惕着有人偷袭。

踏冰领跑的速度让人吃不消。弗莱娜很庆幸不止自己一个人气喘吁吁。就连一向刻苦的莱勒也很难跟得上，而踏冰的步伐中却似乎完全没有一丝疲倦。

他们一直紧随着雷角兽的脚印前进。脚印的大小很是让弗莱娜惊讶。每个脚印都比两只手掌并在一起还宽，深度也差不多一样。这头猛兽一路上故意冲破了很多大雪堆，丝毫没有减速的迹象。它绝对是个大块头，而且动作还很迅猛。猎手们已经在缩短与猎物的距离，但目前这个速度并不乐观。

天开始下雪了，又引得哈尔加咒骂了几句。弗莱娜不问也知道为什么。新雪不仅仅会让奔跑变得更难，如果下得够大的话，甚至连踏冰都很难继续追踪雷角兽。猎手们又加了把劲儿，他们的脚步更快了，希望能赶在暴风雪将路完全封死之前追上那头大牲口。

寒风呼啸，刺骨的寒流不断地抽打着广阔的冻原。穿皮裹毛的弗莱娜正在大量地出汗失水，但她的脸已经冻僵了，眉毛和睫毛上面挂满了冰。哈尔加的胡子也冻硬了。如果在这个无遮无挡的地方停下来，顶着这凛冽的寒风，他们支撑不了多久。

他们继续前进，但风暴越来越强。尽管如此，踏冰依然带着他们行进在正确的路上。但她究竟是如何分辨前进方向的，那就是某种弗莱娜无法理解的技巧了。

视野已经压缩到了面前几步远的地方。弗莱娜再也看不到猎物脚印的丝毫踪迹。踏冰也完全消失了，她能看到的只有身旁的哈尔加和莱勒。闪电划过，雷声已经依稀可闻。

一只手从身后搭上她的肩膀，吓得她叫了一声，还好声音被狂风吞没了。是碎骨，他的两撇唇须本来像犄角一样翘起，现在则变成了两条冰锥，挂在发紫的嘴唇边。弗莱娜停下了脚步，哈尔加和莱勒也很快靠了过来。过了片刻，风暴当中浮现出了踏冰的轮廓，犹如寒冰幽灵般向他们走了过来。

“怎么停下来了？”踏冰隔着狂风高声大喊。

“看到天空中的闪电没？”碎骨边喊边拿出一枚图腾扣在手中开始摇晃，“风暴领主发怒了！”

“我还能找到野兽的踪迹！”踏冰大喊着，“我们正在接近！”

尽管猎手们自己行进的踪迹都已经几乎被盖住了，但弗莱娜并不怀疑踏冰的话。而碎骨却直摇头。

“这是噩兆！”他大声说道，“我们必须回头！”

弗莱娜本以为踏冰会反驳，但让她没想到的是，踏冰直接沿着原路往回走。其他人也都没反对，一言不发地转头就走。弗莱娜是唯一一个例外。她看着踏冰，心中除了不解，还有一些失望。

“可是我们已经很接近了！”弗莱娜开口了。

踏冰只是耸了耸肩，脚步却没停下来。

弗莱娜转过身朝着另外四个猎手的背影大喊：“我们都到这一步了！整个部族都指望我们呢！”

“总还有明天的，”莱勒大吼着，“我们等神的愤怒平息了再来狩猎。”

“但是部族今天就会挨饿！”这次弗莱娜紧跟着其他人，还在喊着，“我们都好几周没见过猎物的踪迹了！”

“那你就自己去狩猎吧，没疤的，”哈尔加扭过头厉声说道，“我会回到篝火旁，为你崇高的牺牲举杯致敬。”

“如果我们放弃这头猎物，就会有人饿死。”弗莱娜并没停下她的呼喊。碎骨站住了，转身看着她。其他人也停了下来。

“那又怎样，部落里最弱的人回归大地。”碎骨说，“这就是凛冬之爪的生存之道。”

“要是我们都死了呢？”

“那就是神的旨意！”

弗莱娜注视着其他人。难道她之所以不想空手而归，只是因为自己的自尊会受伤？

“如果我们死在这场风暴里，”碎骨高喊着，“那部族里就失去了五个最优秀的猎手。那就可能害死所有人。”

“应该说，是四个最优秀的加上一个没疤的。”哈尔加咧着嘴笑了一下。弗莱娜怒视着他，想要一拳替他收起脸上得意的假笑。

被哈尔加的冷嘲热讽激怒的可不只是她。踏冰走上去照他的后脑扇了一巴掌，这一下让他当场跪倒在雪地上，嘴上咒骂了一句。他马上站起来，一只手抓住了斧柄。

“斥候！就冲这个我已经可以杀你好几遍了！”他大吵大嚷着，被冰雪拍打过的脸颊憋得更红了。

“那就来呗，矮子。”踏冰盯着他，眼睛都没眨一下。

哈尔加舔了舔嘴唇，盯着踏冰身侧系着的一对长长的猎刀。她没有任何伸手去抓它们的动作。至少现在还没有。

碎骨和其他人站着没动，静静观察着局面。

最后，哈尔加松开了斧柄，他知道惹上这位名声响亮的猎手并不明智。他转过身去自言自语起来。

“说这些都没用，”他还在嘀咕着，“是吧，兄弟？”

带头的猎手依次看了看哈尔加、弗莱娜和踏冰。

“你要和这姑娘站一边？”听到碎骨这样问，踏冰耸了耸肩。

“我还认得出它的踪迹，”她接着说道，“像你自己说的——如果我们死在了风暴里，那就是神的旨意。”

碎骨紧锁着双眉，又拿出图腾晃了晃，然后点了点头。

“那我们继续。”他说。

终于，他们在一处被雪覆盖的黑色乱石堆中间找到了这头野兽——果然是弗莱娜见过的块头最大的雷角兽。

从锯齿状的前角到又短又秃的尾巴，加起来几乎有一艘狼船那么长，这绝对是一场恶仗……如果它还活着的话。

这头巨大的野兽四肢摊开，侧卧在地，旁边的雪地已经被染成了红色，宽阔的弧形血迹喷溅四周，地面被刨出了很深的大坑，像是刚刚经历过一场激烈的打斗。

猎手们拿出了武器，小心翼翼地向前靠近。他们本能地分散开来，没人说一句话。狂风悲号，气旋吹散了积雪。

弗莱娜双手抓紧了她的长矛，半蹲着慢慢蹭向前。她仔细检视着四周，提防任何敌人，但这头倒下的雷角兽却一直在吸引着她的目光。真是个怪物啊。

它厚实粗壮的身躯上覆着结了冰的深色皮毛。头上夺命的尖角甚至比其他部落氏族用来捕猎哀鲸的大鱼叉还要长。它张着嘴，露出意外细小的、如同凿子的牙齿。平静的死寂中，粉红色的舌头显得特别突兀。小小的眼睛瞪得溜圆，眼珠一动也不动。

“它是什么东西杀的？”她问了一句，一股冰冷的惧意钻进了肚子里。

“不管是什么，很可能还没走远。”踏冰悄悄说着，一支箭已经搭在弦上。

“而且自己刚到手的猎物被别人抢走，估计不会太高兴。”哈尔加不怀好意地补了一句。 他也搭好了弓箭，在原地转着圈。

碎骨小心翼翼地走近雷角兽的尸体去检查它的伤口。踏冰则一心一意地盯着地面上的痕迹，视线来回地游动，如同冰霜祭司在解读图腾一般。弗莱娜、哈尔加和莱勒分散开来，面朝外警惕着随时可能到来的危险。弗莱娜还能闻到这头死雷角兽的味道：一股令人兴奋的动物香味。

“伤口在侧腹上，”碎骨喊道，“它的喉咙被扯碎了。不是斧子和长矛弄的。”

“雪人干的？”莱勒问。

听到这个词，弗莱娜不禁打了个冷战。参加这次狩猎，她最害怕的是冰原狼，或者是风暴之鸦的狩猎小队。而她根本没想过还有遇到雪人的可能。这里对他们来说太偏南了……不是吗?

“等下，”踏冰说着蹲了下来，隔着手套摸了摸地上的雪，“这是……”

“你看见什么了？”弗莱娜说。

如果是雪人的话确实很糟糕……但是踏冰口中喊出的东西却更可怕。

“狂爪虎！”她惊呼了一声。

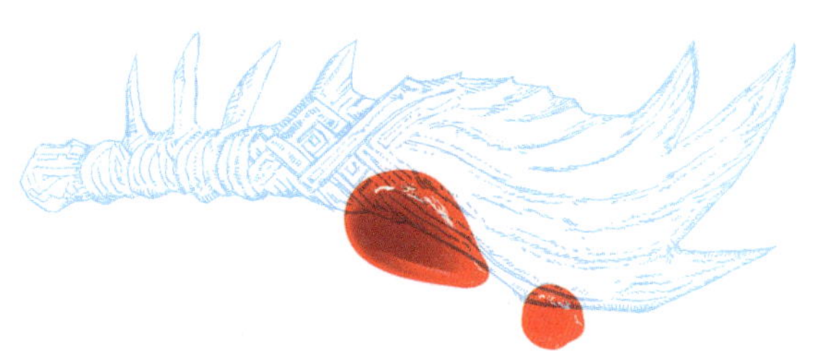

一团雪迸溅而起，一头猛兽随之扑出，以惊人的速度冲下一座石丘。

弗莱娜只能看到模糊不清的一团皮毛，还有一闪而过的黄色眼睛。她还没来得及挥起长矛，狂爪虎就猛地撞上了莱勒，利刃一般的爪子深深刺入了他的身体。这只猛兽抱着他跳出去足有20英尺才落地。他们的战士被这庞然大物压得粉身碎骨，巨爪之下一片血肉模糊。它咬住莱勒的脖子，残暴地一下子扭断，结束了他的生命，飞溅的鲜血将雪地染了一片红。狂爪虎又转向其他的猎手，几条尾巴抽打着雪地，可怕的咆哮声让弗莱娜心惊胆战。

它的个头很大，很可能是虎群中的头目，甚至比凛冬之爪中最骁勇的战士所骑的居瓦斯克极地野猪还要大。它的动作带着猫科动物特有的优雅，六条腿轻盈而有力。

第一个反击的是踏冰。她的一发箭矢正中狂爪虎的脖子，那猛兽疼得狂吼了几声。她马上又抽了一根箭射去，再次命中，深深地嵌进了狂爪虎的肉里。

狂爪虎眯起黄色眼睛死盯着踏冰，随后冲了出去。

它速度奇快，两步就蹿到踏冰的面前。又是一箭——哈尔加射中了大猫的胸口，但它并没有慢下来。弗莱娜狂吼一声，抱住长矛俯身向前猛冲，但知道自己已经来不及了。

踏冰将弓一撇，立刻飞扑出去，拼尽全力想要躲开它迅猛的爪子。她曾经很敏捷，但岁月多少让她有些慢了。虽然她避开了致命的伤害，但狂爪虎还是扫到了她。巨大的爪子划过她整个后背，撕开了皮甲，深深地割开皮肉，让她翻滚着倒地。

这头大猫怒吼一声继续扑向踏冰，任何人都追不上它的速度。

虽然如此，它还是短暂地分了神，因为碎骨正握着两把战斧，发出战吼向它冲过来。

这短暂的停顿已经足够让弗莱娜追上去了。她发出歇斯底里的惊恐吼叫，将长矛刺入了狂爪虎的侧身，继而使出全部力量和体重将长矛推入更深处。她可以感觉到矛头摩擦着肋骨。

大猫尖叫一声迅速转身，放过了踏冰。这一甩的力量太猛，弗莱娜的长矛脱手了，她自己也失去了平衡，跪倒在地，而狂爪虎已经转过来面对着她。

死神正用它黄色的眼睛凝视着她。

一只至少有弗莱娜脑袋那么大的巨爪，从她脸上划过。

眼前只见一片血色，她便倒下了。

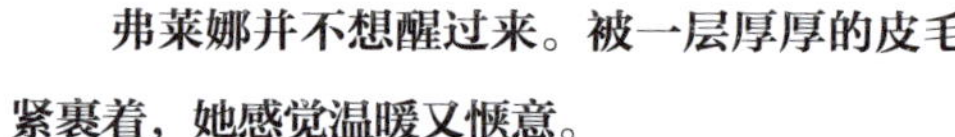

弗莱娜并不想醒过来。被一层厚厚的皮毛紧裹着，她感觉温暖又惬意。

她皱了下眉。她听见远处有呼喊，还有巨大生物咆哮的声音，但声音很模糊，是从很远的地方传来的。*是梦吧*，她麻木地想着，然后往皮毛深处又钻了钻，想要再睡一会儿。但那个声音却不依不饶。她叹了口气，睁开了眼睛。

她发现眼前是一片昏暗的天空。雪花来回拍打着她的身体，好像某种凡人难以真正理解的狂野而轻盈的舞蹈。每片雪花旋转飘落的样子都很美。她感到雪花在自己身上堆积，但并不觉得冷。

如果这又是一个梦，那可真是美好。

她听到尖叫声，心头有一丝愠恼。这声音打破了她的平静。又是一声吼，离得更近了。*那是什么叫声？*

她突然觉得有点蒙了。她并没有躺在皮毛上，而是在雪里，但她却不记得自己倒下过。她发觉自己的右眼看不到了。右边一片漆黑。是被头巾或者毯子什么的盖住了吧，伸手摸一摸。不对——她把手拿开的时候，上面全都是血。

然后刺痛袭来，让她瞬间认清了自己真实的处境。她最后的疑惑也如冰龙蜕皮一般剥落了。呼喊声来自猎手同伴们，他们应该还在和那只狂爪虎殊死搏斗，也正是那头野兽几乎一掌将她拍死了。

但是她没死。现在还没有。

她发出艰难的呻吟，挣扎着爬起来跪着。感觉就像是被人用炽热的火钳戳进了右眼。她整张脸都在愤怒地抽动着。她单手撑地，感觉天旋地转，努力不让胃里的东西翻腾出来。还好，恶心的感觉很快就消失了。她又小心翼翼地碰了下自己的脸。血滴落在雪地上。她摸到从眉角到脸颊之间有一道深深的伤痕，表情不禁扭曲起来。她的右眼还是什么都看不到，可她却没胆量去试探自己的眼窝。她怕极了，怕那里什么都没有。

弗莱娜踉踉跄跄站了起来，视线有些飘忽。她颤抖地望向还在继续的惨烈厮杀。

狂爪虎身上插着几支箭，也在流血。它愤怒地抽着尾巴，耳朵向后背过去，眼中满是怒火地狂吼着。一张血盆大口四周的苍色毛发上，鲜血凝成了痂。

踏冰和碎骨正在绕着它转圈，而哈尔加已经倒下了。他没死，但是一条腿弯折的角度让人心底发凉。他颤抖地拿着自己的弓，满脸痛苦地咒骂着。莱勒的尸体就在不远处，已经变成了一团分辨不清的肉泥。

踏冰和碎骨都受了伤，但这头猛兽同样瘸了腿，它的力量正在减弱。但这次战斗的结局还没有定数。

奇怪的是，在那一瞬间弗莱娜突然清醒地意识到，这头兽中之王和凛冬之爪部族并没有什么不同。他们在这个赖以为家的严酷而冰冷的土地上仅仅是为了生存而拼搏。这只猛兽可能也有自己的家庭在等它喂养，拼命地战斗不过是为了阻止猎手们抢走它的食物。

万事万物都是这样，过去是，将来也是。生活就是一场战斗。弱肉强食。

她心中腾起了怒火。她为部族所遭受的那些苦难而愤怒。她为自己的胆怯、自己的弱小而愤怒。怒火让她周身发暖，驱走了令人麻木的严寒。她的眼睛眯成了一条缝，死死地盯着狂爪虎，同时怒吼着从腰间抽出猎刀，突然加速狂奔起来。

如果今天就是死期，那她便要迎头而上，用长矛和利刃与死神战斗到最后一刻。

不远处飞来一箭，深深地插入了狂爪虎厚实的脖颈。它嘶吼了一声，转过身面向瘫倒在地上的哈尔加。他大声咒骂，手在胡乱地摸索着下一支箭。踏冰向前一跃，挺矛刺去——那是弗莱娜的长矛。就在这只巨型大猫转身面对踏冰的时候，碎骨又冲了上去，将一把战斧砍进了它的侧腹。

大猫朝着碎骨狠命一击，但这位带头的猎人就势一滚，从爪子下面闪了过去。与此同时，踏冰将弗莱娜的长矛又一次深深地刺进它的身体里。这次，狂爪虎的反应比刚才更快了。它的巨爪正好命中踏冰的胸口。弗莱娜惊叫一声，望见年迈的斥候横飞出去，重重地摔到附近的一块巨石上，冲击力足以让人骨折。

一支箭擦着大猫的脑袋，射穿了它的一只耳朵。狂爪虎又对准了哈尔加。它立刻朝哈尔加的方向探了过去，压低身子，正准备扑上前。

伴着一声愤怒的尖叫，弗莱娜从一块盖着雪的石头上跳下来，双手高举着她的尖刀。她骑到狂爪虎的肩上，狠狠地将利刃扎了下去。刀身全部没入，鲜血一下子涌了出来。

那只野兽惊叫着跳起，拼命地想把她甩下去。弗莱娜紧抓着不放，一手攥着她的那把尖刀，另一手则是大猫厚重的皮毛。她拔出刀子，又狠狠地刺了两下，然后被甩开，重重摔在泥泞的鲜红雪地上。

狂爪虎俯视着她，低吼时呼出的热气弥漫着腐肉的臭味。摔在地上的弗莱娜朝它吼了回去，没有丝毫退让。

这时，一把斧头正中狂爪虎的后脑。它终于一头栽倒在地上。

狂爪虎抽动了几下，就再也不动了。

碎骨低头看着弗莱娜。“你的脸……”

弗莱娜耸了耸肩。

“我没死。”

她的视线移向踏冰，她躺倒在那块巨石下方。碎骨把弗莱娜架了起来，两个人蹒跚着朝踏冰走过去。斥候还有气，但是她的胸口已经塌进去了，唇边满是血沫。

弗莱娜无能为力地跪倒在地。

“它死了吗？”踏冰低声呻吟着。

弗莱娜点了点头。“碎骨把它杀了。”

踏冰咳出了血……然后露出微笑。她满口牙齿都被染红了。“好，”她喘得很厉害，“要是白白送死就太可惜了。”

碎骨用一只胳膊托着哈尔加走到弗莱娜的身边。弗莱娜抬头看着他们。碎骨低头看着踏冰的伤口，表情凝重。他摇了摇头。

大限将至的踏冰伸出了一只手，弗莱娜双手捧住。

“对不起，”弗莱娜说，“是我的错。我不应该让大家继续的。”

“别说了，”踏冰斥道，“今天是个好日子！我们的族人可以饱餐一顿，而我……我将前往彼岸去见我的儿子们。对，今天是个好日子。”

“可是——”弗莱娜刚要说话，踏冰就打断了她。

“这么做是对的，”她紧紧地握着弗莱娜的手，“这是凛冬之爪的生存之道。畏难不是我们的作风。部落需要你这种勇猛的领袖。”

“我不是领袖。”弗莱娜说。

“你会是的，”踏冰告诉她，“而且，你也有疤了。”

弗莱娜的脸抽动着，但是血已经不再滴了。*大概是冻住了吧*，她心想。

风暴最为猛烈的时刻已经过去，头顶上吹开了一片晴朗的夜空。黑暗之中浮现出几条彩色的光带。景象美丽而宁静。或许那些神也在向一位英雄的逝去表达敬意。

碎骨借着喘息喃喃地念着他的咒语。

踏冰最后一次握紧了弗莱娜的手。“我一直都想要个女儿。”她说。

她松开了手，然后颤抖着叹出最后一口气。

之后她便不动了。

那晚，族人美餐了一顿。

因为哈尔加已没法走路了，弗莱娜和碎骨就给他挖了个躲避风雪的地方，让他留下来看守猎物，而他俩则踏上返回部族的漫长旅途。

凛冬之爪部族并不会建造长期的房屋——他们是迁徙的部族，总是在搬家、劫掠，在冰天雪地中追捕猎物。所以，当弗莱娜把狩猎成功的消息送回去时，整个部族立刻全员动身。

弗莱娜本来还在担心等他们回来的时候会发现哈尔加死了，猎物也丢了，但当他们终于带着部族的其他人赶回来之后，一切都安然无恙。

部族的医者包扎了弗莱娜的脸。尽管没有明说，但她知道自己的右眼是再也看不到了。

她盯着篝火坐着，肚子里塞满了烤焦的雷角兽肉。这时碎骨找了过来。他拿着两角杯的蜜酒——只有神才知道他从哪儿找来的——然后把其中一杯递给了弗莱娜。弗莱娜点头致谢。

“你今天干得很好，疤满。”碎骨说着在她旁边坐了下来，“你明天要和我们一起去打猎吗？”

弗莱娜隔了一会儿才意识到他这话的分量。

疤满。听起来还不错。

这本该是个值得回味的时刻，但是她的心中没有泛起丝毫骄傲的涟漪。她毫无感觉。两个猎手坐在那里看着篝火出神，偶尔从酒杯里呷上一口。

“她是个很强大的战士，是我见过的最棒的斥候，”碎骨猜到了弗莱娜的心思，“能认识她，和她并肩作战是我的光荣。”

“确实。”弗莱娜同意他的说法。

“敬西格茹·踏冰。”碎骨说完两人一同举杯豪饮。

此刻，踏冰应该正在彼岸世界里和她的儿子们在永恒的冰原上狩猎劫掠。想到有朝一日能够加入他们，弗莱娜颇感安慰。

“明天我们可能会死，但今天我们活了下来。”碎骨说，“今天部族有吃的，对我来说就够了。”

弗莱娜终于明白了这几句话中简朴的真理，缓缓点了点头。

凛冬之爪就是如此。

每天都是一场为了求生的拼杀。尽管每个新的黎明都值得感激，但只要她最终能够与踏冰和她的儿子们一起进行永恒的狩猎，无论是明天，还是二十冬以后，都无关紧要。

重要的是当下，眼前这一刻，她的部族能活下去。而明天，生存的拼杀又将开始。

一种深沉的宁静感落在她身上。终于，她懂了。

“好日子。”弗莱娜说着，高举起了酒杯。

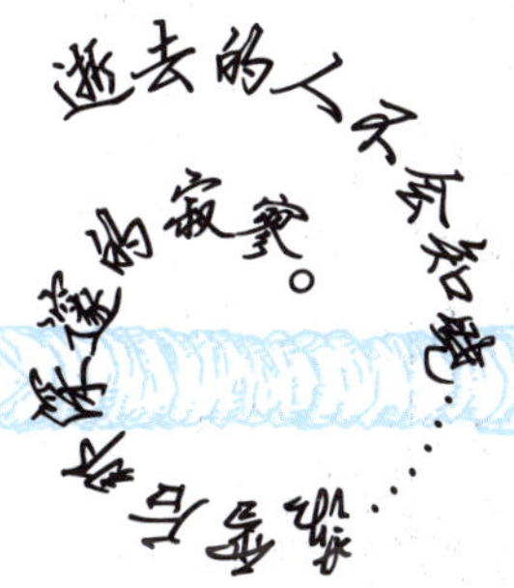

皮尔特沃夫

双生城邦皮尔特沃夫和祖安控制着瓦洛兰和恕瑞玛大陆之间最主要的贸易路线，不过两座城市之间的社会阶级差距正在变得越来越危险。

无数梦想高远的发明家和他们背后富甲一方的赞助者都出自皮尔特沃夫。这是一座俯瞰大海的繁荣进步之城。每日都有上百艘船舶满载着来自世界各地的商品在此停靠，为当地的家族商会带来财富，让他们有实力资助令人惊奇的新领域，包括装饰性建筑和象征个人权势的纪念碑。随着越来越多发明家如饥似渴地追寻着前沿的海克斯科技，这座自居“进步之城”的城市正在迅速崛起，成为符文之地所有能工巧匠向往的地方。

& 祖安

形成鲜明对比的是，皮尔特沃夫的下方坐落着污染严重的地底城市祖安。两座城市曾经不分你我，但如今则是各自独立、同生共栖的两个文明。被切断资金来源的发明家经常可以凭借他们离经叛道的研究项目在这里受到欢迎，但是毫无节制的工业活动让城中的大小沟壑变成了剧毒的河流。即便如此，多亏了兴旺的黑市、炼金科技和机械增强技术，人们的生活依旧欣欣向荣。

在瓦洛兰大陆和恕瑞玛大陆之间曾有一道地峡相连，曾被称为欧什拉·瓦祖安，从古代开始就是贸易活动的咽喉要道。即使是在阿兹尔陨落以后，这里依然还是繁荣的港口和贸易路线的必经之地，后来被简称为“祖安”。但这个地区的持续发展也付出了代价。宏大的建设计划导致了海水倒灌，也让城市最古老的部分坍塌崩倒。不过众多强大的商会家族没有气馁，而是将目光投向了附近的皮尔特沃夫地区。

商业历史

日之门

这些巨大的船闸为皮尔特沃夫的商人们带来了超乎想象的财富。“日之门”这个名字则是为了纪念怒瑞玛的传承。快捷的航路连通了东西两侧，也让诺克萨斯帝国得以沿海岸线快速扩张，尽管各种军用物资在运输中的折损率高得让人触目惊心。

廿伍大典

廿伍大典的源头可以追溯到数千年前，庆典的主题是感谢海洋及其赐予的丰饶。对现代皮尔特沃夫人来说，这是个稀奇的古老活动，同时也是操办传统宴席的喜庆借口。不过对祖安人来说，这却是一个肃穆的仪式。

商会家族和发明者

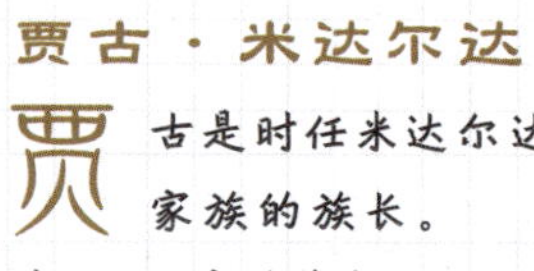

贾古·米达尔达

贾古是时任米达尔达家族的族长。米达尔达家族曾在日之门的建设中起到了关键性的作用。他在皮尔特沃夫城中德高望重 。

货物的流通

城中的商人们提供了昂贵的高端装备，而且居民们大多都有热情和理想，因而最富有的几大商会家族所组成的议会便构成了皮尔特沃夫的政府基础。最近，米达尔达家族在海克斯动力能效方面进行了巨额的投资，意在提升日之门的运作速度。不过，增加流量和利润或许并不是他们唯一的动机。

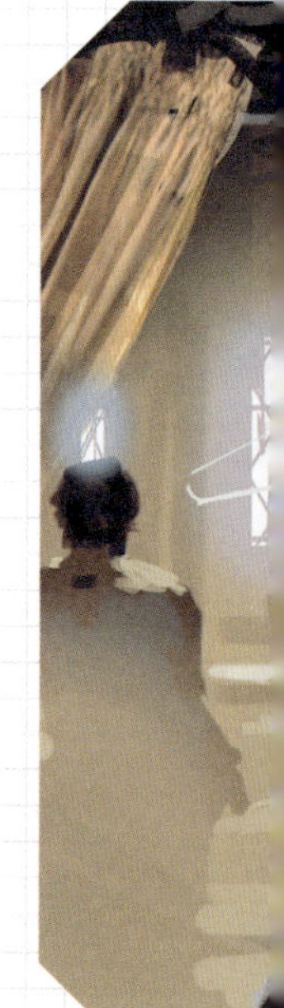

创新的文化

皮城人勤奋自强，不知满足地追求卓越。他们认为开放的自由市场是城市长久繁荣的关键。

财富的象征

皮尔特沃夫的商会家族都有各自独一无二的徽章，用以区分各自的家族、工坊、货物、仓库、发明以及商务设施。

堪泰克斯塔大缆车

皮尔特沃夫的码头繁忙无休，世界各地驶来的船只络绎不绝。码头上的货物经由这套缆索铁道系统运送到商业区。

恒星大道

传闻皮尔特沃夫的街道是金砖铺成的，可怀抱希望前来的旅行者只会失望地发现这话不过是一个比喻。

黄道地库

皮尔特沃夫的建筑不仅外观华丽，内部装饰也毫不逊色，常常被奉为巧夺天工的科技奇观。

津戴罗的微缩符文之地

微缩符文之地是瓦伦蒂娜·津戴罗毕生的心血。她声称这座仪器可以让世界上的任何人无所遁形。自从津戴罗神秘失踪后，很多人认为她的炼金工业成果也已失窃，而这个装置也诡异地进入了休眠状态。

进步的里程碑

海克斯科技是魔法与科技的全新融合，用于制作的卓越装备人人可用，而不是那些具备奥术天资的少数人的专属。

这项发现可以利用水晶中极其罕见的魔法能量，应用前景之广阔只受限于使用者的想象力。海克斯科技的效能令人惊叹，能在不产生热量与压力的前提下驱动引擎，还能产生高能量的光束，足以切开最强韧的钢铁。

海克斯科技产品的工艺流程严格保密，并且每一个技工都有各自不同的工作方法。

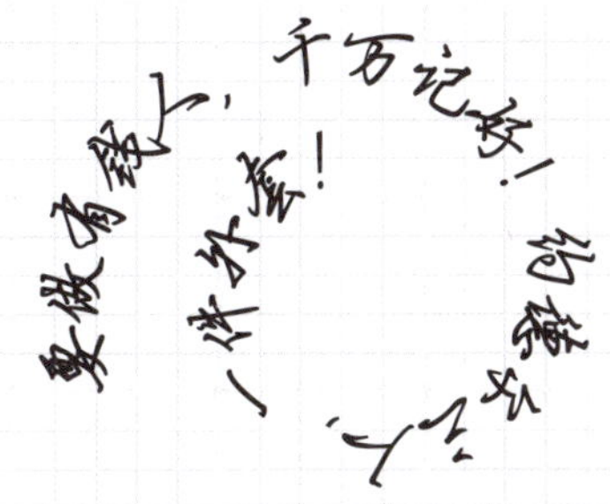

海一件海克斯科技产品都是拥有罕见之美的独特工艺品，很有可能花费了数年时间来打造，而且是专属定制。

海克斯科技动力

环骑车

海克斯科技、精密的工程再加上眼光独到的技术，就有了这款环骑车。它可以达到极其危险的高速，需要高超的技巧才能驾驭。

地下生意

权势熏天的炼金男爵们各自控制着城市的各个区域，他们之间为了相互便利而存在着松散的联盟。祖安之所以没有陷入巨大的混乱，正是因为他们和他们手下的暴徒维持着秩序。

不见天的世界

边境市场

祖安和皮尔特沃夫交界的区域内层叠坐落着热闹的集市和商业大厅。这些地区最为鱼龙混杂，三教九流、高低贵贱，应有尽有。

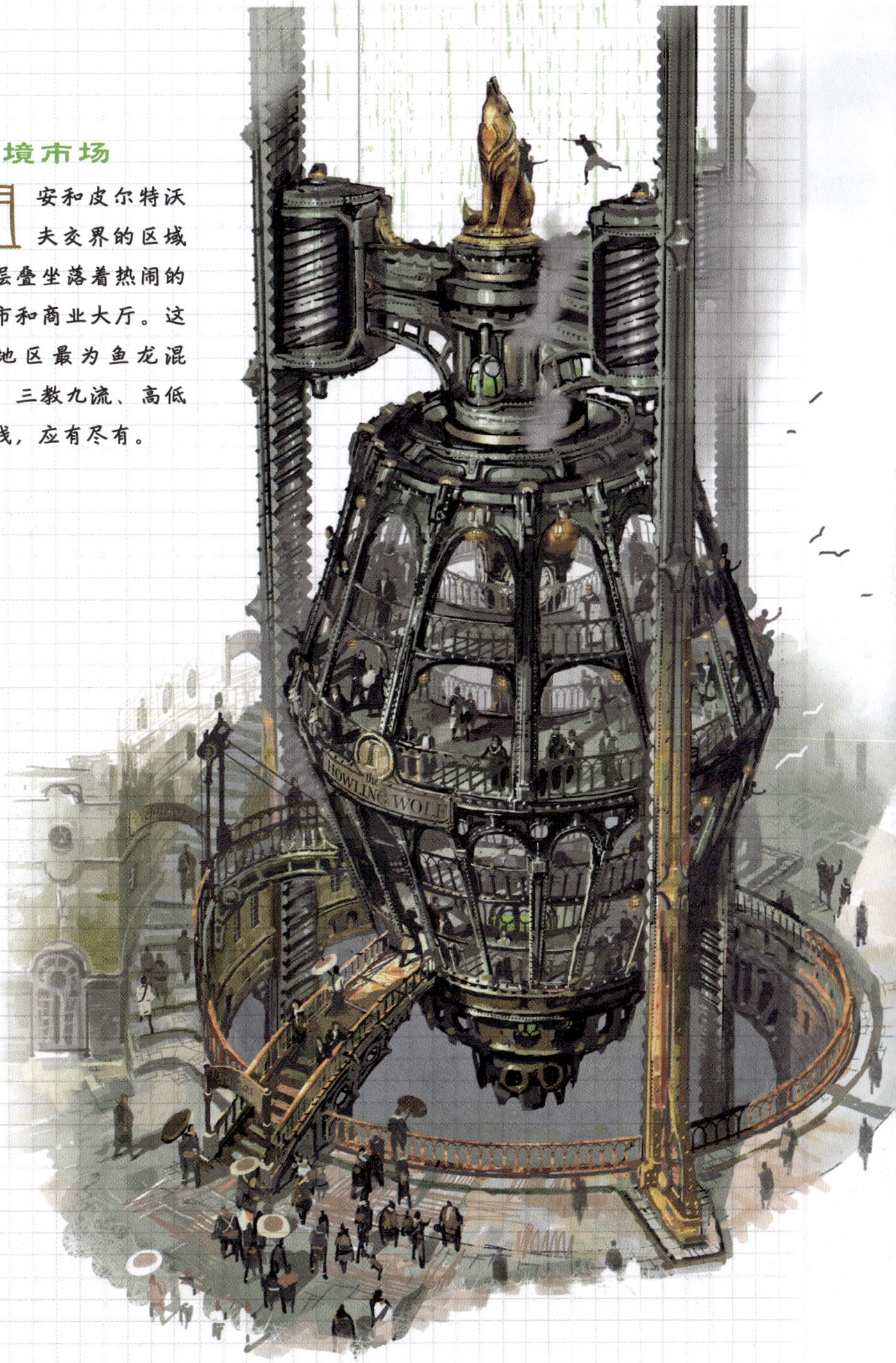

海克斯压力运送机

在祖安和地表之间往来通常意味着漫长而艰辛的攀爬，但也有巨大的升降装置可以便捷地来往。最大的一台公共运送机被祖安人和皮城人共同昵称为“尖啸”。

发明文化

虽然祖安建筑的螺栓钉卯结构只能满足基本功能的需求，但这里的居民仍然打造了惊人的建筑奇观。林立的高塔刺破浓雾，伸向天际。

炼金科技研究

由于没有掌握开发海克斯科技的资金和方法，祖安的研究者转而使用强大的炼金合剂驱动他们的造物。炼金科技的表现很接近海克斯科技，但往往更加危险、剧毒而且易燃易爆。

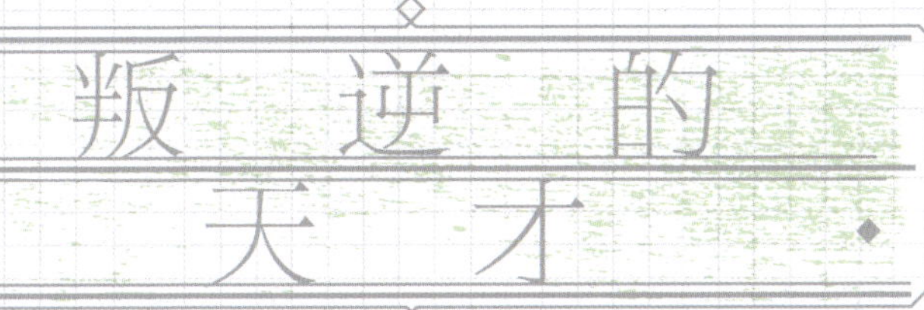

铁与玻璃

大多数祖安的大中型建筑结构都以钢铁栅格为主，建筑用铁要么来自一个个滚沸的熔炉，要么回收自上方的废弃物。虽然这座城市深陷地底，但却一点都不黑暗——炼金路灯、钢铁的反光和通透的天井将光明带进了地下深处。

光荣进化

虽然祖安笼罩在皮城光鲜却又高傲的阴影下，但是这里也被视为能够诞生真正天才的沃土。他们之中有些人喜欢将自己的身体视为工具，进行优化改良和实验证实，以实现远大的目标。他们会心甘情愿地换上强大——丑陋只是偶然——的增强体和义肢。

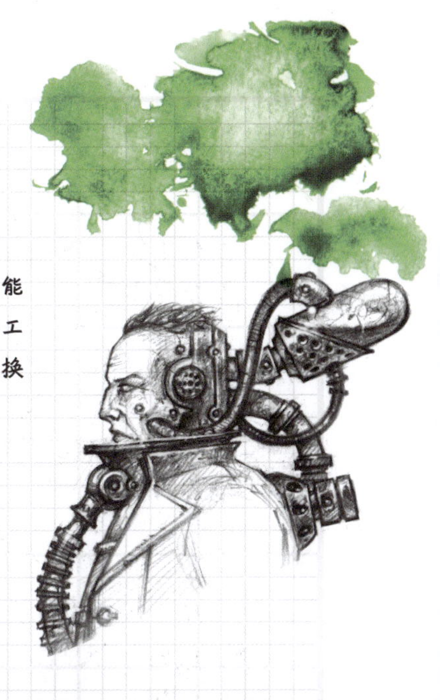

祖安灰霾

祖安基本没有工业方面的条例限制。在外来人眼中，这座地底城的空气浑厚凝重，在人喉头留下炼金物烧灼的味道。然而责任并不完全在于祖安，因为有传闻称，祖安灰霾的一大来源就是人造海克斯水晶的生产。

危险的生活

地沟拾荒者

祖安不存在浪费，即使是地沟最偏僻的剧毒区也可以翻出可再利用的东西。这里的环境对不加防护的人体极其有害，只有迫于生计的拾荒者在这片沼泽里搜寻着任何有价值的东西。

炼金黑帮与地沟孤儿

祖安工人的平均寿命很短，因此许多儿童自幼便父母双亡。虽然大多数招惹麻烦的帮派都是在祖安下层组织起来的，但是其中的成员可是来自城市的各个阶层，也包括皮尔特沃夫。

地沟孤儿们不得不在街头乞讨、扒窃，或寻找能利用幼小身形作为优势的地方卖力赚得微薄的酬劳。

虽然条件既肮脏又艰苦，但祖安居民却显得格外吃苦耐劳——他们为自己的家乡而感到骄傲，为他们无所顾忌的发明创造感到自豪。

廿伍大典的差事

作者：伊恩·圣·马丁（IAN ST. MARTIN）

明天就是廿伍大典，今晚这座地底都市沉浸在准备庆典的忙碌气氛中，而尼古拉的好运也在这个时候用完了。

计划本来很周全。他提早就选好了下手的地方，过去两天一直在耐心地踩点盯梢。这期间他摸清了人员的轮换规律，规划好了进出的路线，还把里面货物的底细查了个大概。

看来看去，他估计里头是一票大的，到手以后足以让自己暂时摆脱某些极不友善的债务，余下的一点还能让他放下撬锁的工具，在中层广场区踏踏实实地睡几天好觉，不用担心肋条缝中间被捅刀子。

最重要的是，这座建筑没有任何财阀的印记或者标志。尼古拉已经是这个行当的老手，知道要避开炼金男爵的东西，除非你想躺在地

沟区某个酸池子里慢慢融掉。一切迹象都表明，尼古拉这次的目标只是一座没什么背景的小仓库，属于那种典型的中间人，签收了海外的货物再转手到地底城的顶上，以及更远的地方。

尼古拉一直等到庆典的气氛占据了每个人的心思，人们的注意力最涣散的时候，再加上越发空瘪的肚子给他打气，溜了进去。

往里走了不到一分钟，尼古拉就意识到了自己的失误——唯一的疏漏，但也只需要这一个疏漏就足以让他全盘落空，镣铐加身。从外面认不出这座房子主人的身份。不过进去以后，一切都不言自明。

进门还不到一分钟，一只强壮的手搭在了他肩膀上，然后是不情愿的昏睡，于是尼古拉就启程前往他霉运的下一站。

微弱的刮擦声唤醒了尼古拉，这是他的靴子在地板上拖行的声音。他的头在随着心跳向外鼓胀，每眨一下眼都让他脑袋里翻江倒海。他试图搞清楚眼下的状况：这里是另一个地方，仓库区特有的声音已经不见了，取而代之的是巨大机械的沉闷低吼。

架着他的两只手根本就不是手，而是生锈黄铜与复杂齿轮构成的锐利巨钳。他两侧都有脚步声，带铁掌的靴子里不知还有多少是人的肉体，全都散发着黄铜材质的炼金科技味道。架着尼古拉的这两个人里有一个还保留着一张人脸，方方正正、老疤纵横、鼻子被拍得扁平。另一个人戴着一副有点像牛头的头盔，几缕翡翠色的酸性灰霾正在从他脑后的排气管中

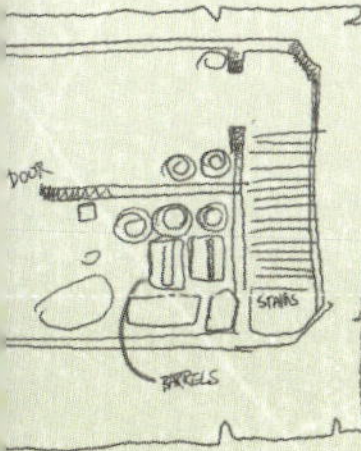

缓缓冒出，看上去就像是一对犄角，也像是一顶扭曲的王冠。

他们毫不客气地将尼古拉扔在地上，在他已然战战兢兢的神经上敲出新鲜的疼痛。他左右瞄了一眼，这是一间摆满了致命器械的宽敞房间——既是阁楼又是黑帮老大的巢穴。正上方铺展着深绿色的穹顶，祖安的景致尽收眼底。这座城市沿着两侧的岩壁和谷底铺展开，散发着艳丽的色彩、死亡的威胁和勃勃生机。

附近一间铸造塔喷吐着火焰，强光倾泻到房间里，将他面前的场景映得苍茫壮阔。

终于，尼古拉的脑袋清醒了，他的双眼也开始恢复聚焦，可以看看自己的小命正握在谁的手里。那是一双银闪闪的手。

尼古拉的心凉了半截。

“唉，直接杀了我吧。”

“哎，说什么呢。”一个精致的声音传来，就像刀刃侧面蚀刻的装饰艺术一样。“那还有什么乐趣可言？”

那么多炼金男爵可以偷，偏偏是他。

尼古拉已经死了。只是他的心还在继续跳着，直到擒获他的人失去兴趣。这个人在地底城里名声响亮——并不是什么好名声，甚至其他财阀也与他保持距离。

他落到了“银手”卡尔维奇的手里。

虽然祖安的炼金男爵个个都气势汹汹，但大多数都毫不避讳地公开依赖皮尔特沃夫。同理，那些商会家族和贸易行会也都需要这些炼金男爵。他们墨守成规，合作互利，这个具有象征意义的关系可以追溯到大分离甚至大洪水之前。卡尔维奇是其中的异类，他对祖安头顶那个金光闪闪的大都会公开表示敌意，强硬的

态度与他的地位一样不可撼动。如果任何一个财阀或者帮派胆敢威胁到两座城之间的稳定，那铁定早就被拖到地沟区处理掉了。但是这位银手，掌控着祖安最顶尖的炼金科技实验室，他制造的机械义肢和呼吸装置足以媲美皮城的海克斯科技——他提供的是这座地底城最迫切需求的礼物。所以他才有恃无恐，甚至敢去激惹那些最有权势的家族。

银手卡尔维奇是一个不需要承担后果的人。而在祖安，这说明他是还活着的人里最毒辣的之一。

“开心点，孩子，”卡尔维奇慢吞吞的语气里并没有威胁的味道，“你不知道自己偷的是谁家，说到底就是走了霉运而已。平心而论，你走得比大多数人都远，而且是近一段时间里走得最远的，真的。你差点就能走进我的秘影房了，不过被这边的巴肯斯逮了个正着。大喜过望啊，你说是不是？”

尼古拉知道这个时候可不该回答炼金男爵的问话。*最好让他自己说个够，他心想，没准等他决定动手的时候会给个痛快。*

这位炼金男爵穿着精致的服装，整洁无垢，贴合他瘦高的身材精准定制剪裁。一双银手的动作柔和优雅，手腕以上的皮肉覆盖着刺青。线条清晰的图案透过轻薄的白色亚麻衬衫依稀可见，盘旋着爬上他的脖子和脸孔——都是黑帮的印记和符号，具体的含义让尼古拉完全摸不透。这个窃贼不禁突然好奇他是不是全身都文满了刺青。

炼金男爵弯下腰，歪着头用一双天生的碧玉色眼睛端详着尼古拉。

“这世上我只看重有才能的人，”卡尔维奇笑着说，他的牙齿和手一样是闪亮的白银，“虽然你运气不佳，但我并不觉得你现在落入了困境，因为我现在刚好需要某种才能。在这下面，有太多匮乏和失望，但我看到你有过人的地方。所以你才到了这里，我才会给你一个选择。毕竟，廿伍大典到了。”

有那么一刻，尼古拉胸口紧锁。他耳边的心跳声更剧烈了。

“那就直奔主题吧，”这位炼金男爵说着轻快地站起身，“你的选择是，到墙外跑一趟差事，速战速决，一进一出，顺便晒晒太阳；或者也可以选择不慌不忙地到楼下去。第二个选择是单程的，孩子。”

那个头盔像牛的家伙在尼古拉身后咯咯地笑了两声，听上去就像在研磨沥青。

“巴肯斯是希望你下楼的。”卡尔维奇也笑了。

尼古拉咽了口唾沫，他的声音小得像是在说悄悄话：“什么差事？”

“去一趟上层，打探一个人，一个塔里奥斯特家族的成员。”

那个姓氏几乎是从银手的嘴里吐出来的，似乎仅仅是把它挂在嘴边就已经让他疼痛难忍。但凡有眼色的人都知道卡尔维奇对塔里奥斯特家族这个掌握贸易大权的家族恨得咬牙切齿。但大家只知道他恨他们，却不知道为什么。

“他们家里最近有人过世了，很可惜。”卡尔维奇开始在房间里踱步，“根据他们家族的传统，遗体要接受火化，随后骨灰会葬在塔里奥斯特家族的地库里。我需要你把它偷来。”

尼古拉控制住自己抽筋的脑子，绞尽脑汁也想不出这个差事的意义。一个炼金男爵能拿一个贵族的骨灰做什么呢？为的是最后的羞辱？还是有什么更大的阴谋？

“你可能会好奇为什么。”卡尔维奇踱步的速度加快了，随着他说话的节奏一起，越发不规则。

“他们夺走了，”他驻足片刻，“我的很多东西——去他的灰霾，他们掠夺的人也包括你，包括祖安的每个人。你看到他们在皮尔特沃夫怎么庆祝廿伍大典了吗？真的是喜气洋洋，但话说回来，他们当然高兴了。上面的人当然会觉得大海象征着优美和无尽的财富，他们从没看到过黑暗的一面。毕竟，他们可没被自家邻居放水淹过。”

一眨眼的工夫，卡尔维奇已经踱到尼古拉身边，一双银质的手抓住他的双肩。窃贼忍住了喊出声的冲动，安静地听着银手指按进他皮肉发出的挤压声。“所以不用管我要拿骨灰做什么——我就是需要！”碧绿色的瞳孔看穿了尼古拉。“承诺过，就要兑现。至于你……打算怎么选择？”

尼古拉耳畔的心跳声就像是海克斯冲压锤。他说不出话来，于是急忙点了点头，结果头疼得差点让他昏过去。

“好极了！”卡尔维奇立刻松开了手，站直了身子再次露出一排银质牙齿的微笑。“欢迎加入，孩子。现在时间不多，我们必须加快速度。不过要想办好这件事，你还需要一样东西。沃斯克？”

骨锯开始飞速旋转，刺耳的声音从尼古拉身后传来，让他浑身泛起鸡皮疙瘩。卡尔维奇用一只闪亮的银手提起尼古拉的下巴，抬起他的脸，与自己正面相对。

“勇敢点，孩子，接下来会很疼。但恐怕你要先稍微死一下了。”

这不是他设想的结局。

在地沟区土生土长，会让一个男孩懂得管理自己的期望，懂得寻找任何苦中作乐的机会，并将其看作此生的最后一次来把握。其实大多数时候，这种机会很可能真的就是最后一次。

即便如此，尼古拉还是相信自己会与众不同。他梦想自己有朝一日能够离开地沟区的烈性毒雾，去到一个能够呼吸和思考的地方，并在那里成长为一个不同的人，一个在孤儿、苦工、男爵的族群中不可想象的人。

祖安还有太多东西是尼古拉从未见过的。中层区是心脏地带——动感、艺术、音乐与自我表达……一个安全的地方。还有高高在上的上层走廊，已经与皮尔特沃夫接壤，但却又保持了自己原本的特色。对于尼古拉来说，那些地方才是真正的祖安，地沟区配不上。所以他不顾一切地想要逃离这黑影。

不顾一切的结果最后就变成了窃贼。物资始终匮乏，人人虎视眈眈，只有那些壮的、快的、滑的人才能生活下去。尼古拉从来都不是个壮汉，但要说另外两样，他还比较走运。

于是走运就走到了这里。在骨锯切下、麻药起效的同时，尼古拉不禁好奇，或许他到底还是应该老老实实待在黑影中吧。

他的第一个感觉是胸口的骚动，就像一个小笼子里装了太多只鸟，每一只都在惊慌地挣扎。这骚动越来越明显，逐渐形成一次剧烈而痛苦的抽动……然后两次、三次……逐渐形成了一种节律，就像是在拙劣地模仿着心跳。那种疼痛像是一股酸水，顺着他的血管流遍全身，注入他的每一寸身体。

尼古拉猛地坐了起来，但发现自己被捆绑着。周围密不透风，漆黑和寂静紧紧地压着他。他伸手顶了顶身上的东西——一层薄薄的裹尸布。他摸了一圈，找到了一个缝隙，撕开了束缚。

炫目的冷光刺得他眼睛生疼。尼古拉退缩了，差一点就要躲回那相对安全的狭小茧壳中。他眯起眼睛，忍着疼痛喘着浅促的呼吸，等待自己的视觉重新适应。

尼古拉身边的一切都不同了，整洁明亮。他无法感受到熟悉的炼金科技的味道，也没有夹着尘埃的蒸汽和舌头两边那种金属腐蚀后的酸味。事实上，他只能感觉到一种冰冷与肃穆，与他此生任何一种体验都不一样。

尼古拉已经不在祖安了。

意识到这一点让他浑身发麻，从他身体的最核心射出一道炽热的疼痛。他颤抖着深吸一口气，感觉肋骨在低鸣。十分不对劲。

尼古拉用颤抖的手指沿着自己的胸廓摸索，有皮肤的隆起和粗实光滑的缝线。他低下头用力眨眼，透过泪水看到自己胸骨正中有一道手掌长度的刀口。透过皮肤可以看到隐约的绿光。

最后一针缝合线上挂着一张纸条。尼古拉咬着牙把它拽了下来，举到眼前开始读：

喂，小子：

估计你现在很迷惑，那就请让我说明一下。要知道，信任来自对事物本质的理解，而不是盲目地认定凡事都会顺遂。而一个窃贼的本质呢，就是撒谎，还有逃跑。所以对于你，信任就是我在你胸腔里放的这颗新心脏。

你要在十二声钟响之前把我要的东西拿来，否则它就会停跳。别担心，我给你留了一些提示，一路上应该能帮到你。

跑起来吧，时间可不等人！

——知名不具

尼古拉胃里本来也没什么东西，现在已经都倾泻到了一尘不染的地板上。呕吐和慌乱让他新换的心脏更加躁动，于是他强迫自己深呼吸冷静下来。他必须清理头脑。他必须思考。

十二声钟响？现在是什么时间了？

我甚至不知道自己在哪！

冷静！他说给我留了提示。

尼古拉把纸条又读了一遍。现在他的视线已经足够清晰，于是他意识到这位炼金男爵动过的不仅是心脏。他的双手和臂膀上爬满了刺青，墨线周围的皮肤依然泛红，看来是刚刚刺上去的。刺青有文字、设计图和地图，线条清晰，细致非常。

抓痒的冲动像是无数根大头针在他身上跳动。尼古拉再次深呼吸，想要压下震惊的情绪。他抛开杂念，不去管身上的瘙痒，一心只想他的差事。差事。

*差事是唯一重要的，*他对自己说。*做完差事，活下去。*

他扫过身上的地图，眼前是完全陌生的形状和街道。这清洁的气味，这陌生的房间——突然间一切都清晰起来。

他们真的把他送到了皮尔特沃夫。

这个时候他才开始接受周围环境的完整信息。片刻之前的震惊和恐惧逐渐退去，取而代之的是冷静的专注，他又变回了那个老练的窃贼。

尼古拉抹了把脸，钻出裹尸布下到了地上。脚下苍白的石砖冷冰冰的，让他打了个寒战。他小心翼翼地绕过自己吐的那一摊东西。空气清新冰冷，几乎透着甜味。这样的空气让他有些飘飘然。

房间里放满了同样的裹尸布，在他身边整齐地码放在珐琅釉的瓷砖地面上。尼古拉感觉薄薄的一层布下面，每一个都是一具尸体。他们肯定是通过这个渠道把他送来的——和尸体一样。想到这里，尼古拉又打了个哆嗦。

仔细扫视整个房间以后，尼古拉找到了一个大提篮。在衣物和个人物品中间翻检一通后，他给自己找了一身衣服，希望可以打扮得像个皮城青年的样子。虽然尼古拉已经接近二十岁，但在地沟区度过的童年让他身材矮小，而且瘦得像根棍子。不过这瘦小的身体再加上一张没长大的娃娃脸不止一次帮过他大忙。看来今天也要故伎重施了。

他在裹尸布之间快速穿梭，寻找来自塔里奥斯特家族的遗体。但他美好的愿望很快就破灭了，因为他发现这里只有普通的皮尔特沃夫居民。他早就该猜到，权贵家族的大人物肯定会得到更妥善的安置。于是尼古拉放下袖子遮住胳膊上的刺青，开始四下搜寻出口。

在他的右前臂上有一份停尸房的设计图，正是尼古拉所在的这个地方，以及与之相连的其他房间和走廊。一辈子的猫鼠游戏早就教会他如何看懂地图，无论多小的细节都会被他注意到。他用手指顺着皮肤上的路线寻向火化室。

“嘿！”一个女人的声音从尼古拉身后响起。“你是干吗的？这里禁止入内！”

不带半点迟疑，尼古拉捋下袖子，迈着奇怪的步法跑向那个看守，同时还挥舞着双手。“求求你，别让他们带走爸爸！”尼古拉尖叫着，挤出几滴眼泪，一头扑进那个女人怀里。“他只是睡着了，待会就能醒！”

那名看守对着擅闯禁地的尼古拉，她的怒气立刻融化了。“乖，好了。”她心底泛起了母爱，伸出手轻轻地抚摸尼古拉的头，“别哭了，孩子，没事了。”

她领着尼古拉慢慢走出停尸间，来到一个走廊。这里的灯光居然还能更加明亮，刺眼的光芒方便窃贼挤出更多的眼泪。二人在一条长凳上坐下来，尼古拉用手捂住脸，透过指缝扫视周围经过的人。

“你家里人呢，小朋友？”那名看守问道。

“我——我也不知道。”尼古拉啜泣着，尽可能快速地喘气，同时又要尽力不被这清洁的空气冲晕了头。“只——只有我和爸爸。可我找……找……找不到他了！”

“哦，小可怜，”那名看守叹了口气，轻轻地梳理他的头发，“你先在这等一下，我去给你打点水。然后我们看看可不可以一起去找他，好吗？”

尼古拉点了点头，摆出的表情就像是随时都要再哭一场。

“你坐着别动。”她说完就站了起来，转身向走廊右边尽头走去。尼古拉看着她的背影，直到她转了个弯消失在视野中，然后尼古拉开始向左侧移动。

尼古拉快步行走，不过并没有快得会引来别人的注意。他双眼飞快地左右查看，观察这个一尘不染的地方，以及同样一尘不染的行人。他胸口那颗炼金科技的心脏还在抽动。这时，他听见走廊里响起一个巨大的机械音调，回荡着远处传来的巨大钟声。

七声钟响。尼古拉还有五个钟头的时间完成这个差事，包括回到银手那里路上所需的时间。他一只手下意识地抓住衬衫领口，祈祷那个装置发出的光亮不会隔着衣服露出来。

不能冒险暴露身上的刺青，尼古拉只能依靠记忆中的地图寻找路线，只有在绝对必要的时候才会躲进黑暗的凹壁查看手臂。这座建筑的平面结构被设计成了精巧的几何图案，虽然充满美感和观赏性，但却能把人绕得晕头转向。这里最不一样的地方是看不到任何坍塌的走廊，毕竟那是地沟区的标志性特征，而且经常可以当作藏身之处。在这里，他始终都暴露在大庭广众之下。

很快就能看到火化室了，如果尼古拉没记错的话，应该就在前面。他躲到一个门口想要确认一下地图，但刚转过墙角就意识到不需要了。

两名武装卫兵在门的两侧站岗，穿着蓝色与金色相间的盔甲，肩膀上骄傲地别着塔里奥斯特家族闪耀的刀刃徽章。两个卫兵都老练地双手抱着一杆步枪，由线圈、水晶和金属纹饰精工制造，是武器，也是艺术品。

所有这一切都只在尼古拉若无其事地从火化室门前经过时短暂的一瞥间看到。他用余光留意着两个守卫，他们的头盔面罩后的视线并没有跟随他。现在这个入口已经不用考虑了，他必须临时改变策略。

旁边一扇门上挂着精心雕刻的牌匾：这是一间储藏室。他拿出刚才从看守身上顺来的发卡，迅速撬开了锁，悄悄溜了进去。

储藏室里比较狭窄，与这座建筑的其他部分比起来更注重实用性。紧贴两侧墙壁放着许多铁架，上面摆着各种工具、耗材和不同形状尺寸的容器。尼古拉在高大的架子之间穿梭，目光扫过一个又一个标签。

他停在一排朴素的陶罐前，每个罐子大概有他两个拳头那么大。这是为隔壁准备的骨灰瓮。他抄起一个陶罐，脑中开始盘算偷梁换柱的计划，打算给那个贵族的骨灰调个包。

另一侧的架子上则是许多装着凝胶的小瓶，上面贴着警告标志。尼古拉扫了一眼标签，推测这些是火化炉用的某种燃料。他也拿起了一小瓶在手里掂了掂，如果他遭到了围堵或者需要制造干扰的时候可以用得上。

不过那动静肯定不小，一定会引来塔里奥斯特家族的人。尼古拉希望用不上这东西，但还是塞进了口袋。

他瞥了一眼左肘上的刺青，可以看到储藏室和火化室是通过棚顶的通风管道连通的。尼古拉向上看去，找到了天棚上的护栅。口子很小——成年人根本钻不进去，但他应该可以。

他的确可以，勉勉强强。他的双手笔直伸向前方，在通风管道里扭动着前进，每向前爬一下都要尽量不在薄铁皮的管道里发出声响。他的眉梢开始渗出汗水，气温升高了——可以确定他爬对了方向。

很快火焰的呼啸和噼啪声传进了通风管，还有柔和的橘红色光亮映出了管道的交接处。尼古拉一点点转向，爬进了通往火化室正上方的那条分叉。他停在了一处通风口护栅旁，偷看下面正在发生的事。

有五六个人站在屋里，都穿着塔里奥斯特家族色彩鲜明的高档衣服，外面披着半透明的黑色斗篷和长袍。他们站在火化炉前方一段短坡的两侧，中间静静地躺着一位女士，身上披着金蓝相间的华美长裙。

即使隔着这么远的距离，尼古拉也能感受到她的光彩。作为风韵犹存的中年女士，她既有岁月赋予的优雅，又没有完全失去朝气。可以想象她年轻时一定更加动人。尼古拉肚子里一紧，究竟是什么样的情报才让她被银手给盯上了。那个炼金男爵要拿她的骨灰做什么呢？

是什么让他如此痛恨她？

“我们在此哀悼，”其中一个穿着黑袍的塔里奥斯特家族成员说道，“亲爱的奥瑞丽四世，塔里奥斯特家族的宝珠。愿她与我们同在，常驻每个人心中，愿她的音容笑貌眷顾我们，在家族记忆中永垂不朽。”

奥瑞丽，尼古拉心中暗念。*多么美的名字啊。*

他等着每个哀悼的人都说完了悼词，随后遗体被庄重地送进火炉。尼古拉用力顶开了通风口的护栅。火炉非常安静——对他来说简直安静得不对头，因为他在祖安见过的机械设备工作起来个个都震耳欲聋。其中一名塔里奥斯特家族成员向火种撒了一把不明粉末，让火焰变成了青蓝色，整个房间都笼罩在蓝宝石般的火光里。尼古拉静悄悄地落到地面，没有让自己的影子投到任何一面墙上。

尼古拉并没有等待太久，奥瑞丽·塔里奥斯特的遗体就化成了骨灰。她的家人静静地看着火焰燃烧。最后，一人操纵装置熄灭了火焰，整个火化室里被沉闷的昏暗笼罩。他们毕恭毕敬地收拾火化后的骨灰，神态比尼古拉这辈子在任何仪式上看到的都更加庄重肃穆。最后他们把骨灰放进了一方金色的盒子中，上面还带着蓝色的能量闪光。

尼古拉看到盒子的那一刻，他的眼珠子都要瞪出来了。*海克斯科技*。那才是骨灰盒。他看看自己手里朴素的陶罐，调包的计划是泡汤了。他们将最后一撮骨灰倒进去，然后随着一声尖锐的电气鸣音，锁上了骨灰盒。

那就只能执行B计划了。一个非常非常

愚蠢的计划。

这时门外隐约传来了八声钟响。

尼古拉新换的心脏抵着他的肋骨猛地一抽。他必须快速行动。火炉依然还是热的，金属的外罩一边冷却一边微微作响。他悄悄扭开陶罐，把小瓶里的燃料凝胶倒了进去，再草草盖好。一个人突然大哭起来，其他人纷纷围上前去安慰，于是他趁乱把陶罐扔进了火炉。

余热点燃了凝胶，一团巨大的火球向火化室的天顶蹿去。哀悼的人们惊恐地退缩，距离最近的甚至倒在了地上。尼古拉注意到，那个抱着海克斯骨灰盒的贵族松开了手。

尼古拉立刻冲上去夺过了盒子，此时两名塔里奥斯特家族的卫兵刚好从正门冲进来。想要从通风管道回去已经不可能了。现场一片混乱，尼古拉决定冒险一搏。

还没等两名卫兵搞明白发生了什么，尼古拉就从他们中间钻了过去，在光亮的走廊地板上打了一个滑，就势爬起来拔腿就跑。两名卫兵很快就反应过来，顺着主人叫嚷的方向回过身。尼古拉此刻已经向走廊尽头飞奔。

他在忙乱之中瞥了一眼身上的刺青，按照左小臂内侧文身的路线飞速转过拐角。前面出现了出口，直接通向街道。出去以后他只需要逃出皮尔特沃夫，回到祖安，就能交差了。

愤怒的喊叫声从身后的走廊传来，卫兵们正在紧追不舍。虽然他的炼金心脏几乎一直都在钝痛，但窃贼在看到殡仪馆的出口以后感觉充满了活力。换成是在地沟下面，他跑完这么远的距离肺早就炸了，嘴里还会泛起一股黄铜味。而在这上面，空气太清洁，纯度太高。他有些醉氧了。他感觉自己可以永远这么跑下去。他把门奋力撞开，然后眼前一白。

人造光是一回事。各种忽明忽暗、闪烁摇曳的灯火，尼古拉早已习以为常。但太阳光可是另一回事，这是纯粹、未经遮挡、直射的太阳光。尼古拉从未见过。

年幼的时候，尼古拉曾听大人们说起过这种壮观的、天使般的存在，它的辉煌和壮美让普通人哪怕只是偷瞄一眼也会失去视力。现在他能体会到这些故事的真实性了。尼古拉向着头顶那个白炽的火球不停眨眼。它光芒四射，在每一个镀金的屋顶和塔楼上闪耀，照亮了皮尔特沃夫的大都会街景。

他就这样被逮到了。

醒来的时候，尼古拉的双臂和膝盖被铐在一起，脑袋持续的跳痛来自头盖骨的新伤——最近这种事越来越频繁可不是好兆头。他感觉自己周围的世界在轻轻摇晃，有规律的节奏中间还穿插着精准机械的齿轮和喷气声。他正坐在一条长椅上，表面是有花纹和软芯的皮革。快速打量一番以后，他发觉自己正在一个宽敞的闭室里，周围垂着丝绸帐幔，甚至还有一个烧得正旺的暖炉。除了后门口坐着的一名塔里奥斯特家族守卫以外，就只剩下对面坐着的一个老人，他正耐心地等他苏醒。

“啊，很好。”那个人看到尼古拉恢复了意识，用手捋了一把修剪整齐的银色胡须。“我还担心这一路上你要一直睡下去呢，那我们就没机会聊聊了。”

尼古拉认出来他刚才也在火化室，身上依

然还穿着哀悼的黑斗篷，海克斯骨灰盒就放在他腿上。窃贼吸了一口气，胸膛里那些胡乱蹦跳的小鸟让他直咧嘴：“路上？”

“没错。”那个人露出一脸居高临下的关怀表情，微笑着拉开一扇窗帘。外面天光大好，皮城的街景掠过窗前。“我是贝瑞戴，塔里奥斯特家族的托运主管。我们这是要去我的家里，我手下的密探在等你，他们擅长——激进的情报收集方法。真的很擅长，我可以保证。”

在祖安被恐吓。在皮城被恐吓。尼古拉开始怀疑自己究竟哪天有过好运气。

“当然，事情还有得商量。”贝瑞戴说着，松开手放下窗帘，车厢又恢复了凉爽的阴暗。“你想从我的家主手里偷走一样无价之宝。啊，它的价值是情感上的，和金钱没有关系。这就意味着你是被某个人派来的，为的是更大的阴谋。告诉我他的名字，我们就不必劳烦工人们把之后散乱一地的你清理干净。”

尼古拉回瞪着贝瑞戴。他浮夸、死板、矫揉造作。尼古拉怀疑他的双手是不是从来都没离开过那双天鹅绒手套，因为不管碰什么东西都会脏了他的手。在尼古拉眼里，他只是一个囚徒，为自己制作的镶金牢笼而感到沾沾自喜——祖安人最鄙视的东西都让他占全了。尼古拉没有回答。

“好吧，”贝瑞戴叹了口气说，“我自己可以推测出一部分。我看了你的记号。”他示意了一下尼古拉胳膊上的刺青。“我的密探在你睡觉的时候仔细检查了你胸腔里的那颗人造心脏。对于炼金科技来说算是相当精密，整个祖安底下有能力做出来的工匠屈指可数。”

贝瑞戴向前探头，暖炉的光在他眼中跳跃，油腻的脸上浮现出得意的笑。“所以说，是银手派你来的吧？”

尼古拉瞪大了眼睛，随后立刻咒骂自己如此明显地表现了出来。贝瑞戴笑着靠回了椅背，一副胜券在握的姿态。

“必须承认，他一直都是根肉中刺，虽然不足为患。我一直觉得，人要懂得接受自己的地位。但你们地底城的家伙就是学不会，总是想爬到不欢迎你们的地方，就是不愿意本分地待在自己的地方。”他轻蔑地挥一挥手，“看你把自己害的。”

尼古拉笑得肩膀颤抖起来。卫兵反手掌掴，把笑声打成了喘息声，但没能让他安静下来。

贝瑞戴提起一撇眉毛。“你觉得好笑吗？”

“我们不懂什么本分，或许这是我们的错。但你们错在盲目自大。”尼古拉露出一排血染的牙齿对他笑着说，“你这个手下太散漫，他漏了一样东西。看你把自己害的。”

那个商人对着卫兵愤怒地瞟了一眼，然后

又看回尼古拉。“漏了什——”

没等这位托运主管问完，尼古拉就亮出了答案。他身上还藏着一点剩下的火化燃料。尼古拉屈指一弹，凝胶飞进了暖炉。

皮尔特沃夫的街道上只能听到一声闷响，很快就淹没在庆祝廿伍大典的欢声笑语中。贝瑞戴车厢的后门被用力撞开。整个钢铁巨兽都在摇晃，车厢下的闪亮关节在颤抖。尼古拉跌跌撞撞地冲出来跳到街上，一手从脸上抹了一把黑灰，另一只手把海克斯骨灰盒紧紧搂在胸前。

天空在尼古拉面前敞开怀抱，湛蓝清透，无边无际，摄魂夺魄。他差点就待在原地，被这纯粹的宽广所震惊。如果不是车厢里老贝瑞戴喊叫卫兵的声音越来越近，尼古拉就迈不动腿了。

他跑了起来。天际线让他沉醉，尼古拉这时才意识到四周生机勃勃的美妙城市。着装整洁的人们向各处涌动，或步行，或乘坐和塔里奥斯特家一样的精巧机械载具。沙龙和会所使用各式各样的精密装置招揽着顾客，种种花哨的道具让尼古拉猜不透究竟是什么用途。

眼前处处是斑斓的色彩，烘托着廿伍大典的节庆气氛。窗台和路灯上都装点了鲜花。空气中洋溢着皮城人由衷的喜悦，每个街角都有狂欢的人演奏和歌唱。他们歌唱着陆地与海洋之间若即若离的舞蹈，将它们比作无法独活的恋人。

尼古拉觉得这倒是事实。祖安和皮城都靠海而生，所以的确值得庆祝。但在祖安，廿伍大典是更严肃的事，是为了反省与缅怀，也为了感谢海潮送来的富足，但更多是表达对大海的敬畏。皮尔特沃夫从未感受过这位恋人发怒时的样子。

他很快集中起精神，思考眼下可行的办法。他正在被两个全副武装的人追赶，在一场人头攒动的城市庆典中。拥挤的地方最容易甩掉尾巴，于是他钻进了狂欢的队伍中。

摆脱塔里奥斯特家的卫兵轻而易举。尼古拉沿着蜿蜒迂回的路线在繁忙的大街小巷中穿行，不时急停后撤，确保没有眼线能够跟上他。逃脱需要时间，可他并没有太多时间。

尼古拉在一座巨大而华美的喷泉旁边停下来喘气，恢复平静的举止。他双臂上的地图出了殡仪馆以后就已经帮不上忙了。他需要到尖啸升降梯去，那是皮城与祖安之间最快速、最直接的大动脉。如果他能活着赶到尖啸，同时保证货物安然无恙，那就还有机会看到下一次廿伍大典。

傍晚的日光已经渐渐暗淡，长长的影子笼罩着尼古拉。他抬起头，看到喷泉中央的雕塑上站着一个人影。她高挑、纤细，寸发不生，矫健的身躯披挂着金蓝相间的柔韧轻甲。金色的刀刃在她身后组成弧形的扇面，就像一朵杀气凛然的花，每一片花瓣上都印着塔里奥斯特家族的徽记。她的手腕下方也伸出两片尖刀，表面缠绕着闪电。

她就像天使。刀子做的天使。

“据我所知，你拿了属于我们的东西，”那位天使说道，锐利的眼神带着怒火俯视着尼古拉，“窃取家族财富，就是自寻死路。”

他惊愕之中只愣住了一次心跳的工夫。窃贼的本能让他拔腿就跑。

尼古拉能长到成年靠的就是逃命的本事。身为一个窃贼，最风光的时刻是在得手的瞬间，但只有带着货脱身才有下一次。后半部分恰恰是尼古拉的看家本领。

不过现在有两件事给他增加了难度。首先是他怀里抱的这个发光的海克斯骨灰盒，这是他能想象到的最烫手的货物了。其次是那个凶相毕露的杀手就在他身后几步远的地方，随时准备把她手里精美绝伦的刀子插进他的脊椎。

塔里奥斯特家族的密探身手矫健，不依不饶。尼古拉用尽了浑身解数却始终甩不掉她。他躲进人群，但她会直接跳上路灯或用刀刃攀上墙壁。她的视线里没有一刻丢失过他的身影，无论在哪里都能透过狂欢的人群找到他。

钟声响了九下，太阳已经彻底没入地平线，把天空染成深红、淡紫和橘黄。如果尼古拉能驻足欣赏，必是一番壮美的景色。

他看到了上层区的建筑，原本疲惫的四肢顿时涌进新的力量。这些房屋是祖安的制高点，与皮尔特沃夫的低洼处相融合，形成了杂糅的风格。尼古拉向着那些钢铁与墨绿玻璃的塔楼飞奔而去。

尼古拉抵达中层的时候，追兵仍然就在几步开外。尖啸肯定就在附近。现在他已经来到真正的祖安，井井有条的皮城已经换成了深不见底的迷宫，蜿蜒扭曲的街道从正上方看下去如同一片指纹。整个地区都曾在大洪水中被彻底冲毁。这里是甩开那位天使的最佳场所，再磨蹭就没时间了。

空气开始变得厚重油腻，一股酸味裹着舌头，烧着肺。尼古拉从出生起就在呼吸这样的空气——这是他生命中的常态，但对于那位天使可就不一定了。一把刀从他脸旁掠过，偏了一掌宽，扎进了前面一所房子倒塌的墙里。

她变慢了，捉拿他的决心也没那么坚定了。尼古拉虽然心惊肉跳，但却露出了笑容。现在他要孤注一掷了。

终于，就在十声钟响彻祖安的同时，尼古拉听到了那个最甜美的声音。古老齿轮刺耳的咬合声，海克斯压力机的叹息声，还有不见尽头的铁链与滑轮发出的厉响。是尖啸的声音，近在眼前。

尖啸是巨大的机械升降机，载着两座城市的居民在不同阶层之间上下穿梭——在升降机里，祖安人和皮城人混在一起，各自前往不同的目的地。升降机的通道是一条宽阔的竖井，井壁上布满了错综复杂的管道和碎石块，要么是因为年久失修，要么就是别的恶劣条件造成的。

这就是尼古拉的计划。他并不是要乘上尖啸。他的目标是找到竖井壁上的一条通道——总共有好几十条，钻进去就能立刻消失。

尖啸的巨大锈铁玻璃门在尼古拉面前几步远的距离重重关闭。尼古拉撞到门上，但里面的操作员对他怒目而视，指了指钟表上的时间，摇了摇头。随着金属的呻吟声响起，轿厢开始缓缓下降。尼古拉身后的空气被那位天使的刀刃划破。竖井里涌上来的强风盖过了他的咒骂。尼古拉奋力一跃。

寥寥数秒，却恍如隔世，尼古拉开始自由落体。他新的心脏在胸中狂跳，骨灰盒差点脱手，又被他紧紧揽住。他将骨灰盒护在胸前，没注意调整自己的位置和姿态——这样落地肯定很痛。

尼古拉重重地踩在了尖啸的玻璃棚顶上，他的双腿在身子下方弯到最大程度。下面数十双眼睛抬头盯着他，但他还感觉到另一束更加炽烈的目光。

尼古拉回头望向竖井的边缘，看到了那名塔里奥斯特密探。他看到她呼出一口气，全身绷紧，冷冷地俯视着他。她举起手，两根纤细的手指隔着手套指了指自己的双眼，然后又指向尼古拉，直到下降的轿厢带着他离开了她的视线。

他与死亡的距离终于不再只是一把刀的长度。尼古拉感觉自己肩膀上卸掉了两块铁毡。他振作起来，扫视着周围的墙壁，看到了一个熟悉的通道，然后纵身一跃，开始返回地沟区。

十一声钟响，像打铁的巨响回荡在峡谷两侧。尼古拉的时间快到了。

在地沟里走路很危险，这里遍布着工厂和住宅坍塌后的废墟、腐蚀性的泥潭湿地，还有其他种种危害，粗心的人和体弱的人随时可能丢了性命。尼古拉一辈子都在走这样的路，但即使是他也无法保证万无一失，尤其他现在还要赶时间去银手的老巢，剩下的生命可能要论分钟计算了。

他一心只想着要去见那位炼金男爵，所以等他听到路匪的声音时已经太迟了。

“到我们这干吗来了，皮佬？小箱子挺漂亮嘛！”

对方有九个人，年纪都不比尼古拉大。一群横行霸道的小团伙，仗着人多势众凶相毕露，乱七八糟的装扮，满脸凶巴巴的诡笑。

“哎，我问你话呢。”领头的低声吼道，丝毫不掩饰脏手里握的旧匕首。两个人绕到尼古拉身后，其中一个抡着铁链，另一个拿着一截锯下来的铁管。窃贼低头看了看自己。

他意识到自己依然穿着皮城人的衣服，但却身在地沟，手里还捧着一个看上去很贵重的盒子。简直蠢透了。在这下面，犯蠢就会死。

“你们说咋办，兄弟们？”领头的依次看了看自己的几个手下，“我们是用小刀换他手里的东西，还是说把他逮了，从上面那群肥佬身上割一笔钱？”

尼古拉看到两个路匪中间有一个空当，立刻猛冲过去。但领头的早有防备，一把抓住他的领子，拉回来扣住了他的脖颈。

“你这样最让我火大，小杂种。”尼古拉感觉到带着豁口的刀刃抵在自己脖子上，“或许我们只要这颗脑袋就能换到赎金。”

“你们知道自己动的是谁的货吗？”尼古拉狂吼地问，“你们以为自己都能活着跑掉吗？”

领头的用夸张的动作左顾右盼。“我可没看到有谁要来管你。”接着他又假装无奈地耸了耸肩。

“劝你再好好看看！”

轰隆隆的铜皮炼金科技脚步声、爆燃呛咳一般的喷气声、齿轮转动与巨爪升起的声音，为什么这帮白痴全都听不见，尼古拉不知道。他只知道自己很感激这个可怕的屠夫在偷袭方面有着无法解释的天赋。

巴肯斯一拳就击飞了两个路匪，其他人这才意识到情况不对。两人的身体嵌在废弃工厂的铁栅外墙上，关节扭曲到非正常的角度。几下轻微的噼啪声，他们瘫倒在地，一动不动。其他人立刻举起棍棒和短刀冲向巴肯斯，可是武器打在他的黄铜外壳上纷纷断裂，逗得他发出一阵滚石滑坡般的笑声。他此刻的愉悦让之后的惩罚显得愈加恐怖。

无须多言，巴肯斯是个不折不扣的杀手。尼古拉明显感觉到他非常享受自己的工作。他的爪子穿破褴褛的衣服，撕开皮肉，折断骨骼就像掰火柴棍一样。一个路匪跳上了巴肯斯的后背，胡乱地寻找接缝处，想把匕首插进去。牛头人从犄角喷出滚烫的蒸汽，将那人喷倒在地。他惨叫着，脸上的皮肉被溶掉了。领头的那人连叫都叫不出来，就被一记猛击正中天灵盖，把他打成了可怕的人形缩头龟。尼古拉强忍着呕吐的冲动。眼前的景象冲击力太强，让他发不出一点声音。

虽然他们刚才还在威胁着要他的命，但尼古拉却不禁对这群行凶未遂的家伙产生了一种痛苦的同情。他是靠偷窃为生的，从来都没打算过杀人。看着巴肯斯身边横飞的血肉，尼古拉麻木的脑海中只剩下一个念头：他真的非常庆幸自己选择做这件差事，而没有选择另一条路。

壮硕的巴肯斯指了指自己的手腕：“快没时间了。”他又发出一声沉重的笑声，头盔里喷出一股翡翠色的烟雾。“最好跑起来，小贼。”

尼古拉用拳头使劲砸着银手卡尔维奇的大门，对着通话口喊破了喉咙。笼中的鸟儿们翅膀正在拍打他的肋骨，马上就要抓破他的胸廓飞出来了。他感觉所有祖安和皮城的钟表都在他耳边一寸远的地方，但没有哪个比银手自己的钟塔更准。这座钟塔就耸立在他面前，露出的齿轮似乎是在对他狞笑，随时准备敲响十二下。

没有任何反应。尼古拉上蹿下跳，把海克斯骨灰盒高高举起，用脚拼命踹门。

“拜托！”尼古拉啜泣道。“*我干成了*……”

他已经*干成了差事*。虽然机会渺茫，但是尼古拉干成了，而且也按时回来了。现在他只要进去就能——

钟声轰然响起。一下、两下、三下……就像引擎熄火前的挣扎。十二响后，钟声停下，而尼古拉的丧钟响彻祖安。

他跪倒在地，钟声让他万念俱灰，愤恨的泪水簌簌地流下。他等待着胸中的心脏跳完最后一下。

“瞧瞧啊，”门开了，一个熟悉的声音不紧不慢地说，“要不怎么说人靠衣装呢。”

“你还真是拖到了最后一刻呢。”银手卡尔维奇说着，把尼古拉领进了他的私室，“不过我也喜欢悬念的感觉。”

炼金男爵的声音显得兴致不高，有点心不在焉，他的全部注意力都集中在自己机械手中捧着的海克斯骨灰盒上。他们来到了主厅，尼古拉最初见到银手的地方。短短不到一天的时间，感觉却像是过了一辈子。窃贼偷瞄了一眼炼金男爵的外科医生沃斯克，他正等在临时搭的手术室中。尼古拉的双眼无法离开中间的那张斑驳的皮椅，几乎可以想象自己被绑在上面切开胸腔的样子。

“给，”卡尔维奇说，“完成差事的奖赏。”他从外衣里掏出一样小东西，举到尼古拉眼前让他看清楚。这是一个小巧的炼金科技装置，看上去有点像扳机的零件。他立刻就意识到这是什么：他心脏的死亡开关。

“我真以为今晚能用得上这玩意呢，”卡尔维奇笑着说，“但你很走运，我的钟慢了一点。拿着吧。”他把开关扔给了尼古拉。“你大可放心。我这没有备用的。”

尼古拉端详了一秒钟，然后把它摔在地上。开关碎掉了，然后他又上去踩了一脚。

卡尔维奇大笑道：“庆祝吧，孩子。那颗心就送你了。”

尼古拉的头脑陷进了情感的旋涡，但没有一丝感激。全是愤怒、震惊、恐惧，全都在他脑中碰撞着。他再次低头看向自己胸口的伤疤。那位天使的眼神。那些地沟路匪死前的面孔。但在所有那些情绪冲击中，最强烈的是负罪感，他为自己的所作所为感到由衷的懊悔，这感觉像在他的心底打了一个死结。

“她从前很美。”尼古拉淡淡地说。

卡尔维奇看着骨灰盒，“她现在也很美。”他用柔和的声音说着，把手伸进口袋。他拿出一个金色的小圆柱，长度差不多等同于他的手指，一端嵌着蓝宝石。圆柱放在骨灰盒上的同时，尼古拉惊讶地看到，海克斯锁发出一声轻吟，打开了。

“我这么一个肮脏粗俗的男爵是怎么弄到这个的？”卡尔维奇举起钥匙，对一脸疑惑的尼古拉说，“很简单，我偷来的，就像我也偷了你的心，她也偷了我的心。只不过和我不同，她偷走的东西一直没还。”

困惑淹没了尼古拉的脑海。

“大夫？”炼金男爵把解锁的骨灰盒交给沃斯克，然后转身面对尼古拉，“坐下来歇息片刻，我给你讲个很久以前的廿伍大典的故事。”

窃贼和炼金男爵在玻璃穹顶下的旧皮沙发上坐好。尼古拉抑制不住迷糊的感觉，这次与银手的会面与上次比起来实在是天壤之别。他看着这位犯罪之王将那枚海克斯钥匙夹在指缝间滚来滚去。

“我拿到这把钥匙是在上一次廿伍大典的时候，”卡尔维奇说，“那时我还只是另一个炼金男爵的打手，血气方刚，觉得自己什么都懂，什么都敢干。那天，我们在上层区跟皮佬交易一些来路新奇的好东西，然后我就看到了她。”

尼古拉的目光跳向沃斯克，那位外科医生把骨灰倒进了一个小瓶。

卡尔维克碧玉色的瞳孔中似乎跃动着光芒。“奥瑞丽。谁能忘得掉这样的名字。从那一刻起，我的眼中只剩下她的面庞。像我这样一个低贱的浑蛋是如何被她注意到的，我永远都不知道。我猜，可能是当时的星象恰好排成了一个人最需要的模样吧。”

卡尔维克站起身，走到沃斯克身边，脱掉了自己的外衣和衬衫。尼古拉看到他的胳膊和躯干上布满了刺青，但有一个地方是干净的。他的胸口正中间是苍白的皮肤，就像墨水海洋中的一方孤岛。炼金男爵坐到椅子上，沃斯克将小瓶装在一把手枪形状的注射器上，然后开始工作。

“我们两个都甩开了各自的随从，然后共同度过了疯狂的几日。既是漫长的一生，又是短暂的一瞬。就像是爱上了太阳，第一次把你周围的世界看得如此清楚，因为她的光照亮了一切。而我能把她逗笑，”他停顿了一下，望着窗外，喉头发出一声轻笑，“我能把她逗笑。”

注射器的针头编织着图案，沃斯克在卡尔维奇的皮肉上针走龙蛇。

“我们知道不可能长久，”卡尔维奇继续说，“她是贵族，是蓝熏庄园出身的大小姐。她的未来在她诞生之前就已经定好了。没人能预料到我的出现。一个不知道从哪钻出来的小痞子偷走了她的心。追求理想能成就完美，然而没有爱，人生只剩冰冷和孤独。我们在一起，同时拥有了理想和爱。很快，家里人就找到了她。我当然不愿让她走，于是他们就夺走了她……也夺走了我的双手。”他举起了白银的义手。

“她最后说的，也是我听到的她最后的话，是一个承诺。她承诺我们两颗心将永远连在一起，无论发生什么。而现在，我的朋友，因为你，这个承诺我守住了。”

尼古拉可能从来都想不到这个黑帮手下的庸医和艺术家有半点联系，但就在沃斯克稳健的双手舞弄针头的同时，窃贼看到了银手身上最后一块空白画布上显现出了美景。这位医生慢条斯理，对细节的追求让人钻心的疼痛。但当他完成后，他的作品足以证明每一秒的疼痛都是值得的。

新鲜的墨水在炼金男爵的胸前完美地勾勒出一颗人心，恰好与他自己的心脏位置重合。奥瑞丽·塔里奥斯特的骨灰与墨水混在一起。在她死后，二人终于可以冲破藩篱，永远地厮守在一起。

尼古拉听到远处传来一阵爆炸声，抬头望去。廿伍大典的第一批烟花在峡谷对面腾空而起，将祖安笼罩在绚烂的色彩中。

“心心相印，是我们的承诺。现在她已经回到我身边，回到她所属的地方。”银手卡尔维奇微笑着说，“廿伍大典快乐，我的朋友。”

尼古拉又回到了地沟，把银手抛在脑后。他的差事做完了。兜里沉甸甸的钱币让他十分踏实，而最重要的是，对于昨天发生的一切，他的良心可以过得去了。

黎明就要到了。尼古拉仰望峡谷的崖壁，繁忙的祖安在他头顶铺展开，他眺望着高处的中层广场，觉得自己挣得了好好休息的机会。那里看上去就挺好的。

“累坏了吧？”

尼古拉僵住了。耳边的声音非常优美，是天使的声音。刀子做的天使。

他感觉到冰冷的金色刀刃架在自己锁骨上。尼古拉回过头，正好与塔里奥斯特家族密探蓝宝石般的双眸对视。窃贼发出求饶的叹息，对她露出了疲惫的笑容。

“我可真傻，还以为完事了呢。”

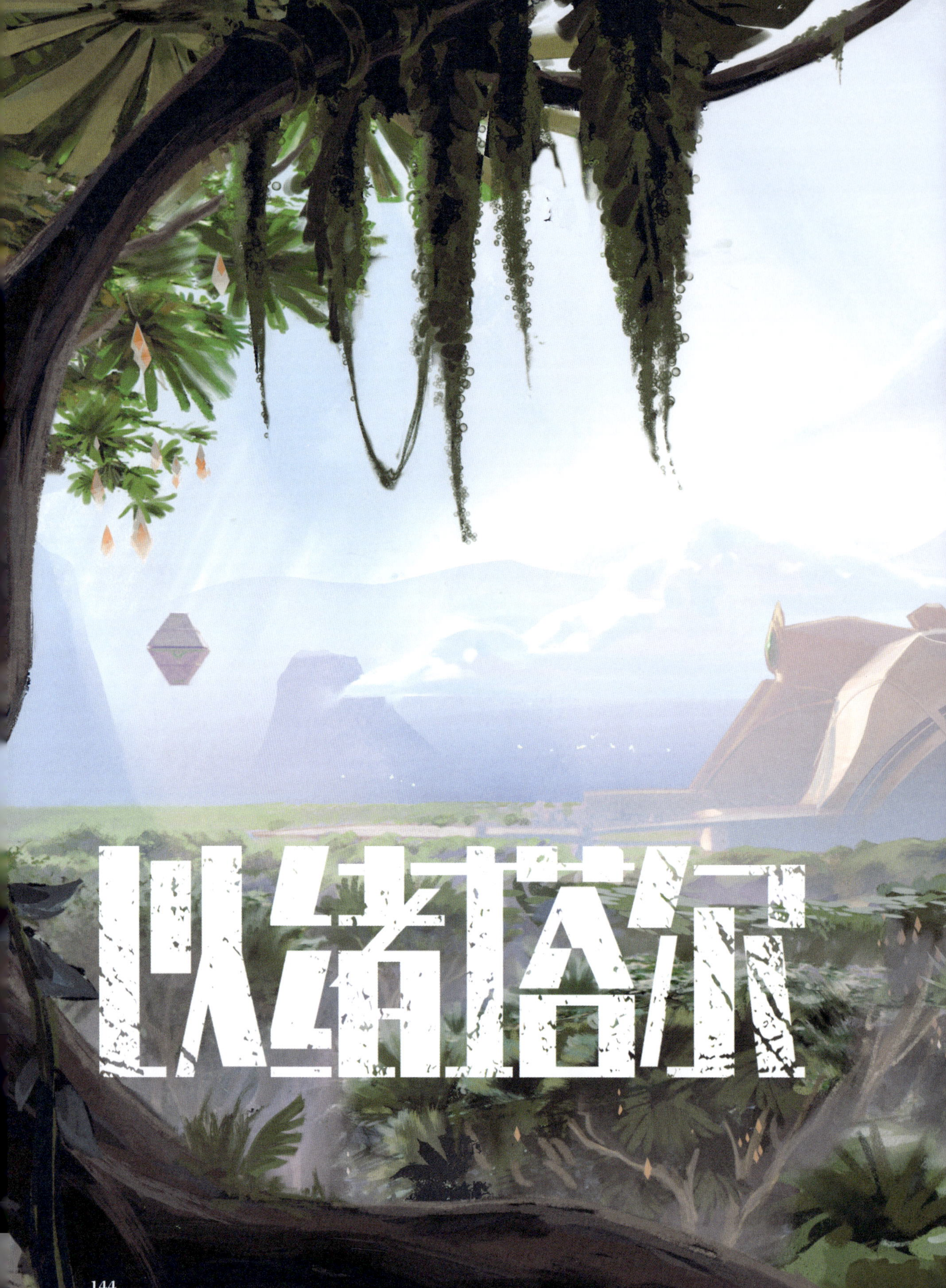

以绪塔尔

以绪塔尔以精通元素魔法而闻名，也是第一批加入恕瑞玛帝国的独立国家之一。实际上，以绪塔尔文化发源极早，属于西部大迁徙的一部分，并孕育了后世的许多文明，包括芭茹、壮丽的海力亚、苦行的巨神峰族人。并且他们也有可能在第一个飞升者诞生的过程中扮演了重要的角色。

但是以绪塔尔的法师们将荒野作为屏障隔离了自己，挺过了虚空战争，以及之后的暗裔侵袭。当近乎一切都已毁灭，他们立志要保护这个世界所剩不多的遗产。

现在，于丛林中隔绝世界千年之后，以绪奥青的精巧城市几乎没有受到外界的任何影响。以绪塔尔人从远方见证了福光岛的破败以及随后发生的符文战争，从此便将符文之地的其他族群视为暴发户和觊觎者，决心用自己强大的魔法将他们拒之门外。

这首诗歌翻译自以绪塔尔的古代语言，以绪奥肯的法师们自小就有人相授，甚至早于他们正式开始学习传统的生态建筑学。

I.

我们是世界元素的主人
汲汲于解构一切
理解并精通单素
控制并塑造万物
领悟、揭示、发明
如臂使指创造新的合素

II.

我们用意志和欲望
将世界琢成理想的模样
火焰锤炼内心
为求知渡入气息
身躯得以浇灌
思想扎根于地

III.

我们是以绪塔尔之子！
精奇魔法的天骄
技艺是我们的力量
创造是我们的传承
不忘本源
塑造未来！

比尔吉沃特

在远离大陆的蓝焰群岛边缘，坐落着独一无二的港城比尔吉沃特。海蛇猎人、码头帮派和走私偷运者从已知世界的四面八方来到这里安家落户。在这里，富可敌国还是家破人亡都只在转瞬之间。对于那些想要逃避审判、债务和迫害的人，这个城市能让他们重获新生，因为在比尔吉沃特的蜿蜒街路上，没人会在乎你的过去。话虽如此，每当拂晓之际，粗心大意之人都会浮尸海面，钱袋空空，喉头见血……

虽然比尔吉沃特极其危险，但也因为不受任何政府法令和贸易规则的约束而充满了机遇。无论是来路不正的海克斯科技，还是当地黑帮的马首是瞻，只要你出得起钱，一概唾手可得。

上一任"强盗之王"近来遭到了罢黜，导致这座城市陷入了权力悬空的多事之秋。几位地位最显赫的船长正在共同商讨这座城市的未来该何去何从。但是，只要那些乘风破浪的帆船和水手还留在这里，比尔吉沃特就依然是那个符文之地上最为色彩斑斓、四通八达的地方。

与海共生

比尔吉沃特是一个多种文化交汇融合的城市，因为洋流浪尖上的生活不像德玛西亚游骑兵那样艰苦，也没有诺克萨斯牧民的琐碎辛劳，瓦洛兰大陆古老的教条和信仰经常会在此与当地习俗相融，发展出全新的诠释。

这位年迈的祭司正穿着他简陋的海兽礼裳，在码头边走来走去，向离港的船只提供施咒和祈福，只为换取几枚硬币……或是一口热饭。

水中墓

在比尔吉沃特，死者不会入土为安，而是被送还大海。港区的墓园中漂着不计其数的浮标，每个浮标下都悬吊着死者的尸体。有钱人会被安放进昂贵精致的水下棺材，顶着一尊奢华的浮标墓碑，而穷人的尸体则经常会被聚成一堆，挂上老旧的船锚，吊在漏水的木桶下。

唤蛇者

无论这些巨大的号角曾经有什么用意，现在已是比尔吉沃特人用来驱赶海怪的工具，保护航线的安全。

胡子女士

芭茹文化的核心是娜伽卡波洛丝——代表生命、生长和永恒运动的神。人们也会叫她蛇母、大海兽，或是胡子女士。通常，她的象征是一个硕大无比的海怪头颅，周围还盘曲着触手。

比尔吉沃特周边的深海中还有更多奇邪之物出没。有些来自这个时空，有些则不然。

与死亡谈判

凡人对惊涛骇浪之下的原始魔法力量实在是知之甚少，又或许他们只是假装自己并不在意。总之，在比尔吉沃特附近海域的“死亡”很难说就是终点。

什一税

比尔吉沃特当地人坚持认为这个习俗绝不仅仅是迷信。他们要求所有出海航行的人必须向蛇母献上敬意。只要有船只离港，船长就应该向舷外投下贡品……否则就要直面大海的愤怒。

鱼叉手

一支猎海人队伍中最重要的角色就是鱼叉手，他们负责钩住并杀死猎物。一位老鱼叉手就是一条船上的核心人物，航海途中还能教别人一两招。许多鱼叉手都是百发百中的射手，或者是勇猛无畏的裸潜人……但很少有哪个鱼叉手能够活到自己扬名立万的那一天。

讨生活的工具

技艺最高超的猎海人都知道，老办法就是好办法。这些巧妙的陷阱和狠毒的倒钩全都来自蟒行群岛的传统工艺，每一样都专门用来吸引和击杀特定的海兽。并且，这些工具和用法都是世代传承的。

比尔吉沃特周边始终都有被海兽袭击的风险，但这些年来，狩猎和处理这些巨型生物逐渐催生了许多利润丰厚的行业。猎海船将它们拖回港口，然后人们再将其分割肢解成肉、油、皮、鳞——骨头和牙齿也不放过——在日益兴旺的码头市场上出售。

从麦格雷根的屠宰间到血港出名的行家，屠宰码头的活计日夜不休地将死尸变为利润。只有最成功的船长才可能自己管一片码头，所以大多数船长都不得不随行就市，极力讨到最好的价格。要是不抓紧的话，他们的战利品可就会烂在水里。

屠宰
码头

瓦洛兰大陆上的人所说的蓝焰群岛，在水生水长的芭茹人的概念中从来指的都是蟒行群岛。芭茹人的古代文化一直备受比尔吉沃特人的尊崇，这种习俗常常反映在他们的日常生活中，甚至有些是完全照搬的，包括传统的医药，还有猎海的技巧。

当地人对海洋和海中生物的知识无人可比，如果没有他们的引导，基本没有哪条船能在比尔吉沃特周围的凶险海峡中安全航行。

比尔吉沃特没有集权的政府，所以各路帮派、势力集团和幕后推手都在这里争权夺势。然而，这里也并非完全无法无天，关键只看你能摆平多大的事，因为他人的打击报复总是来得太快，而且不会留下活口。在比尔吉沃特，财富才是真正的权力。

普朗克

诡计多端、心狠手辣的普朗克是被废黜的强盗之王，他令人恐惧的名号广达远至。曾经，普朗克是港口城市比尔吉沃特的统治者。虽然现在他的威权已经不再，但人们相信这只会让他变得更加危险。普朗克若是知道有人要从他手中抢走比尔吉沃特，必然会大肆血洗这座城市。而如今他带着火枪和弯刀，还有一桶桶的火药，下定决心，一定要夺回自己失去的东西。

厄运小姐

以美貌闻名，但却以无情立命的莎拉是一位比尔吉沃特的船长。这座港口的亡命之徒中没有人胆敢轻视她。她还是个孩子的时候，就目睹了海盗之王普朗克残害了自己的家人。多年以后，她回敬以同样冷酷的复仇，把他和他的旗舰连人带船一同炸沉。所有低估她的人都会发现，自己将要面对的是一个难以捉摸且极具欺骗性的狡黠对手……而且很有可能还要面对自己肚子里的一两颗子弹。

赏金榜

在比尔吉沃特，最接近法律和秩序的东西就是赏金榜。上面写着的名字都是比尔吉沃特人人可诛的恶霸，按照各自的赏金价码排序。据说，海盗之王普朗克会定期给自己的悬赏追加一枚银海蛇，以此公开挑战整座城市。

一把金海妖

作为一座贸易城市，比尔吉沃特对外来货币的接受度很高，不过他们也铸造自己的货币，面额分为金海妖、银海蛇和铜鲱鱼。每当有新的强盗之王或女帝掌权，他们就会在所有钱币上留下自己的印记，以此昭示他们对这座城的统治——最新的印记就是普朗克。

山高则水远

比尔吉沃特有一条不言自明的公理：爬得越高，就越不容易淹死。由于缺少建筑用的自然资源，大多数比尔吉沃特的建筑材料都是人们带来、找来或偷来的，包括挪为他用的石刻作品，甚至还有他们乘坐而来的船只报废后的船壳。

兜里有点钱的人会经常光顾上城区的酒馆，痛饮美酒、寻欢作乐——不过要不了几天，他们就会回到港区，与猎海人队伍讨价还价，加入下一次生死难料的远航。

黑市石窟

比尔吉沃特最下等的居民生活在一座庞大的迷宫中，到处是曲折的暗河和隐蔽的入口。他们的家与赖以为生的大海之间没有明显的界线。不得不说，在风口浪尖上行走不仅是生计所迫，更是日常生活的一部分。

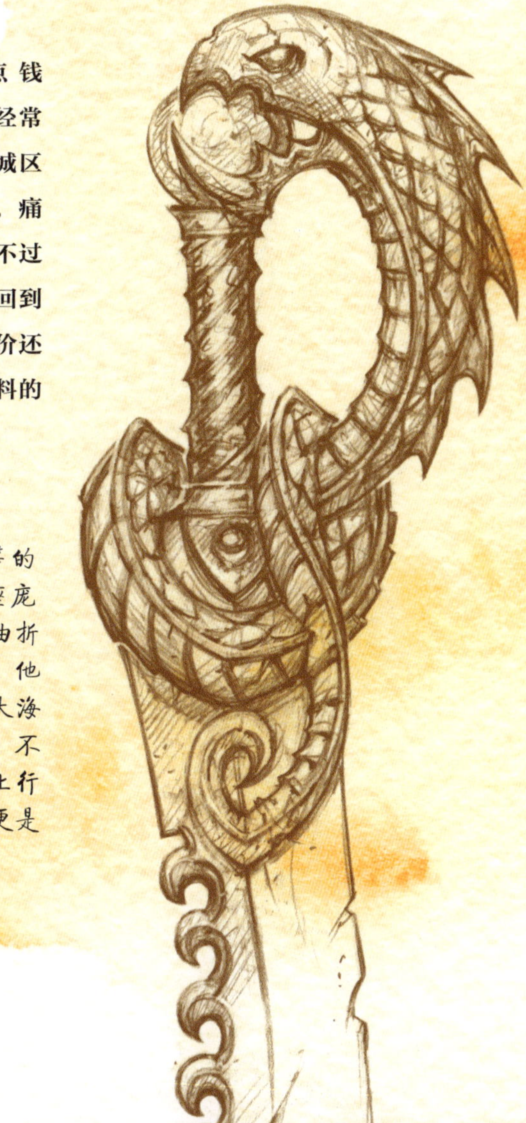

一　黑暗中的交谈

「狼」

小羊？

「羊」

请讲，亲爱的狼，

我在听，我最暗的伴。

「狼」

不。

我不喜欢你的“辞藻”……

难听。

「羊」

不知滋味的唇舌，口吐经文，

迷狂杂色，见者失神。

「狼」

吠号，或是号叫吧。

我喜欢号叫。容易听懂。

「羊」

狼若克己，收敛狰狞，

羊亦自制，不工格律。

「狼」

好吧。我收敛。

可我们要做什么？如果不是追逐？

「羊」

有一处骚乱，我有些在意。

「狼」

我看到了骚乱。

有影子……是人！

他们好吵……

狂欢夜

作者：马修·邓恩（MATTHEW DUNN）

「羊」

妄纵的口舌齐唱着妙律。

亲爱的狼，这是一场致敬我们的庆典，

光明与黑暗，风暴与宁静，

牙齿与箭镞，以及其间的圆舞。

「狼」

我要在庆典上狩猎。

要追逐猎物。

「羊」

我们且为见证，

抑或尽心理解，

这些凡人为何虔崇至此。

「狼」

听上去好无聊。

要多久？

「羊」

直至终了。

「狼」

如果庆典永不结束呢？

「羊」

万物皆有终结，亲爱的狼。

「狼」

不说辞藻，我便不追逐……说好了。

「羊」

那就靠近些，我们一起出发，

我的伴……

「狼」

他的羊……

「羊」

……和她的狼。

一　苍白骑手

每年这个时候，不皈芭茹信仰的人都会聚到一起，进行一次非比寻常的彻夜狂欢。只要你把比尔吉沃特当家，这里就来者不拒，包括那些崇拜漩涡神的芭茹人，只要他们想来，也同样会受到欢迎。这场集会没人组织，但每当一年之中的最后一轮狼月升起，这场喧嚣狂乱的盛宴总是会准时开始。

前来狂欢的人不计其数，不论出身与阶层——有强盗和钱庄老板，有船长和厨师，有渔夫和佣兵。他们都装扮成骇人的模样，在黄昏时分把码头挤得水泄不通。有几个人摔下码头当场溺死是往年常有的事。有人伸手搭救反倒是奇闻。不过今天可真是稀奇，没有任何一个人落水。有人开始小声议论，开场前不死人可不是好兆头……

所有船只都将航向同一个目的地，而且每年只有这一晚，所有船长都不会收费。装满人以后，船只纷纷起航，桅杆的侧臂上都挂满了人，大船后面还拖着坐满人的小艇。在静谧诡异的海面上，百里千帆，星罗棋布，纷纷漂向那座崎岖突兀的小岛——“女巫树礁”。

穿着奇装异服的狂欢者们找好了舞伴，成双成对地挤满沙滩。这时夜幕已经彻底降临，人群聚集起来，开始歌颂生命荡向死亡的混沌之舞，以及那带来死亡的双子。这场献给永恒死神的祭典，名叫千珏狂欢夜。

从一个人的装扮上就能轻易看出他出生何地：有恕瑞玛血统的人会装扮成优雅的长角瞪羚和斑点鬣狗。而祖辈来自秀美的海岛艾欧尼亚的人往往没有舞伴，而且会同时佩上蛇和麻雀的装束。还有其他古怪的扮相：一条琢珥和一条鲦鱼，一头血角雄鹿和一只毛茸茸的兔子，一朵玫瑰和一只蜇人的蜜蜂。目前看来，来自泛瓦洛兰地区的大多数人定下了最流行的装扮基调——他们都遵循了关于千珏最古老的描述：一只羊带着一匹狼。

然而今晚十分特别。在乔装打扮的狂欢者中间，千珏也亲自到场了。羊灵闪耀，如同最皎洁的月光，而狼灵则幽然飘动，如同一股漆黑的烟尘。他们的眼睛是一样的——摄魄、冰冷，闪烁着缥缈的蓝光。如果千珏在别的夜晚显露他们的身形，所有人都会惊恐地逃跑。但在千珏狂欢夜，在庆祝死亡之平衡的狂热气氛下，这对死神若无其事地行走在人群中。不伪装就是最好的伪装。

狂欢者们聚集在一条路前。道路两旁已经点起火把，蜿蜒地伸向女巫树礁的另一端。小路穿过商贩排档面前的集会场，最后来到悬崖边一棵巨大的枯树下。

“他们在等什么？”狼灵问道，尽力克制着自己的舌头不去舔嘴唇。

“等待邀请，亲爱的狼。”羊灵答道，她的眼睛仔细观察着岛屿的地形。

一个驼背的身影从那条路上独自走下来。那个人走到沙滩上，爬上了一块平顶巨石。海浪轻轻拍打着巨石的边缘。他抬起双手，人群安静了下来。即使是那些站在齐膝深的海水里的人，也不再理会脚边的横须鳗和踝鲨，专心看向巨石上的那个人。

那人开始用高亢的声音讲话，即便是那些刚刚停好船、准备涉水上岸的人，也能听得一清二楚。

“很久以前，”他开始讲，“曾有一位苍白骑手，骑着一头黑色巨兽。每一座城镇都不欢迎他，因为他们知道，如果他进了村子，只要是与他对视过的人，都活不过当晚。”

“这个故事我听过！”巨大黑影般的狼灵说。他兴奋地把舌头挂出了嘴角。

“有一天晚上，苍白骑手来到一条分岔路前。一边是茂密黑暗的树林，另一边是光明的城市。而对这个选择，他知道两条路都走的话需要花费两倍的时间……”

讲故事的人从斗篷里抽出一把道具斧头。月光在斧刃上跳跃。

“这个苍白之人拿起斧头，”那个人一边说着，一边跪了下去，“在岔路口的一棵古老的艾尔德劳克树前单膝跪地。”

狼灵疑惑地歪着头说：“这个故事我听过吗？”

“故事每讲述一次，讲述者的口舌便会为其抹上一遍颜色，”雪白的羊灵说，“我们知道更真实的故事，这出拙劣的戏只模仿到了皮毛。”

讲故事的人留出一段做作的停顿。上千张面孔随着他的每一个动作流露出期待。“然后他将自己……”

“……一分为二！”人群用诡异的语气异口同声地回答。

讲故事的人将斧刃按进眉骨，然后用力向

后撬，将头颅从前到后划开。但绽开的并不是血肉，因为他只是撕开了斗篷罩帽上的接缝。紧紧压实的丝带和雪白的纸屑从他头顶落下，一个巨大的纸羊从他的罩帽顶端钻了出来，内部的竹条骨架依稀可见。纸羊表面贴满了棉桃，颜色白得发亮，脚下踩着蹄子，脸上还戴着一副黑色的狼面具。纸羊的手里拿着一把巨大的短剑，剑身上印满了奥术符文。

讲故事的人展现出了高超的左右手协调性。他一只手拾出纸羊，另一只手撕开衬衫。涂着黑漆的木制框架展露出来，贴在一套紧身衣外侧，布满他长袍上下，就像一匹巨狼身上的毫毛。而在他胸前，则画着一副可爱的羊面具。

“几里地以后，这两条路又重新汇合，那位苍白骑手也遇到了另一半的自己。他的左右两半虽然同根同源，但却已经判若两人。他们一起将那把斧头扔进了河里，然后决定永远并肩而行……”

“让彼此永不孤单？”狼灵瞪大双眼，看着他的小羊。

羊灵抚摸着面前的狼面具。“让彼此永不孤单。”

“让彼此永不孤单！”人群齐声吟诵，共同讲完了这个故事。

寓言讲完了，人群爆发出欢呼声，夹杂着狂笑和燧火枪对天射击的声音。是时候沿着那条路前往岛上的小镇了。

人群路过那块平顶巨石，讲故事的人冲进这群吵闹的听众中间，人们为他喝彩，同时躲避纸羊手里的纸短剑。大杯大杯的黑麦酒和白果酒在人群中不断传递着。

讲故事的人并没有注意到，他的纸剑砍过狼灵身体的时候就像穿过了空气。

“小羊？”狼灵对他最爱的羊说，“你有剑吗？不要藏着。我想看看！”

羊灵看着她珍爱的狼说：“我从不对亲爱的狼有所隐藏，现在不会，永远不会。”

火炬映着狂欢者的人海。他们或手舞足蹈，或闲庭信步，或大步流星，沿着那条路向前走。人们摩肩接踵，每一次推搡都会掀起一波人浪。

羊灵和狼灵没有在意。他们走得飞快，因为他们在人们的头顶和肩膀上轻盈跳跃，就像海面上吹拂过的和风。

千珏狂欢夜开始了。

三　双生之魂

各个店铺门前都装饰着新宰杀的羔羊。它们被提着脖子挂起来，羊头用墨鱼的墨汁染黑。酒馆伙计会时不时摘下一只，串在铁钎上，准备涂满卤水蜂蜜，再放到火盆上直接烤。

鹅卵石大道边上的小贩向拥挤的行人们兜售各种东西。配对的舞伴之中总会有暴戾的一半，而这些人之间开始爆发争端——狼打了鲨鱼，鬣狗踢了雄鹿。人们围成了一大圈，一对一的互殴最后成了群体乱斗。牙齿、鲜血还有奇装异服的凌乱碎片散落在街上。恋人们当街拥抱，热唇紧贴在舞伴的脸上，或是吻上身边随便哪个走运的家伙。

羊灵和狼灵蹲坐在一只大木桶上，看着一片嘈杂的凡人在女巫树礁的街上暴食、乱舞，推挤拉扯。

“看！有人被打倒了！”

“他们在用拙劣的模仿庆祝那无可逃脱的命运。以戏谑和耍弄、宣泄和释放去驱赶那共有的恐惧。他们看不到我们的真面目——”

“胡母在下，你们的装扮简直是我今晚见过最厉害的！”喧闹人群中，一个女子的声音打断了羊灵。

羊灵和狼灵依然坐在大木桶上。他们向下望去，一对年轻的情侣正抬头看着他们。

“你看这身衣服多好啊！”那个女子对舞伴说。那个男子只是耸耸肩。她的装扮是用一团团棉絮小心翼翼拼出来的，还专门用白色颜料上了色。他的装扮则比较随意：身上只有一条缠腰布，脸上胡乱涂了几道白色面纹。

“你的十玑装扮太棒了。”她举起手抚摸着羊灵的肩膀，“你这身绒毛在季夏之夜还这么冰凉，是怎么做的？”

女子的目光转移到狼灵身上。“你的一伢朋友用了魔法吗？有点蚀魂夜的感觉。你们应该去参加装扮大赛，至少能拿个第三。”

羊灵扭头看向狼灵。狼灵扭头看向羊灵。他们的面具之下闪着缥缈的蓝光，如死亡般冰冷麻木，而且带着同样的……疑惑。狼灵和羊灵歪着头重新看向那个女子。

“我今年要把金子押在狼灵身上……希望羊灵的运气会对我微笑。”她向他们俩隔空飞吻，然后露出烂漫的笑容。

“祝你们千珏狂欢快乐！”那个女子挥手告别，然后牵着她那个只穿了缠腰布的狼伴，漫步消失在人群中。

“多么弱小的狼！我觉得悲伤……还有愤怒，就像是我想狩猎，又不想狩猎。”

“这叫作‘疑惑’，亲爱的狼。这是一种凡人的情绪，漫长持久，而且无处不在。”

“我不喜欢这个……疑惑。”

狼灵摇摇头。羊灵伸出手揉捏他的下巴。

“亲爱的狼，最令他们感到疑惑的，其实是我们。”她说。

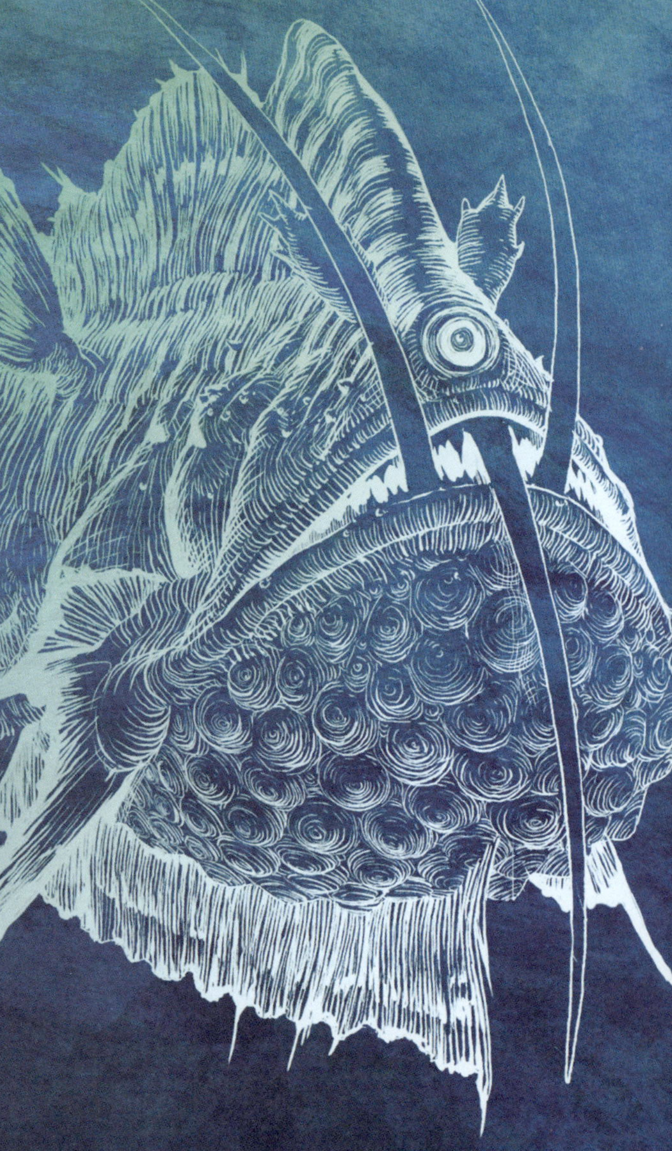

“这么说，疑惑就是狩猎？是打倒在地爬不起来的游戏？”

“算不上，但也没错。疑惑就存在于打倒在地和爬不起来之间。”

“我的爪子痒了，小羊，这祭典结束了吗？”

“我们暂时还需要保持刚才的约定，亲爱的狼。”

“‘暂时’，要到什么时候为止？”

“你越是期盼，就越是漫长。”

狼灵把下巴搭到羊灵的腿上，聆听着上千颗心脏的跳动，按捺住追逐的冲动……然后，他听到了一个盖过所有心跳的奇怪响声。

“那是什么叫声？小羊？”

“这不是叫声，而是音乐，亲爱的狼。”

狼的双眼亮了起来，巨大的舌头又伸了出来，淌着口水。“我能追逐音乐吗？”

“某种意义上讲，可以的。”

四　轮上的海盗船

羊灵和狼灵寻着旋律来到一个舞台前，穿着黑色毛皮的乐师正在演奏音调不谐但又彼此互补的乐句。音色奇怪的号角吹出摇曳的颤音。鼓手敲打着定音鼓和长圆木。这音乐让人精神亢奋，而且在脑海中挥之不去。

“这声音在追逐我的耳朵。”

“这种音乐叫作嗟泰调，专门在每年今晚演奏，致敬牙齿和箭镞。”

一连串枪声突然响起。喧闹的嬉笑声像云雾一样在这群比尔吉沃特人中间散播开来。

一个穿成海盗船长模样的女子出现了。她站在一艘道具帆船的船首，船底下装了许多轮子，几个赤膊大汉在前面拖着。船上还放着一个镶金的笼子，以白石膏为栏杆。

“又有新东西！我的脑袋在旋转。”狼看到轮上帆船，发出了低吠。

“这感觉叫作好奇，亲爱的狼。一扇紧闭的门，四框透着光……门后面是什么？”

羊灵跳上一家肉铺的雨棚，视野陡然开阔。狼灵在她身旁盘旋。

人群给陆船让开一条路。镶金的笼子显得更大了。白石膏的栏杆映在街灯的光亮中。笼子里面，一个人正在瑟瑟发抖。

“哎！都让路，恭迎温顺的代表者！病弱者的伴侣！”船长喊道，“乳臭未干、哭哭啼啼、软弱无力的窝囊废。”

喊声引人纷纷回头。一轮欢呼声响起，那是狂欢者们看到了笼中人的可怜模样：一名衣衫褴褛的男子，身上沾满了棉花。他瞪圆的双眼中满是恐惧和慌乱。他是唯一一个被强行抓来参加千珏狂欢夜的比尔吉沃特人。

“下面有请我们港区最后一个诚实人……比尔吉沃特的愚羔！”

人们欢迎愚羔的方式，是用任何手边可以扔的东西对笼子狂轰滥炸。莴苣根在栏杆上炸开。烂熟的杧果打到他涂满焦油沾满棉花的皮肤上，摔成稀泥。

“他和你一样！”狼灵对羊灵说。

“残酷女神将凌虐的手指插进凡人的模子里。看看造出了多么可怜的作品。”

“同乡们！”愚羔哭喊着，“求你们发发慈悲吧。我可曾欠债不还？我又可曾为富不仁？我从未犯过任何罪行，难道文明礼仪和同情谦让是罪吗！”

“他说话和你一样！”

“非也，亲爱的狼。我从未如这般说话。”

愚羔提高了音量，“我可曾背叛、盗窃、欺骗或谋杀？非也！”他想唤起狂欢者们的良知，但即便是那些没有被灌醉的良知，此刻也无动于衷，回应他的只有哄笑和模仿。

“非也非也非也！我也曾是一只小羊！”

羊灵眼中的蓝色光芒似乎能把空气冻结。

可怜的愚羔开始用牙齿啃咬笼子的栏杆，装作一匹狼的样子。“你们想让我成为浑蛋吗？是这样吗？！”他哭喊着，向人群恶狠狠地吐口水。

“最真实的羊羔即便只是戴上狼的面具，也会无所适从。”

狼灵放声大笑，今夜的嗜血欲望让他沉迷。他用欢愉的眼神看向羊灵。

“我希望他们接下来会扮演我。”

“我可以肯定，你不会失望的，亲爱的狼。”

狼灵的头转了回去，放声号叫，悠长而响亮的叫声让夜空彻底安静。这可怕的声音震颤着血肉和骨髓，撼动每个人的心。

五　尖嚎、饥饿、猎手

号叫渐弱渐止，午夜钟声也在此时敲响。狼月升高到顶点，如同一声号令般，改变了人们的心情，改变了狂欢的走势，更重要的可能是，改变了风向。

狂欢的人群离开了城镇，轮上的海盗船走在最前面。一种犹如挽歌般阴沉的情绪爬上心头，与嘎吱作响的车轮恰好合拍，同时还伴着上千人的脚步和愚羔的幽咽声。随着上坡开始，路变窄了，尽头的两堆巨型篝火把那棵枯树照得通明。

来到一处开阔地以后就再也没路了。前方只有高耸的悬崖，以及悬崖下方的乱石和海浪。

两堆熊熊燃烧的篝火在黑暗中显得格外高大，如同深海巨兽利维坦浮上水面，睁大了双眼。那棵枯树在风中摇摆，树枝发出的

咯咯声如同枯骨的碰撞。经过上百年风化和磨损，悬崖变成了一座粗糙的圆形剧场。

“我认识这个地方，小羊。”

“无籽的果实长出根须，扼杀了沃土。”

三个影子从艾尔德劳克树后走出来，在疯狂火光的映照下显露出异样骇人的轮廓——三颗巨大的狼头，脖子以下的部分不见踪影。他们摇晃向前，最终在篝火旁边揭露了真相。他们是穿着特殊装扮的普通人。他们的躯干上包裹着厚重的毛皮，三个绒绒的脖子下面伸出三双人脚。惟妙惟肖的狼头大约顶在他们肩膀的位置。

此三人的狼形头饰各有不同——一个仰面朝天作号叫状，另一个张开血盆大口，肥厚的布舌头向外垂出，最后一个则咬紧双颚，嘴里叼着一只尚带着余温的羊羔。

“虚假的狼，太多了。”

“他们是这场仪式的掌管者：尖嚎、饥饿和猎手。”

尖嚎最先开口说话：“我们是千枝同根的灵魂，现聚集于可畏的狼月下，在这棵艾尔德劳克树前，死神本尊订下同行约定之所。”

然后饥饿开口了：“今夜，我们见证狼战胜羊，以及我们的自由和解放遍及我们的土地！”

最后是猎手。“看这愚羔！万千弱点的代表者，天生懦弱、饱学胆怯的废人。我们对他的到来深感荣幸！”

一个粗重的金属环被钉在艾尔德劳克树的树干上。一条沉重的铁链蜿蜒出去，末段缠在了愚羔骨瘦如柴的脖子上。他头上戴着一个棉花制成的雪白王冠，两侧还有小巧的羊耳朵。他的样子真的十分可怜——鼻青脸肿、饥肠辘辘、浑身湿透、肮脏斑驳。他已经被吃食、饮料和各种污物攻击了一整夜。

聚齐的观众们哄笑着喝倒彩。当那个可怜的人抬起目光，他眼神已变得空洞。他将头埋在双手中，接受了自己的命运。

“下面，”尖嚎说道，“有请比尔吉沃特的代表者……”

“……世间最强，”饥饿补充道，“……随时准备用力量或狡诈夺取属于她的东西！”

“她垂涎着狩猎，”猎手吟诵道，“她能嗅到鲜血，能嗅到死亡，能嗅到自由！有请——狼魂勇士！”

那名海盗船长骄傲地站在陆船上。她从船首跳下，对观众们高呼。

“当死亡找上门来，我们要在病榻上用颓废的身躯迎接吗？我们要抱头鼠窜，在溃败和求饶中等死吗？那不是狼！那不是我。”她的声音里满是不服输的劲儿。她用双拳猛捶自己的大腿。“我壮实的双腿，在我死时将依然壮实。让我穿上靴子，指给我大海的方向，无论是鲨鱼、海妖还是琢珥都不在话下。我将在浪头上死去，将被利剑穿肠而死，我将高举酒杯、带着笑容赴死！”

她脱下了船长的盛装，里面是一身黑衣。她的四肢如船桅一样粗壮，戴着一副定制的手套，在指缝间安装了锋利的刀刃，让她长出了一对利爪。猎手为她戴上一副可怕的狼面具，露出森森白牙，帮她完成了蜕变。

狼灵兴奋地瞪大双眼。他看明白了眼前的事。

“小羊！”他说，“他们在扮演我们！”

“我们不会挑战彼此，亲爱的狼。直到很久以后的未来也不会。比永远还要再多一天。”

“嘘——！要开始了。”狼灵竖起了耳朵，因为它感受到杀戮即将来临。

尖嚎再度开口。“永恒的争斗将于今夜再次终结，这对千珏之魂中会产生一名胜者，正如世界终末之时，狼必当以羊为食……”

饥饿接着往下说：“若是愚羔以某种方式取胜——”此话一出立刻引来众人哄笑，“那么直到明年的千珏狂欢夜之前，我们都要克制自己的兽性本能，从暗渠之下拨云见日，披上礼仪和诚实的外衣。”

猎手最后说：“如果狼魂勇士得胜，我们就将继续遵循引以为豪的传统，以我们自己的名义，为我们自己的欲望！”

人群沸腾了。燧火枪声接二连三地响起。有人露出了本性。有人用拳头招呼彼此的面门。所有人都在亢奋和爽快中尖叫。

尖嚎再次开口：“亲爱的狂欢者们、朋友们、女士们、先生们、杀手们、土匪们、海盗们、理发师们、利维坦猎人们、琢珥捕手们、商人们、无赖们、窃贼们、骗子们、枪手们、水手们、士兵们、强盗们、流氓们以及所有把比尔吉沃特当家的人——请见证狼灵一千年以来第一千次连胜，并接受它对我们一切所作所为的统治！”

狼魂勇士不仅拥有一双利爪，而且还接过了一根镶了一圈鲨鱼牙齿的短棍。这是一把野蛮的武器，生来就是为了夺人性命。

有人向愚羔扔去一把崩了弦的弓和一支折断了的箭。他没有伸手接，而是看着弓箭掉在自己脚边。他举头望向那轮圆月。

“我听到了波涛的声音……”愚羔说，“很快就要结束了。”

“不，”狼魂勇士笑着应道，“我会让这场狂欢长久地持续下去。”

羊灵专心地看着这一幕。戴着面具的人们翘首以盼，纷纷开盘下注。人们交换着现金、瓶装珍稀兽油、装饰华丽的手枪和闪闪发光的宝石。

“什么样的蠢货才会相信一场暗箱操作的对抗能够预示未来一年的运势？亲爱的狼，他们认为我们的存在只是一场闹剧，还想告诉我们狩猎的目标。至少今天此刻，他们想要执掌我们的手，而他们根本分不清是谁的手。这荒唐的蠢行到底有什么意义？”

在人群中，她看到了刚才那个衣着简单的羊女子，看到她把一袋金币交给了那个只穿了缠腰布的狼朋友。

“他们想要狩猎。他们想要玩耍。他们不喜欢摇唇鼓舌，也不喜欢空等。”

这群人不想看到公平公正的对抗。他们也别想得到公平。

六　羊灵之怒

狼魂勇士将短棍高举过头顶。她浑身的肌肉激起一阵涟漪，准备给愚羔当头一棒。

“流血的娱乐才好玩！”狼灵大笑道，瞳孔偾张。

“这不是流血的娱乐，亲爱的狼。这是一种嘲弄。我要让他们见识羊灵之怒，以及温顺的力量。”

羊灵摘下了面具。她转过头隐藏起真正的面目，即使是狼灵也看不见。在远处，响起了闷雷滚动般的声音。风突然猛了起来。一阵宁静扼住了空气，但观众们的热情并未因此消减，人们都沉浸在渴血的狂喜中。几乎无人能看到奇异魔法的金色痕迹，那种魔法极其古老，并非来自这个世界。只有狼灵看到了，他立刻把头转向羊灵。

“你说过‘不准玩’……”

“我说的是‘不准追’还有不准‘说辞藻’，亲爱的狼……”

可怕的棍棒带着狼魂勇士的全部力量击中了愚羔的后脑，但他没有任何感觉。他的灵魂并没有从颅骨的裂缝中涌出，而是在他的心底蔚然昂扬，如同风助火势，烈焰拂天。

处于下风的愚羔经受住了致命一击。随后又是一击。接二连三。

“闪耀吧，无视身体疼痛的倔强灵魂，你眼中的明月不只是一轮噩兆，你在死地之际听见了波涛。”

比尔吉沃特“最后一个诚实人”用颤抖的腿缓缓爬起，然后屹然挺立。

狼魂勇士在愚羔周围绕圈，发出了号叫。

狼灵和她一起发出号叫，因为他对羊灵破坏规矩的做法十分生气。他说不出口，只是吐出唾沫。

羊灵弯弓搭箭，瞄准了目标。

“……我从未承诺要放下箭镞。”

羊灵射出一箭，直穿狼魂勇士的心脏，一击夺走了她的灵魂。但人们并没有看到羊灵保护愚羔，也没有看到狼魂勇士中箭——他们只看到一个人在受到一次次重击后依然还活着。

聚集的云团发出一道怒火的闪电。闪电毫无预警地击中了狼魂勇士。她站立了一瞬间，庞大的力量穿过她的血肉和骨骼……随后，她只剩下一具烧焦的躯壳。冒着烟的尸体颓然倒地。

愚羔彻底糊涂了。是神恩让他活了下来，但却没有人喝彩。相反，全场鸦雀无声，人们全都呆住了。一个女子在自己脚上吐了一摊。一千年来，狼从未输给过羊。

“这是不是意味着我们今年必须严格履约了？”一个手腕末端装了钩子的狂欢者问。

“羊灵赢了！我发财了！”那个衣着简单的羊女子欢呼道。她开始亲吻自己身边的狂欢者，但他们全都目瞪口呆，无动于衷。他们的眼中涌上来难以置信的泪水。

狼灵把脸贴在羊灵脸前，他们的面具几乎要碰到一起。

“不公平！”他愤怒地号叫。人群中也有人开始号叫。上千个号叫声一同对着月亮响起。

羊灵从狼灵面前撤开。她将自己的弓挂到后背，耸了耸肩。

“一定是比久远多一天的罕见情况，羊灵战胜了狼灵。”

“小羊要赖！”狼灵怒吼道。他转身盯着那个惊恐的愚羔。“如果小羊要玩……”

羊灵对她的狼深鞠一躬。“……那么公平起见，她最亲爱的狼也可以玩。”

刚刚受过毒打的愚羔惶恐地环顾四周，但唯一能躲避人群的方式只有从悬崖边跳下去，落在下方的乱石上。

狼灵扑到了愚羔身上，将他撞下悬崖，掉进了翻滚的海浪中。狼灵返回的时候，还在舔嘴唇，依然没有饱足。

尖嚎、饥饿和猎手互相推搡着走到狼魂勇士尸体旁边。他们看着尸体窃窃私语，希望她能再抽一口气。但她已彻底烧焦，无药可救。人群开始骚动，一想到要度过平静安宁的羊灵年，悲伤和愤怒就从他们心里升起。

尖嚎举起双手示意人们安静，而安静就像野火一样蔓延开来，甚至静得足以听到羽毛落地。

“一千年来，我们比尔吉沃特人一直生活在一蚜的巨狼之影中。没人能够命令他，所以也没人能够命令我们。”

饥饿向前一步。“十玑，学识高深的光明羔羊，在我们的心目中和交涉中占据了最微小的位置……”

猎手接过了属于她的发言时刻。“我在此宣布，狼魂勇士的心脏依然在跳动！狼灵的代表者获胜了！一切的阴影笼罩一千年！”

那个海盗显然已经死了，永猎双子看到是她先倒下的，但正式公布的结果让狂欢者们爆发出热烈的欢呼。他们的世界一切安好。

“狼赢了！”狼灵大笑道。

羊灵把头扭向一边。

“真相的直白已如同夜晚的黑暗——我最亲爱的狼的化身首先用尽了生命。我们知道这个真相。”

“无所谓！他们说是我赢了。这是他们的狂欢。他们的规则！”

“那些制定规则的人或许的确制定了修改规则的规则。”

狼灵在空气中嗅到了东西。风带来了另一场狩猎的气息——在破晓之前就会结束。

无人注意到一缕火星从篝火飘向了枯树的方向，也没注意到火星落在了干枯的枝杈上。没人能分得清空中的火星与天上的星辰。在愚羔逆境取胜后的困惑中，没人看到篝火越烧越高。

“一场‘化装游行’会结束吗，小羊？”

“万物皆有终结，亲爱的狼。”

“结束了吗？”

“结束了。”

七　期盼的灰烬

「羊」
亲爱的狼？

「狼」
怎么了，小羊？

「羊」
任性之夜，纷乱滋味，
吾狼所好者，几何？

「狼」
愚羔的咽喉看着柔弱，
但却醇厚多汁。

「羊」
最晚成的果橼，
或成最上等的佳酿。

「狼」
那三只狼。
他们一开始滋味香甜，
但倒了我胃口。

「羊」
最终决断，喜忧参半，
混乱踩踏，火灭灰散。

「狼」
制造音乐的人，
他们破碎。
他们尖叫，
他们脆裂。

「羊」
火热演奏者奏演热火，
罪之神启赎欺神之罪。

「狼」
苍白的骗子，
满嘴胡言，
满腹瞎话。

「羊」
口若悬河者沉没入海涛，
自顾活命者抛其于浪潮。

「狼」
另一只羊。
她喜欢我们。
她烧了吗？

「羊」
可怜可叹，愚者赌债，
轻信谗言，困于债台。

「狼」
这场狩猎还不赖，
虽然等待的有点久。

「羊」
此言极是，至爱吾狼，
期待如酝酿，回报如蜜糖。

「狼」
小羊
你尝到了什么味道？

「羊」
羊儿不觉味，万物皆为灰，
唯有独一事，暗中最卉炜。
我之猎何为？凡人妄自揣，
待之如儿戏，此耻难以堪。

「狼」
我们狩猎。我们追逐。
我撞倒了许多人。
我们明年可以再来这狩猎庆典吗？
现在他们懂得畏惧我们了。

「羊」
海岛成焦土，生者见公识，
“千珏狂欢夜，此夜最观止。”

暗影岛

这片被诅咒的土地原本养育着一个高贵、开悟的文明，盟友和使节将此处称为福光岛。然而一千多年前，一场前所未有的魔法灾难撕碎了物质与精神领域之间的屏障，让二者发生了融合效应……顷刻间就毁灭了所有生命。

如今，一团恶毒的黑雾永久地萦绕着这片群岛，连土地本身也被恶毒的巫术所污染。任何凡人胆敢踏上这片凄凉的海岸，就会渐渐失去生命力，继而引来永不知足、猎食成性的死灵。那些在黑雾中殒命的灵魂会遭受诅咒，永世盘桓于这片噩梦般的岛屿。更可怕的是，暗影岛的力量每一年都在逐渐变强，让最强大的幽灵在符文之地上的侵袭范围越来越大。

数百年间，福光岛始终隐藏在外人视线之外，在宁静中度过了知识与哲学的黄金年代，还从符文之地各处收集魔法圣物并妥善看管。首都海力亚云集了著名的奥术学家、天文学家，以及所有学科的学者。首都周围的乡间，普通人也都过着平静且单纯的田园生活。

建筑之谜

海力亚最引以为豪的是它的建筑奇观，里面数不尽的秘宝珍藏——有些也十分危险。有一些密室的装饰花纹中隐藏着特殊的意义和符号，只会在特定的月相、太阳高度角或者星辰排列出现的时候打开。

白雾

首都周围的土地非常肥沃，村镇和城市的设计独特，不需要特意加固也能保障安全。多亏了群岛周围萦绕着的干扰性魔法迷雾，能将误闯的旅行者引向别处，所以这里几乎没有常备军队的必要。

的福光

破败之咒

在福光岛之外很远很远的地方，曾有一位国王和一位王后统治着一个帝国，只是如今已无人记得这个帝国的名字。一天，王后中了剧毒，国王便派出许多武艺高强的战士去寻找解药。一位将军带回了驱散白雾的方法，以及关于那里的生命之水的传说。

遗憾的是，这个消息对于国王来说已经太迟。王后已宾天。

丧妻之痛让国王陷入了疯狂，他一意孤行，前往远方的海力亚，将亡妻的尸身浸入了治愈之水。一场魔法灾难骤然爆发，摧毁了福光岛。一切生命都遭到了诅咒，变成了介于生死之间的游魂恶灵，庇护生灵的白雾变成了漆黑嗜血的浓雾。

如今，只有走投无路的拾荒者和宝藏猎人才敢造访海力亚的废墟。这里埋藏着无数奥术宝藏，但全都变成了不可见诸天日的禁物。有一些凡人甚至学会了如何在黑影和腐化的边缘生存……但哪有人能猜得到他们在那里见到了何等恐怖的事物？

死后的灵魂常常被缅怀为“失者”。一般来说，被困在暗影岛的死后灵魂会渐渐衰弱，忘记自己生前的身份。然而，即便是破败之咒也无法抹除那些最强大的亡灵生前的个性和欲望，它们将永世追猎那些软弱无助的人。

破败之咒的爆发毫无预兆，农夫们当时还在犁地，孩子们还在玩耍。一些灵魂在那场灾难中四分五裂，残留的只有生前最后一刻体验到的情绪——恐惧、抵触或者遗忘自我后的疯狂。

虽然有些灵魂是完全虚无缥缈的，比较容易封印或者消灭，但暗影岛上有一批最强大的存在，它们已经证明自己是真正的不朽者。随着时间的推移，这些灵魂的外观很可能会发生改变，反映出它们最核心的本质。

海力亚有许多卑微的抄写员和卷宗保管员都是在案台上殒命的。他们完全不知道那场害死自己的灾难。这个可怜的灵魂如今狂热地用潦草的笔迹记录着自己所受的折磨，笔下的长卷永无休止地展开新的空白。

“失者”当中有许多并不具备攻击性和掠食本能。比如，一个心怀良善的无辜之人如果踏上了暗影岛的土地，可能会遇到一个慈悲或有共情的灵魂，试着把这个人引向安全的地方。

嚣张的灵魂

脾性相似的灵魂有时候会融合成为更强大的灵体，这五个愤怒的灵魂就相互纠缠在一起，只有意志最强大、最坚韧的那一个才能够保留一部分属于自己的记忆。

当凡人踏上暗影岛时，他所处的情绪状态将引来不同的灵魂，有的是因为共鸣，有的则是因为嗅到了食物。比如一个狂暴而愤怒的人可能会遇到嘶吼着的怨灵，而心中存有疑虑的人则只会遇到那些以恐惧为食的恶灵。

捕一登岛，猎物就会感到焦虑紧张，似乎在被人跟踪。

焦虑越发严重，最后变成惊弓之鸟。猎物会认为自己产生了幻听或者幻视。

魂锁典狱长，锤石

锤石的前身是一个教团的成员，他的教团致力于收集并保护世间所有奥术知识。教团的首领对他多年间的辛勤表示肯定，任命他监守一个秘密地库。当时的锤石意志坚定，得心应手，非常适合这一任务……但他其实渴望更大的认同。

当破败之咒发生的时候，福光岛上所有居民的灵魂都被从身体中剥离。在数千个声音的痛苦哀号中，锤石却伴着身边的毁灭而狂欢。这次大灾变让锤石成了亡灵憎恶的化身，但和其他那些坠入暗影世界的幽灵不同，他没有失去自己的目标感。如今，锤石已不再受到凡间俗事的束缚，他可以肆意地满足自己残忍的野心。

空洞的声音、模糊的身影常常会逐渐幻化成猎物明知已经死去的人。

猎物会被一个或多个灵体吸取生命力，直到猎物自己的灵魂无法承受。

猎物继续衰弱，直到肉体形态被废弃，或者成为另一个灵体寄居的宿主。

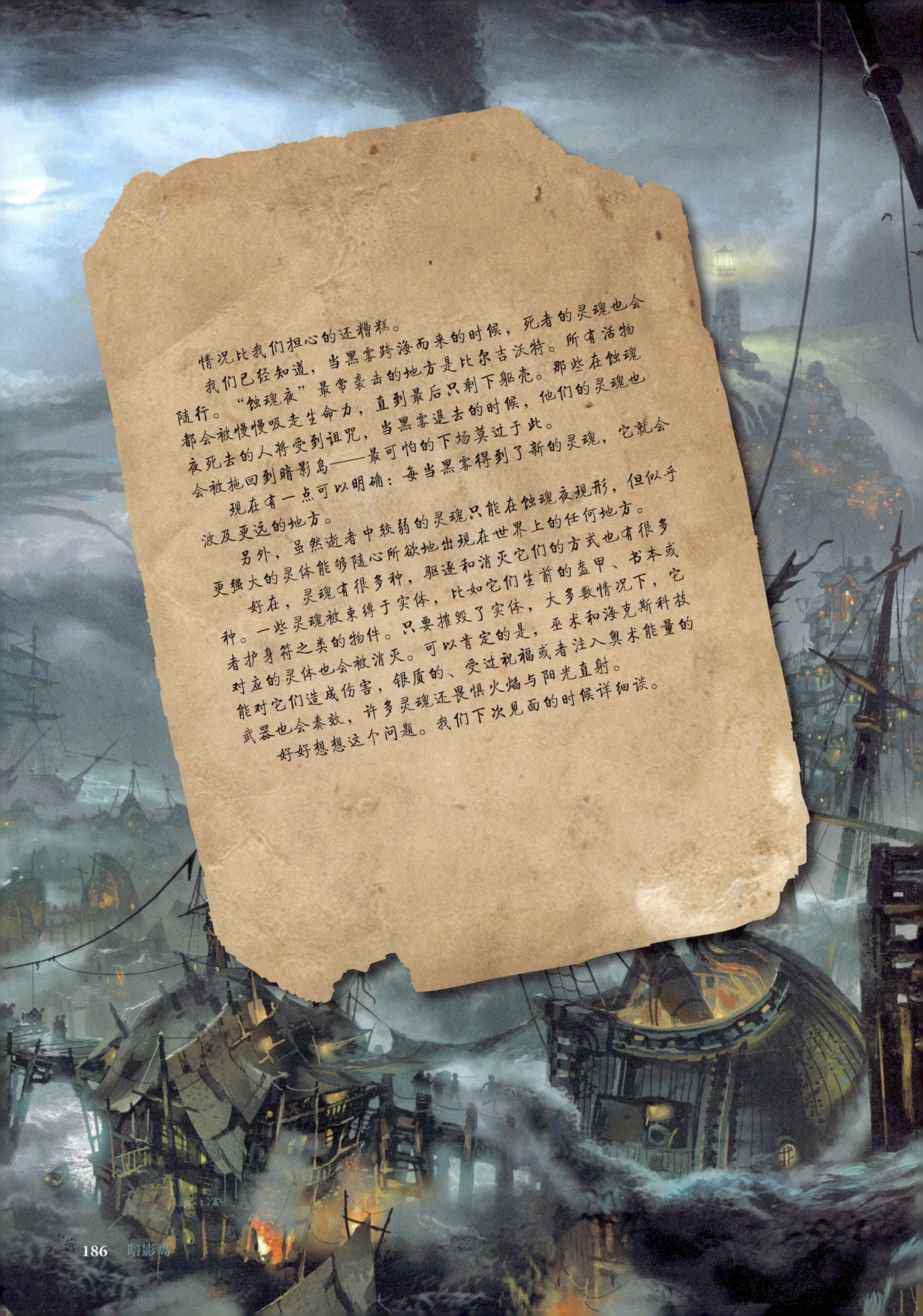

情况比我们担心的还糟糕。

我们已经知道，当黑雾跨海而来的时候，死者的灵魂也会随行。"蚀魂夜"最常袭击的地方是比尔吉沃特。所有活物都会被慢慢吸走生命力，直到最后只剩下躯壳。那些在蚀魂夜死去的人将受到诅咒，当黑雾退去的时候，他们的灵魂也会被拖回到暗影岛——最可怕的下场莫过于此。

现在有一点可以明确：每当黑雾得到了新的灵魂，它就会波及更远的地方。

另外，虽然逝者中较弱的灵魂只能在蚀魂夜现形，但似乎更强大的灵体能够随心所欲地出现在世界上的任何地方。

好在，灵魂有很多种，驱逐和消灭它们的方式也有很多种。一些灵魂被束缚于实体，比如它们生前的盔甲、书本或者护身符之类的物件。只要摧毁了实体，大多数情况下，它对应的灵体也会被消灭。可以肯定的是，巫术和海克斯科技能对它们造成伤害，银质的、受过祝福或者注入奥术能量的武器也会奏效，许多灵魂还畏惧火焰与阳光直射。

好好想想这个问题。我们下次见面的时候详细谈。

蚀魂夜

不赚不归

作者：劳拉·米切（LAURA MICHET）

菲耶特从来都会提醒她的客人们，从暗影岛返回不赚不归的航程需要整整一班岗的时间。

这家酒馆孤独地坐落在一座岩石小岛上。菲耶特建造这间酒馆的时候没有建灯塔，这样一来，那些饥饿的幽灵就不会在黑暗中盯上这里——遗憾的是，宝藏猎人们也同样找不到这儿来。所以如果返程的时间太晚，你就很有可能在入夜以后迷航，一整晚都在海上绕圈子，成为怨灵猎杀的目标。但如果你早早地在傍晚时分就离开暗影岛的黑色沙滩，你就会在天黑前找到这座孤独的小岛并安全靠岸。

每逢有初来乍到的客人，菲耶特都会向他们推荐这个计划。早早离开暗影岛。实在不行就把战利品留在沙滩上。只要能在入夜前上岸，就可以高枕无忧。

然而，新来的人通常都不会听她的。第一批返回不赚不归的船永远都是经验最老到的宝藏猎人。当他们出现在海平面上的时候，菲耶特会去帮忙搭把手。

从暗影岛返航的宝藏猎人们全都非常疲惫，有的时候还会负伤。他们需要人帮忙接过缆绳，拉他们一把。菲耶特将这一服务视为她酒馆的殷勤款待的一部分：日出时的温热早餐、入夜后的凉爽冷饮、存放私人物品的保险之处，还有微笑着帮你泊船的酒馆老板娘。

夫复何求?

“我要打个盹。”盖温隔着浪花冲她喊。

“可以啊，没问题。”菲耶特笑着说。她一直都很喜欢盖温不寻常的轻佻感。能在这座孤岛上有至少一个欢乐的朋友是件幸事。老板娘伸出她的钩子手，等待那个壮实的德玛西亚宝藏猎人向她扔绳索。在过去十年里，她几乎每周都会在码头上迎接他进港。

今天他的船看上去很空。“运气不好?”她问。

“基本上一无所获。”盖温说。他的声音里没有一丝担忧。有时候盖温会带回一整船的漂亮古董，有时候却什么都没有。他似乎从来都不放在心上。也是，如果你会为这种事烦恼的话，就没办法十年如一日地一直搜刮暗影岛。关键不是每一次小打小闹，而是赢下整场攻城战——反正盖温总这么说。

菲耶特把他的缆绳拴在木桩上，盖温轻盈地跳到她身边。落地的同时，他手里拿着的小布包哗啦地响了一声。

“听起来有货嘛。”菲耶特说。

“鸡零狗碎。用不着秘库。”他的意思是：在那些闹鬼的废墟里挖了一整天，最后也没找到任何附过魔的东西。可能是金子做的小玩意，但算不上什么有趣的东西。

秘库只用来存放真正宝贵的、致命的东西。

“我去打盹了。”盖温说完，指了指海上。“留意我们的神职朋友。女祭司和他手下的小伙子们找到了一个大家伙。”

菲耶特回过身，在海平面上看到了一艘熟悉的船——艾欧尼亚帆船。那个艾欧尼亚女祭司和她手下的信徒已经在菲耶特的酒馆住了一个月了，每天早晨都必会起航，去暗影岛搜寻着某样东西。他们没和任何人说过自己的目标，连老板娘也没告诉。

“这么说你终于看到了?”菲耶特问。

“没，差一点。他们把东西盖在帆布底下了。”

等到艾欧尼亚人慢慢靠近，菲耶特才终于看到那个被帆布盖住的庞然大物，在船上占据了所有人的座位。女祭司萨芭女士，爬到了桅杆半腰。三个出力气的徒弟，长袍和腰带都已经挂在船舷外，他们小心翼翼地蹲伏在大东西旁边，尽量往中间靠紧。

“看起来是要装进秘库的。”菲耶特断定。

他们揭开了帆布，一口巨大的钟出现在她眼前，大概和年轻的水手一样高。“这东西很邪门，”萨芭女士告诉菲耶特。萨芭满头大汗，灰发贴着额头，尖细的声音不乏威严。她瞪大了眼睛，瞳孔周围露出更多眼白，菲耶特分不清她是恐惧还是兴奋。“稍微用力拍一下都不行!”

“那如果——”

“它将扰乱精神领域，”萨芭厉声说，“魔法会失控肆虐。然后……将是一阵死寂。随着钟声渐息渐止，就像惊涛拍岸，旋即退散。”

菲耶特并不确定要怎么理解。“……有意思。”她说。

“我们需要把它放到你那里保管。不允许任何人打扰它，包括你。我的徒弟们将负责把它搬到地下室。”

几个徒弟小心翼翼地在钟的周围排好，发

出一阵吃力的低吼，把它搬上了码头。他们搬钟的样子就像奇怪缓慢的舞步，每迈出一步都胆战心惊，躲避着码头上朽烂的木板和桥板上的缝隙。

菲耶特走在前面，打开了不赚不归的大门。“小心。”她提醒学徒们注意高出来的门槛。

菲耶特比任何人都了解这个地方。许多年前，她用自己的船的残骸建造了这家酒馆，也曾前往暗影岛搜寻古代遗物。和许多人一样，她发现了等待自己的只有带血的教训。她的船搁浅在沙滩上，困了一周的时间才获救。当时她已经奄奄一息，泡过海水的干粮被一条狗吃了，还被一只怪叫的幽灵夺走了一条小臂。

不过这样的教训往往会换来有价值的回报。菲耶特发现属于她的战利品埋藏在黑色的沙滩上，就在她船只残骸的旁边。她的船壳之所以触礁，就是因为撞到了这个巨大、朴实的黑钢秘库的角上。一枚精致的钥匙断在了锁芯里。她几乎花了一整年的时间挖掘、起重，终于把秘库移到了沙滩上，开启了大门。

你问里面有什么？什么也没有。

但秘库本身的价值就比任何宝藏都更珍贵。只有一把钥匙能打开门。所有尝试撬锁或者用魔法开门的人，全都立刻暴毙。菲耶特返航时雇的大副就心术不正，死在秘库门前——后来又死过好几个人。

菲耶特有时候觉得，自己可以在钥匙孔里看到他们的灵魂发出冷峻的蓝光。

艾欧尼亚人缓缓穿过空荡荡的饭厅，路过吧台走下台阶，来到地下室的主厅。“在主厅稍等一下，”菲耶特对他们说，“很快就好。”她溜进秘库的房间，在身后关上门。

然后她把铁钩从假肢上拧下来。在安装假肢的位置藏着一个暗格，放着秘库的钥匙。

菲耶特打开秘库，把钥匙藏了回去，重新戴上铁钩。“进来吧。”她喊了一声。

几个艾欧尼亚人努力保持着无动于衷的表情。但菲耶特可以看到，当他们瞧见秘库内部的时候眼睛都瞪大了。里面一排排的架子上摆满了泛着微光的古物。受诅咒的武器摆满了一整个立架，发出微弱、尖锐的悲叹。墙上挂着的护身符周围有一圈幽蓝的鬼火，旁边生锈的盒子震颤着，散发出狂怒恶灵的能量。

秘库里装的都是菲耶特的住客们找到的东西。这才是菲耶特提供的最重要的服务——在一次次出海搜寻期间存放宝物的安全之所。比尔吉沃特人在暗影岛附近建立了许多类似的据点，但没有哪家能提供如此保险的服务。

“我一般都不会让别人亲自进来放东西，”菲耶特对艾欧尼亚人说，“但你们最好还是自己把钟搬进去。千万别碰架子上的东西。”

萨芭的徒弟们小心地踏进秘库，把钟放在一叠布垫上。菲耶特像猎鹰一样盯着他们，不过她能感觉到，他们非常畏惧那些古物，根本没有染指的念头。

“这些东西有危害吗？”萨芭问。

“没，很安全的，”菲耶特摆摆手让几个艾欧尼亚人回到主厅，“我在这玩意儿顶上住了十年了，目前还没死！”她用肩膀抵住秘库的门，用力推合。

咔嚓的上锁声让所有人的骨头发颤。

那天晚上，大多数船只都回来了。少了几个面孔，但菲耶特不会把他们算作死者，除非有人在岛上确切地看到了他们的亡灵。她关心的是眼下更要紧的事——有几个没死的住客把她围在吧台后面，在与她争论。

“……你最起码可以给那个瓦斯塔亚换个位置吧。”瓦库尔在求她。他是个皮尔特沃夫的中间人，正在为某个家族办事。他穿着丝绒马甲，对任何事都吹毛求疵，让人十分头疼。过去的两个月里，菲耶特一直都在暗自希望他死在岛上，一了百了。

“让科斯克换？我宁愿换你，可现在已经没有空房间了。全住满了。”码头上有六条小船在抢泊位，屋里有六个宝藏猎人、三个艾欧尼亚学徒、十五名水手，全都挤在只有十二个房间的小酒馆里。

“科斯克那双鸡爪子挠地板的声音正好在我头顶。”瓦库尔哀号着说。

“你自己去同他讲！”

“我们试过了。”乔勒拉说。她是一名诺克萨斯商人。至少大家都觉得她是。她有诺克萨斯口音，而且穿的像是商人。乔勒拉大多数时候只是缩在角落，埋头扑在自己的笔记本上。菲耶特没想到她也会抱怨。

“你也能听到瓦斯塔亚人的动静？”老板娘问。

“我和我的手下全能听见。他总是大声唱歌。打仗时的军歌。”

“哦。”

“艾欧尼亚的军歌。”

“艾欧尼亚军歌又有什么问题。”萨芭从屋子另一侧喊道。

乔勒拉喊回去：“整首歌唱的都是怎么杀掉我的人民！”

“拜托了！”菲耶特高呼一声，“店里不许打架！”

“哎，这不是还没打起来嘛。”瓦库尔说。他调整了一下齿轮护目镜上的焦距，脸上冒出笑容：“不过我倒是想看看。”

就在这时，盖温走出自己的房间下了楼。他对菲耶特笑了一下。“这是干吗呢？”他话音一落，乔勒拉和萨芭就开始大喊大叫。

菲耶特叹了口气。她提起一口锅，铁钩敲在上面。“喂！”她喊道，“喂！有力气留着对付幽灵去，行吗？”

“说得对。”盖温大笑道。

“还有谁要锁东西？”菲耶特问道，“最后开一次，我就要去做晚饭了。”

菲耶特看到瓦库尔的目镜反射着烛光，他依次看向每个住客。他和老板娘一样好奇，这群人都找到了什么遗物。

“我没什么重要的东西。”盖温说。

“我们已经存好了。”萨芭接着说。

感觉有点奇怪。“就没别人了？”菲耶特问。

“我今天在岛上也没交好运，”瓦库尔叹了口气，“我什么都没有。”

“另一个人呢？”菲耶特问。她总是记不住他的名字。他来了以后几乎很少出自己房间。“那个贵族小伙儿？”

“那个诺克萨斯富豪？”瓦库尔问，“其

实我一直都没看见他。”

“我也是，”盖温说，“我就住他隔壁。”

菲耶特耸耸肩。“好吧，我做饭——”

外面传来一声尖叫。

菲耶特和住客们全都从椅子上站起来，冲到了外面的码头上。他们看到一个艾欧尼亚信徒待在原地，面无血色地指着暗影岛的方向。

通常，菲耶特会看到的是苍钢色的海平面上浮出一线黑色的丘陵，但现在那里正有一座漆黑云雾的高山升腾到空中。

蛇母保佑。

蚀魂夜来了。

没人需要下达命令——码头上每个宝藏猎人都立刻飞奔而去。有的去拿行李。其他的要去集结水手，准备船只起航。

菲耶特的单桅帆船早就做好了出海的准备。她每天早晨都会检查。要是不时刻提防着蚀魂夜，就别想在暗影岛边上讨生活了。

而且，按照传统，她现在还需要准备其他东西。就在住客们忙手忙脚的同时，菲耶特清了清嗓子。

“十五分钟后在吧台集合！”她大喊一声。

当蚀魂夜来临的时候，所有比尔吉沃特和暗影岛之间的补给站都会尽快疏散。宝物猎人带上战利品溜走，酒馆的主人锁上大门——祈祷他们回来的时候一切都还安好。

所以在离开之前，每个酒馆里的小团体都会喝最后的饯行酒，这是所有走投无路到暗影岛寻宝的冒险者独特的庆祝仪式。在所有人登船离开之前，他们会聚到一起举杯，预祝彼此长命。可想而知，有些人在举杯的同时也在暗地里另有企盼——如果一个宝藏猎人死了，就意味着其他幸存的人多了一份战利品。

菲耶特很看重这个仪式。她从吧台后面拿出一瓶落了灰尘的酒，为酒馆里的每一个活人都倒出一小口。六个宝藏猎人、十五个职业水

手、三个艾欧尼亚学徒，再加一个菲耶特。二十五个酒盅在吧台上排成一行。

住客们一个接一个地聚过来。她可以在他们眼中看到恐惧，甚至包括盖温，而他已经度过好几回蚀魂夜了。不过他依然对她露出微笑，稳稳地举起杯。

“又来了，”他叹了口气，“我们一起见过多少次了，菲耶特？四次？还是五次？”

“我一次都没见过。”说话的是科斯克，就是大家似乎都很讨厌的那个瓦斯塔亚。他来自艾欧尼亚，但他向菲耶特介绍自己的时候自称是比尔吉沃特的船长——他的一身行头倒是挺像的。“我今年才开始在比尔吉沃特入港，所以我从未见过蚀魂夜。”

“你的船员们能应付得了，”盖温告诉他，“他们见过。”

“你的船员见过蚀魂夜，你却没有？”瓦库尔嗤笑道，“那为什么你能管事？”

菲耶特可以肯定瓦库尔也没在皮尔特沃夫见过哪怕一次蚀魂夜。“和气生财，”菲耶特以命令的口吻说，“今晚很关键。这种事很少发生，但只要发生了，我们就要处理好。哦，还有最后一件事，有谁需要从秘库里取东西吗？”

“时间不够我全搬走的。”盖温说。这个季度盖温找到了许多有趣的古物，需要用好几匹德玛西亚驮马才拉得完。

“时间也不够我们搬走那口钟。”萨芭哀怨地说。

瓦库尔转身面向科斯克：“你呢，鸟娃子？”

“哦，我要找的东西还没找到呢。”科斯克一边说，一边心不在焉地拽着船长外套特有的华丽花边领口。

“你到底要找什么，船长？”瓦库尔问。

“一个寄存着灵魂的护身符，里面的灵魂是福光岛的一位船长，他知道宝藏藏在哪里。我的老船长说，他以前的船长拿到过那个护身符，但他死在了岛的——”

“闭嘴小子，”盖温吼道，“别把你的秘密全说出来。”

科斯克眨眨眼，愣在了那儿。

瓦库尔倒是无所谓，将微笑的脸转向了乔勒拉。“你呢，诺克萨斯人？”他问道，“你在秘库里存了什么？”

“没存，”乔勒拉没好气地说，“我什么都没找到。”

说谎，菲耶特心想。乔勒拉最后一次回来的时候曾托她把一个盒子给锁起来。但她没有多嘴。客人有权利撒谎，她会守口如瓶。

“我们的老板娘呢？”瓦库尔转过来，眼前的目镜闪着光，“你在蚀魂夜期间从秘库里拿过东西吗？”

“你呢？”乔勒拉打断了他的话，她对瓦库尔伸出一根手指，“这么爱打听别人找到了什么，怎么不说说你自己？”

“哦，我也没找到我想要的，”瓦库尔说，“我……”

他突然不说话了。然后一个脚步声从楼上走下来。

是那个住在盖温隔壁的一声不响的贵族小伙子。他很英俊，长长的银发从他的双肩泻下，在栗色的丝绒长袍衬托下十分明亮。他的表情冷静异常。

“我注意到蚀魂夜又来了，”他说话的语气就像是在谈论每日的天气，“我们即刻离开可好？”

盖温被他逗笑了。“越早越好。不然怨灵就会把你拖下水。”

“会拖你下水的并不多，”那位贵族纠正他的说法，“大多数都只是……把人撕碎。”

“听起来你很懂？！”

“别聊了。”菲耶特举起了酒盅，“人到齐了。盖温？”

作为在场资历最老的宝藏猎人，他有资格提酒。

这位头发灰白的德玛西亚人对菲耶特笑了一下，举起酒盅。“我们举杯共饮……”他说。

但还没等他开始，蜡烛和灯笼就开始闪烁……

……然后一瞬间全部熄灭。

片刻内，什么都没发生。然后屋子里爆发出尖叫。

菲耶特蹲在吧台后面，在黑暗中摸索，找到了藏在那里的剑叉手。经过几下灵活的扭转，她把钩子换成了剑。时间刚刚好，有人从吧台上翻滚下来，落地的同时疯狂地蹬踏拍打。她在黑暗中按住了那个人的身躯，摸到脖子用剑顶住。

“全都别动，”她大喊道，“停！”

一团光亮起，打斗停止了。菲耶特松开了被压住的水手的脖子。她站起来，看到那个诺克萨斯贵族正若无其事地站在屋子中间，手里提着一盏灯笼。

然而他身边一地鸡毛。

瓦库尔正蹲在地上，身边摆放着一圈……捕熊的陷阱？一个艾欧尼亚学徒和乔勒拉手下的两个水手趴在旁边的地板上。泛着蓝绿色光芒的铁齿紧紧咬住他们的脚踝。他们爬开时发出痛苦的哀号。

科斯克手下的一名水手死在地上，手里抓着一把短剑。盖温站在他旁边，手里是一双带血的匕首。“他先动手的。”盖温的语气中带着一丝沮丧。

乔勒拉躲在一张桌子下面。科斯克则跳到了另一张桌子上面。萨芭揉揉自己的指关节，周围躺了一堆叫苦不迭的水手。

“这些是怎么回事？”她手指着瓦库尔的陷阱，用命令的语气问道。

“好吧，我说谎了。我今天在暗影岛上找到了我要的。”瓦库尔挥一挥手，陷阱松开了口。踩中陷阱的人趴倒在地，呻吟着。“我的家族正在尝试反推这些装置的原理，然后进行量产。它们抓住的不是物质的身体，而是灵魂。”

“这些东西扰乱了精神领域。”萨芭大喊道。

“你杀了戴维。”科斯克向盖温怒吼。

“他想捅死我！”

“是谁把灯给熄了？”那名诺克萨斯贵族问。虽然他的声音平静随和，但每个人闻言都闭上了嘴听他说话。“所有人都在这里。二十五个酒盅。二十五个人。”他看了一眼盖温脚边的尸体。“包括……戴维。所以是谁把灯给熄了？”

乔勒拉已经在检查吧台尽头熄灭的蜡烛。“血。”她低吼道。菲耶特从她直面死亡的反应里看到诺克萨斯人的直白。“看。有血。”

菲耶特弯下身子仔细看。在凉透的烛芯周围有一汪血。

“这是个幌子。”乔勒拉说。

她立刻跑向门口，其他住客跟了上去。

外面，停泊在码头的船全都被一种黑红色的锁链缠住了——某种像蛇一样的东西，还在翻滚蜿蜒着。

盖温向船走去，菲耶特抓住了他的手。“别去，”她警告他，“我们还不知道是怎么回事。”

“黑暗的魔法。”乔勒拉说。她几乎气愤得说不出话来。她转身面向人群，双拳紧握、咬牙切齿地说：“恶心的魔法。”

“你见过？”瓦库尔问。

“我读到过，”乔勒拉说，“这根本不是暗影岛的力量。这是一种远古的邪恶——来自瓦洛兰。”

回到不赚不归屋里，瓦库尔指责起那几个艾欧尼亚人："你们全都是巫师！"

"我是女祭司，"萨芭说，"他们是学徒。"

"黑暗魔法的学徒吗？"

"信仰的学徒！"

盖温把大部分水手召集起来，聚在屋子另一头。通常情况下，水手们会与雇主保持距离，也就是那些高高在上的宝藏猎人。不过这些水手倒是很欢迎务实的盖温。"我们要出去把船解开，"他宣布，"欢迎任何人来帮忙。"

"等等，"菲耶特说，"我们不应该分头行动。有人在搞鬼。"

"我们也要去外面，"萨芭说着，带着几个学徒穿过房间，"我们必须把船解开。"

"我可不会和你一起，"瓦库尔没好气地说，"该死的艾欧尼亚巫师。"他把身上的皮尔特沃夫夹克裹得更紧了一些，仿佛这件奢华的衣服能帮他抵挡黑雾。

科斯克抖得厉害，他船长帽上的羽毛也在跟着颤。其实这个瓦斯塔亚能保持站立就已经很了不起了。"我——我要回房间。"他结结巴巴地说。

"我也是。"乔勒拉说。

"躲在屋里是没用的！"菲耶特大喊道，"我们必须尽快离开这座岛！"

盖温向窗外看了一眼："以我的经验，黑雾抵达这里之前我们还有大约一个小时。"

"那我也要回房间。"瓦库尔狠狠地说。

"别。"菲耶特大喊道。但人群还是分散开了。三个人上楼了，其他人去码头。唯一一个留下来的就是那个年轻的诺克萨斯贵族。

"他们全都有危险。"贵族说。他的声音严峻但却冷静。"你说得对——岛上的确有人在搞鬼。无论这人是谁，都一定会再出招的。"

"等到黑雾到来，一切都无所谓了。"菲耶特焦急地说。

"的确，"那个贵族赞同地说，"我对暗影岛颇有了解。我多年来都在研究这个地方。"他从长袍里取出一本书，慢悠悠地在页码之间翻找。菲耶特瞥见了一些图画和几行古代文字。"我们若是留在这里，必定凶多吉少。你一定听说过铁之团吧？还有——"

"那些故事我都听过，"菲耶特打断了他，"我也活过了好几次蚀魂夜。你呢？"

"这次是我经历的……第一次蚀魂夜。但你应该知道，这非自然的迷雾可不仅仅是一般的怨灵。在岛上有着许多古老的恐怖之物，我们根本无法招架。不过，那些古物兵器可能会帮到我们。如果你的秘库里存有，我们就应该拿出来用。"

菲耶特感到一股无名火涌上来。"你让我拿客人的东西？"多年积攒的秘库守护人的名声就这样轻易地被葬送，她想都不敢想。这是巨大的浪费，相当于把秘库扔回海里。

"如果客人无一生还，又何来信任？"贵族指出了最坏的情况，"迷雾迫近，我们在此耽搁越久，就越难逃离。"

"我不能这么做。别说了。咱们去把这帮

蠢货叫回来，不然他们会害死自己。”她开始向楼梯走去，然后突然停下。她想不起来这位贵族的名字。“您怎么称呼来着？”

“哦，我吗？”贵族依然不急不慢，“我叫弗拉基米尔。”

盖温猜测黑雾还要一个小时左右才会靠岸，但第一批幽灵已经从海面上爬过来了。菲耶特和弗拉基米尔快步走上楼梯。透过一扇窗户，她发现幽灵正在盘旋着摸上小岛。

酒馆的二楼一片死寂。乔勒拉和瓦库尔的门紧锁着。她想去敲瓦库尔的门，但弗拉基米尔抓住了她的手，指向门板。

她眯起眼望向门板，某种魔法守卫的痕迹虚化了视线，但有一样东西是可以真真切切地看到的：门前地上摆放的陷阱。

“海底保佑，”她隔着陷阱伸出手在瓦库尔门上轻敲几下。“别闹了，伙计！我们必须待在一起！”

“想都别想，”瓦库尔发出尖声喊道，“我在这儿非常安全。”

“魂魄是可以穿墙的。”弗拉基米尔提醒他。

“没关系，这些陷阱无论魂魄还是凡人都能夹住！”

“我的意思是，魂魄不是从门口进来的。”

“别管我！”

“咱们去看看商人吧。”菲耶特提议。但乔勒拉的门也锁上了。这个古怪的诺克萨斯商人干脆不回应敲门声。

“这些人都是找死，”菲耶特火冒三丈，“一定要给我找麻烦。从皮尔特沃夫和诺克萨斯来的宝藏猎人都把上岛寻宝当成闹着玩呢——不是说你。”

“我知道，”弗拉基米尔露出浅笑，“但搞鬼的可能就是这两个人之一……现在正在装傻。”

“暂时还没证据，”菲耶特说，不过这个念头也的确让她深感不安。“去看看科斯克吧。”

菲耶特和弗拉基米尔快步走上三楼——半路上差点被一具水手的尸体绊倒。

“神啊，”菲耶特失声大叫。在昏暗的灯光下，她可以看到这个人胸口上深深的割痕。他的衣服被撕开了几个口子，还在冒着烟。“怎么回事？”

弗拉基米尔蹲在尸体上方查看。“是精神力的武器。”他掏出了那本小书，开始快速翻找。“我看看……”

嘎吱。在他们上方，楼梯最顶上，有人踩到了松动的楼板。

“谁？”菲耶特问，“科斯克？”

科斯克的声音弱小又惊恐。“别过来！”

“我们要上去了。”菲耶特发出警告。

弗拉基米尔担忧地看着她。“务必小心。”

菲耶特突然觉得，他的关切着实有种魔力。已经很久没有英俊的年轻人关心过她的死活了。她发现自己不自觉地回以微笑。

“我能应付他。”她说完，跑上楼梯。

她运气很好，一直举着自己的剑叉手——刚走上楼梯就有东西重重地砸到她头上，她勉强给挡开了。“别动！”她大喊道，“我们是来帮你的！”

科斯克蹲在走廊远处，但在他和菲耶特之间还有个什么东西。一个昏暗的人影，看上去就像空气中颤抖的波纹——似乎是黑影受到惊吓变成了人形。

弗拉基米尔提着灯笼快步跟了上来。菲耶特这才看清那是一个壮硕船长的幽灵，手里挥舞着巨大的弯刀。他衣衫褴褛，半透明的血肉挂在缥缈的骨头上。

菲耶特看到科斯克手里抱着一样东西：一个泛着光的吊坠小匣。“你这个骗子！你找到你要找的东西了！”

科斯克搓弄着小匣子。“我就是不想让别人知道，”他说话的同时，双眼在眼窝里颤抖，“有各种各样的事情都不应该被人知道。我看了窗外……我……看了……”他颤抖得说不出话。

“他在雾里看到什么东西了，”弗拉基米尔喃喃地说，“他已经疯了。”

“把这个恶灵驱逐掉！”菲耶特说。

“不要！”科斯克对他们二人露出了尖牙。菲耶特看到他在地板上缩成一团，华丽的船长外套的后背被汗水打湿了一大片。他颤抖的声音透着绝望。“你把我们困在了这里！”

菲耶特皱起了眉头。“别逼我们，科斯克！”

船长挥舞着泛着光的弯刀向他们冲过来，弗拉基米尔和菲耶特向后跳开。然而，就在她重心后移的同时，一种奇怪的感觉控制了菲耶特。她在过去十年里一直在打理吧台、清扫房间，一遍又一遍地给秘库上锁……但她很久以前的战斗本能一直都在骨子里。

现在，它一下觉醒了。

就在弯刀划过他们二人，幽灵的挥砍行至尽头的同时，她瞅准空当向前突刺。还没等他做出反应，她就已经绕过了幽灵，举起剑叉手扑向科斯克。

弗拉基米尔像一根紫镞的飞镖一样紧紧跟在她身后，从幽灵的另一侧绕了过去。他抓住科斯克的手臂，把他推到墙上。

“小心幽灵！”弗拉基米尔大喊一声。

菲耶特转过身，举起来的手刚好挡住船长的夺命一击。他压进一步，对着她的脸尖叫，腐坏的嘴唇发出恶心的哀号，令她骨头发痒。他爪子一样的手伸向她的喉咙，但她迅速转身，顺着幽灵的惯性把他推到最近的墙上。

幽灵瞬间炸成了亮闪闪的气泡，消失在黑暗中。

弗拉基米尔笑着扔下科斯克的尸体。小匣子悬在他手上，已不再泛出微光。科斯克的血在他脚下流了一大摊。

“干得漂亮，”他钦佩地说，“不过这个匣子似乎是与佩戴者连在一起的。他断气的同时魔法就消失了。”弗拉基米尔将护身符小匣子收进了自己的口袋。“我们应该严肃地考虑打开秘库，”他说，“黑雾会更难对付的。”

菲耶特靠在墙上平复心跳。她无法分清是因为刚才与恶灵的打斗，还是因为单纯的兴奋。她已经忘记赢得一场真正战斗的美妙感觉了。“我们不会打开秘库的。我的客人们信任我。”

弗拉基米尔耸耸肩。“但如果他们都死

了……”

菲耶特觉得自己与这个温雅礼貌的贵族越来越无法沟通。“我保管的遗物不仅仅是这批客人的。也有来自其他据点的。而且还有许多留在岛上的宝藏猎人也有东西存在这。他们可能还活着！”

“考虑到目前的状况，这样的想法……很乐观。”

“去找其他人吧。”菲耶特说。

弗拉基米尔顺从地跟在她身后。直到他们下到一楼，菲耶特才意识到刚才她没有看到弗拉基米尔是怎么杀掉科斯克的。

有意思，她心想，他手上甚至没拿武器。

菲耶特来到酒馆正门，心顿时凉了半截。水手和宝藏猎人们正在从码头奔向酒馆。他们身后，在码头远端，一股异样的动乱正在酝酿。

原本均匀一致的灰暗天光正在被雾气一点点染成漆黑。卷曲的黑触须贴着水面蜿蜒爬向停泊的船只。在海面以下，有某种巨大的、隐约发着光的东西正在移动。

“快回屋里去，”盖温对她喊道，“它们来了！”

所有人都挤进了不赚不归。萨芭没有受

伤，但她的学徒只剩下了两个。还有四五个水手不见了。其余人全都忙着搬来桌椅堵在门口。

“可能是白费力气了，”弗拉基米尔叹了口气，“它们已经看到了你们。它们会穿墙的。”

“它们在科斯克的船上开了个洞，”盖温说，“科斯克呢？”

“死了，”菲耶特说，“彻底疯了，他袭击了我们。”

“那就是皮城人或者诺克萨斯人把我们困在了这里，”萨芭啐了一口，“只有他们两个没和我们在一起。施法的人肯定是他俩之一。”

菲耶特皱起眉。虽然这个说法很可疑，但……也是可能的……不是吗？

“肯定是他俩之一，”盖温说，“我是说，很有可能。”

“他们都在楼上，把自己锁在了房间里，”菲耶特说，“我们可以去找他们——”

“我要拿我的武器。”有人喊了一声。

所有人都望向了楼梯。乔勒拉出现的时机实在是不可能更糟糕了。她的样子比一条渴血的闸头鲨还凶。

“把秘库打开，”她对菲耶特说，“我要拿我的武器，然后撤了。”

“我以为你什么宝物都没有呢。”萨芭厉声说。

“而且你拿什么撤？”盖温质疑道，“船全被拴住了！”

“把我的武器还给我就是了。”乔勒拉大喊道。但水手们已经扑了上去。他们把她拖到一张椅子上，萨芭的两名学徒用身上的衣带把她绑了起来。

“放开我，”乔勒拉喊道，“你们一个都别想跑！我的朋友……势力很大！”

“抹了她的脖子，看看诅咒会不会消失。”一个水手提议。

“没必要，”萨芭说，她举着双手接近乔勒拉，“我能感应到她能不能和精神领域进行交流。”

盖温翻了个白眼：“真的吗？你能感应到法师？我不信。我见过有这本事的人。在我老家德玛西亚，有个孩子能分辨出来，但他——”

“魔法连接着万物，”萨芭毫不退缩，“我的教派能够看清这种连接。我们能感受到……变化。螺旋纹。正方孔。”

“那让我们见识见识吧。”菲耶特说。

屋子里静了下来。就连乔勒拉也闭嘴了——好奇胜过了恐惧。萨芭的双手靠近商人的头，轻轻念着菲耶特不理解的词语。某个瞬间，她似乎尝到了炽热金属的味道。

然后萨芭退了回来。“没有。”她说，“她与精神领域的连接非常浅。她不会用魔法。”

盖温摇了摇头。“不好说啊，”他说，“我觉得她肯定是把自己的能力藏起来了。在我老家德玛西亚——”

“给我松绑，不然包你后悔。”乔勒拉不假思索地说，她直视菲耶特的双眼。“你来。你是这里管事的。”

但还没等菲耶特做出决定，吧台后面的地板炸开了——幽灵涌了出来。

很难看清楚究竟发生了什么。吧台后面的地板几乎彻底消失，幽灵的肢体疯狂地抓挠，哀号的声音从地下室升起。菲耶特看到扭曲愤怒的面孔，张开满是尖牙的嘴，翻滚着越过吧台，就像一团泡沫从酒缸里涌出。溺死的水手、古老的士兵、无腿的怨灵纷纷用只剩下骨头的手臂把自己拖上地面。

“跑。”弗拉基米尔大喊一声，往楼梯的方向拽菲耶特。

菲耶特跑了起来。一个幽灵士兵爬出地下室，拿着比她还高的斧子向她劈来。但她大步跃过了斧刃的横扫。她身后的一张桌子被打碎了，斧头继续向着水手们和乔勒拉挥去。

菲耶特和弗拉基米尔三步并作两步就爬上了二楼，躲进乔勒拉已经打开的房门后。菲耶特转身看了一眼楼梯，没人跟上来。只有尖叫声、木头碎裂声、可怕的咆哮声。

弗拉基米尔伸手越过她一推，将门重重关上。

“你不是说门挡不住恶灵吗？”菲耶特说。

弗拉基米尔没有回答。他又翻开那本小书，手指掠过一行行古老的字迹。“那个用斧头的，”他喃喃自语，“不是铁之团的。可能是海力亚的戍卫队？你听说过马人吗？”他用一种狂热亢奋的眼神看着菲耶特——处乱不惊的仪态彻底消失了。“*这是一场正儿八经的蚀魂夜*！他们会出现的，都会出现的。马人。虐刑人。可能还有先兆者。强大的存在。死亡都未曾战胜过他们！”

他看上去非常期待被远古的幽灵所毁灭，菲耶特心想。“我们需要离开这座岛。”她说。

“是的，”弗拉基米尔说，“你很幸运有我帮忙。我的资助者们对暗影岛了解很多——我或许可以说出你秘库中的古物的具体作用。其中可能会有解除船只诅咒的办法。”

菲耶特感到一阵厌恶。“我不能……不能打开秘库。”

弗拉基米尔靠近了一些，给她看了书中的一页。上面画着复杂的古代装置和武器，还有菲耶特不认识的文字说明。“我的资助者派我来寻找这些强大的物品。*只需要让我看看秘库*，菲耶特——”

怒火一下子窜了上来，菲耶特没能控制住自己。她将弗拉基米尔用力推开。“我还要跟你讲多少次？”

但弗拉基米尔看上去并不畏惧。他优雅的微笑变成了奇怪的皱眉。他看上去很……失望？“好吧，”他说，“听你的。那就下楼用手头的东西应付吧。既然你这么自信。”

菲耶特火冒三丈地走到门前。

她打开门，*眼前是一道血浪*。

这道浪潮灌满了整个走廊，从地板到天棚，一股脑拍在她的身上，就像一根帆船的桅杆打中了她。菲耶特被冲回到屋子另一侧的墙上，眼睛里嘴里都是血，紧随其后的是黑暗的困惑。满头雾水。她撞到头了吗？她不确定。一种奇怪的重量落在她脖子上，就像有人用铁环锁住了她的脖子。

血瀑的出现非常突然，消退则更是突然。

意外的是，她就站在原地毫发无伤。怪了，她甚至都没试着站起来。然后她开始向前走，更怪了，因为她双眼是紧闭的，而且她绝没有想要向前走。

她用力扒开被血粘在一起的眼睛，先一只，再另一只，然后她发现自己正在用极不协调的步伐向前走……走下楼梯，走进战斗！

无论她多么努力，都无法转过身。

某种可怕的咒语降到了她身上。菲耶特甚至连扭头都做不到。她看到幽灵从地下室里滚滚涌出，扑向萨芭和她的两个学徒。她看到盖温，匕首出鞘，躲开了一只骨爪的横扫。她看到了乔勒拉趴在地上。

然后她觉察到了自己双脚周围的潮湿，还有一种汩汩的水声。虽然她无法扭头，但从视野边缘她能看到有一股鲜血正在极其不自然地随着她一起向楼下流淌。*会动的鲜血*。

她好像最近刚刚看到过类似的东西。是在——哦，胡子女士在下。

是在码头上，把那些船捆起来的东西就是这个。鲜血的锁链。

鲜血在饭厅中涌起，为她而战。一个幽灵冲了过来，鲜血向前一步刺穿了它。另一个幽灵对她投来光柱，但鲜血组成了一层隔膜将它挡开。菲耶特木木地沿着墙向前走，她只能眼睁睁看着自己路过濒死尖叫的住客们……最后来到了吧台后面被打碎的地板。

然后她跳了下去。

随着液体飞溅的声音，她落到了地下室。地上已经积了很深的水，听起来还有什么地方在往地下室里灌。她站在那里的同时，有什么东西在她下巴下面晃来晃去。她在转瞬即逝的刹那瞥见了那个东西：一个泛着光的宝石，拴在一根简朴的皮绳下。

岛上的遗物？有人在控制我吗？

在秘库的房间中，她看着自己慢慢地摸向剑叉手。她用尽全力抵抗，但脖子前的宝石变得更亮了。她的手凑到另一侧的肘关节，扭下了装在手肘处的剑。

她看着自己从暗格里拿出了秘库的钥匙，看着自己的手伸向锁孔。那种热烈的怒火又开始翻腾起来。她把自己全部意志力集中在这只手上……

然后它不动了。

她的下巴咬得死死的。脸颊滚烫。额头渗出了汗珠。

你别想打开这该死的秘库，她心中暗想，*甭管你是从哪个深渊里爬出来的，想都别想*。

但有什么东西在她脚底下汩汩响动。积水中升起一道如注的鲜血。它先是变成一只纤细的胳膊，然后凝聚成了一只优雅的手。

这只手从她的指尖拿过钥匙，插进锁眼。门开了。

菲耶特急火攻心，昏了过去。

醒来以后，她正瘫软在秘库的入口，里面空空如也。

用来悬挂吊坠的钩子是空的。武器架上安安静静——那些尖叫的宝物全都没有了。架子上被一扫而空。只有那口钟还在。

那个一直在控制她的护身符挂在她脖子前没有动静。她气急败坏地把它扯下来，用鞋跟踩碎。

我谁都不能信，她自省道。我昏过去多久了？

她把剑叉手装了回去，蹒跚地蹚过积水走到楼梯口。幽灵是从秘库后侧的墙涌进来的，它们把这里彻底翻了个底朝天。楼梯上有烧焦的痕迹，墙上有抓痕，但四处都没有看到幽灵。

酒馆的一楼也没有。桌椅的碎片堆成几堆。菲耶特看到乔勒拉趴在地上一动不动，旁边就是绑她的椅子。另外两个死去的水手瘫在吧台上。

在屋子中间，萨芭摆出胜利者的姿态俯视着地上的盖温。

“菲耶特！”她大口喘着粗气。“施咒的是他！”

“我什么都没干。”盖温呻吟道。他一只手捂着肚子，指缝间渗出鲜血。

“他是法师，”萨芭大喊道，“我感觉到了他与精神领域之间的连接！”她提着盖温的领子强迫他坐起来。“一种扭曲又黑暗的连接！”

他痛苦地哭喊道，“我是法师，但不是我干的！”

菲耶特僵住了。“你说什么？”

“所以我才离开了德玛西亚啊。”他呻吟道。他的表情扭曲成了紧张的微笑，一道血迹从他嘴角冒出。“我是法师，菲耶特。不然你以为我是怎么在岛上活这么久的？”

“你……你骗了我？”她居然把他当成最好的朋友。她每天都帮他系缆绳。他是怎么藏得这么好的？

“我没有骗你，”盖温咳嗽着说，“我只是没有把所有的事都告诉你。”

萨芭张嘴发出一声高亢、残酷的笑。“我们杀了他，菲耶特，这样就能祛除船上的咒语。”萨芭用力把盖温推倒在地。“你的匕首呢，叛徒？我要割了你的喉咙。”

菲耶特感到麻木。他为什么不告诉我？这下是洗不清了。

但他已经受到致命伤。如果他就是操纵血魔法的巫师，那么为什么咒语还没解开？

萨芭在废墟中寻找着盖温的匕首。“替我看着他。我们杀了这个黑魔法师。”

菲耶特看着他。她看着盖温的眼睛。

他们多年来始终彼此为伴，经常能知道彼此在想什么——盖温就知道她现在的想法。他点了点头，然后扭过了脸。菲耶特顺着他视线的方向看去。原来，他的一把匕首被压在破烂的椅子下。

菲耶特静静地走过去捡起了匕首。

她快跑三步，穿过房间……然后捅进了萨芭的后背。

萨芭踉跄着倒下了，双手无助地乱抓着。

菲耶特冲到盖温身边。“对不起。”他哭了。

“没事。”她意识到自己也在哭。泪水裹着她脸上的血滚下去，染红了盖温的肩膀。

“我们是好朋友，对不对？”盖温说着，抓住她的手——无力的抓握，濒死的抓握。“我没告诉你。我很惭愧。在德玛西亚……像我这样的人从小就活在恐惧中。我太惭愧了。我从未告诉任何人。”

“没事了，”菲耶特告诉她，“我们会出去的。”

“出不去了，”他轻轻说，“黑巫师，他

们还在。”

“他们？”菲耶特疑惑了，“不止一个人？”

“哦，非常精彩。”一个人大声说。

一个高亢、响亮、胜利的声音。一个十分高傲的男声，对自己的惊天阴谋有着刀枪不入的自信。

“你终于想明白了。”弗拉基米尔说。

瓦库尔和弗拉基米尔一起从二楼走了下来。

发光的护符和哀号的宝剑把他们武装到了牙齿。瓦库尔背着一个大口袋，里面装满了古物。弗拉基米尔英俊、惨白的脸庞上方顶着一个白银王冠，冲天的尖刺周围裹着一层鬼魅的火焰。

菲耶特这辈子从未有过如此强烈的冲动，她真想把那颗诡笑的脑袋给揪下来。

“我真心为你喝彩，”弗拉基米尔对她说，“大多数凡人都没有你这样的意志力，实现此等壮举。”

彬彬有礼的贵族现在变成了残忍、咆哮的恶魔。披着人皮的恶魔。他的双眼像红宝石一样闪着血光，嘴角挑着永恒的微笑。

“我的资助者们非常乐意见你一面，菲耶特。”弗拉基米尔说话的声音似乎比以前更加浑厚。他似乎还变高了。菲耶特感觉他似乎在散发着充满憎恨的气场——某种欺骗性的魔法，完全超越她的认知。

但她什么都没说。这是个怪物，不是人。她开始思索自己的退路。

“我称之为资助者……但其实他们都是我的伙伴。他们和我一样古老，一样强大。”弗拉基米尔说着向她滑过来。身后跟着一团鲜血的旋涡。当他举起手臂，那团鲜血便在空中起舞。

瓦库尔深深鞠躬。“您是真正的强大，大人。”

弗拉基米尔弯腰凑上前，带着血腥味。“我和我的伙伴们都对暗影岛很感兴趣。我们正在寻找某些强大的器物，帮助我们对抗敌人。我们很乐意邀你加入，菲耶特。你对这片地区可谓了如指掌。”

菲耶特几乎无法呼吸。血腥味太浓厚了。她移开了目光。

“啊，原来如此，”弗拉基米尔叹了口气，“现在你是最后一个了。作为幸存者的意志就这么白白浪费，太可惜了。”

菲耶特低头看向盖温。他被放干了血，已经变得冰冷。她抬起目光，勉强看到他的最后一缕鲜血飞向弗拉基米尔身边的圆环。

“加入我的……圈子是一种奖励。这才是血魔法的真谛。人们总会夸大它有多恐怖，但关键在于永葆青春与活力……当然还有美貌，只不过这一点无足轻重。”

菲耶特心中涌起恨意，她甚至不知道该冲他骂什么。“你——是你强迫我打开了秘库！”

“当然了！瓦库尔已经监视这个地方好几周了。他很会演皮城人。一个纨绔公子很容易让人放下戒心。不过他发现了人人都在找的东西。”弗拉基米尔拿出了科斯克的护身符。“每个远古的魔咒、每件锈蚀的武器，秘库里的每一样东西……全都是我们计划的一部分。盖温今天刚刚找到的护身符，就是我用来控制你的那个，你知道吗，”他又补上一句，“希尔瓦的狂石，就是控制你下到秘库的东西。他没敢交给你保管——我猜他是怕被那几个艾欧尼亚人抢走。但是就在他指控那个诺克萨斯人的时候，我从他口袋里给拈出来了。”

很奇怪，菲耶特觉得自己在生气。*他应该告诉我的*，她心想。

“我最欣赏的是那个诺克萨斯人的发现。我们真没想到她能如此机智！”弗拉基米尔举起了一杆布满荆刺的铁枪。“我敢说她十有八九是在为我们组织的敌人效力。这是一杆铁之团的长枪……我很好奇它是不是当年刺穿过寻仇者本尊的武器。”

菲耶特身后传来一个声音。

“你很快就知道了。”

菲耶特转过身看到乔勒拉正在用凳子腿敲打壁炉。她在……*钉什么东西？*

诺克萨斯商人紧紧抓着壁炉罩直起上身。她的声音沙哑刺耳。“求您听到我的祷言，复仇女神！”她用颤抖的手指再次扶好一颗钉子。

那是个……人偶吗？“叛徒之名，弗拉基米尔。”她再次钉进长钉。

弗拉基米尔慌了。“慢着——”

“弗拉基米尔！”嗵！

“住手。”弗拉基米尔恶狠狠地说。

“弗拉基米尔！”

乔勒拉最后锤了一下，便倒地死去了。

菲耶特冲到窗边。黑雾的呼啸一阵紧过一阵。黑色的波涛中有微光若隐若现，匆匆经过她这座小岛，冲向比尔吉沃特——全然不理会这间酒馆里的几个人类。雾气翻滚着盖过码头和船只。

但码头最远处有什么东西站定了。黑暗中一个颀长的人形，发着荧光，穿着轻巧的护甲，黑色的长发随风飘荡。

弗拉基米尔用一种菲耶特从未听过的语言咒骂了一句。“卡莉斯塔，”他说，“寻仇者！”

“我们怎么办，大人？”瓦库尔的声音在颤抖。现在他已经放弃了皮城人的角色，显露出奴才的嘴脸。

但菲耶特看到，捆住船只的鲜血锁链消失了！

她冲出不赚不归的正门，跑向她的小船。

在菲耶特身后，卡莉斯塔的一杆长矛插进码头的木板。“弗拉基米尔，”她怒吼道，“叛徒！”

菲耶特*努力想不去看周围*。她躲开了一个体型巨大的比尔吉沃特屠宰师傅的恶灵，向着小岛一侧的小海湾狂奔。

弗拉基米尔的声音在她身后响起。“你就是一条狗，”他大喊道，“你是愚蠢凡人的仆人。滚到别处吠去。”

"她与我许下了誓约，"卡莉斯塔咆哮道，"战争石匠，乔勒拉。"

菲耶特找到了自己的单桅帆船，不过她在沙滩上停下了脚步。沙子里聚集着幽灵的微光，互相漫无目的地推搡着。

沙滩上全是怨灵，其中半数手里拿的武器都比菲耶特还高。*我真该乖乖打开那个该死的秘库*，她心想。然而现在秘库已经空了，只剩下……

……*那口钟！*

菲耶特立刻转身向酒馆跑去。她抵达的时候刚好看到卡莉斯塔撞在不赚不归的前门上。

前门和大部分正面的墙全都碎成了木屑。

卡莉斯塔掷出一杆长矛，飞向瓦库尔——洞穿了他。弗拉基米尔翻身冲出了门廊的废墟，摆出一个手势，将瓦库尔的血召唤到自己身边。他身上挂满了琳琅的器物。"这一刻我等了几百年。"他大笑着说。

弗拉基米尔冲向卡莉斯塔。菲耶特则冲到了码头栈桥的下面。

一场旷世之战在她头顶打响。血浆飞溅。船只腰斩。远古的护符泉涌出恶灵。菲耶特在海水中向着酒馆的后门跋涉。

来到酒馆的背面，她爬出了海水，在一块崎岖的岩石上瑟瑟发抖。门窗其实拦不住那些恶灵，但它们却似乎很愿意破门或者破窗而入，制造惊悚的效果——它们之所以从地下室冲出来，是因为那里距离海面最近。它们一定也突破了秘库后面的墙。菲耶特跳到水中，躲开了一个看上去特别像萨芭的幽灵的魔爪。果然没错！她手脚并用穿过墙上的破洞，爬进了地下室。

盖温的幽魂正在那里等她。

它张开双臂期待拥抱。泛着绿光的血肉已经开始从骨头上融化。"菲耶特，"它号叫着，并不是盖温的声音，"我的朋友——"

菲耶特向后退远。它只是在模仿盖温。他不应该沦落到如此不堪的下场。

她咬紧牙关，挥起剑叉手干净利落地斩去，恶灵在空气中化作了闪烁的碎片。

然后她抓起一块木板，敲响了钟。

萨芭说过，会引起混乱。这口钟会向精神领域注入能量。菲耶特不确定这对外面的怨灵意味着什么，但她知道自己要扰乱它们，让它们手足无措。

首先是鸣音。效果几乎立刻就体现了。在外面，上万个灵魂同时哀号，然后墙塌了。

一只渴血的幽灵鲨鱼冲进了秘库。

木屑横飞，菲耶特冲到了楼上。在酒馆一层，水手们的尸体中爬出幽鬼。菲耶特避开复活了的住客们，越过科斯克还在哀号的影子，跳到了外面。

弗拉基米尔正蹲在码头的远端。他的细绒长袍被撕坏了，皮肤变得灰白暗淡。卡莉斯塔向前猛冲，用长矛反复刺穿他。钟声的力量让她变强了。

片刻间，在攻击的空当，菲耶特看到他投过来憎恨的目光。*海底保佑。他看到我了。*

她跳下码头，冲向自己的单桅帆船——就在她抵达的同时，巨浪迎头拍下——然后是可怕的寂静。

顷刻间，每一个在这里的游魂都如同雕像一般静止不动。唯一的声音是海风拂过船只残骸的呼号。海岸上的灵体全都僵住了，定格在奔走和尖叫的瞬间，就像比尔吉沃特的恐怖蜡像馆。菲耶特紧张地绕过那些僵直的幽灵，溜进她藏好的单桅帆船，然后扬起了帆。

在黑雾即将把她和她的小岛隔开的时候，菲耶特看到卡莉斯塔慢慢弓起身，再次冲向弗拉基米尔。*我希望他死掉*，她心想。*如果他会死的话*。

海风载着她迅速穿过迷雾。很快，她就来到了开阔的海面上，航向比尔吉沃特。半分钟的时间里，寂静得诡异。

然后——咣！那口钟再次响起，声音胜过一门大炮。

随后又立刻传来一声震耳欲聋的咆哮，就像诺克萨斯士兵的整个火药箱都被点燃。菲耶特可以听到小岛的基岩应声碎裂。酒馆的码头化成木屑，从天而降……而在她旁边的海面下，无数怨灵汇成巨大的一团，散发着幽光，伸着鬼爪，渐渐向着海面升起。

她抓起船桨，开始尽力拍打它们。她打断了手指，敲开了湿漉漉的头骨。但在海浪之下的深处，一个可怕的声音在接连轰鸣。每响一下，都有更多怨灵抓住她的小船。它们的重量几乎要让小船倾覆，菲耶特不得不放下船桨，一只手环抱住主桅。

然后钟声渐渐消失，就像它们突然的袭击一样，那些可怕的鬼魅又突然间撤了回去。她看到它们像石块一样，一动不动，径直沉入海底。

菲耶特瘫倒在小船的后方，想尽快平复自己的呼吸。她全身酸痛，剑叉手已经开裂。她的四肢浸满鲜血，还沾着码头粉碎以后的木屑。

然后她听到了一个声音。有什么东西正在接近她的船。

一个人，站在一摊漂浮着的鲜血上。

“卡莉斯塔，你这个混蛋。”菲耶特喃喃自语。

弗拉基米尔踏上了菲耶特的单桅帆船，身上一件暗影岛的遗物都不剩了。他的鲜血正在流淌。他的面孔布满了她从未见过的皱纹。

“那口破钟对复仇女神也是有用的，只要撞得够使劲。”他说。

“滚下我的船！”

他露出微弱的笑意。“别这样。我不会害你。你应该载我们去比尔吉沃特。”

菲耶特感到恶心，但她的单桅帆船在月光下的开阔海域快速航行着，船上的两个杀手都已筋疲力尽，知道彼此都已经没有力气再拼杀了。

“你看，我早就告诉你该把秘库打开吧。”弗拉基米尔说。

恕瑞玛

恕瑞玛帝国曾经是一个繁荣昌盛的古代文明，统治着一整块大陆。由天神战士组成的飞升者大军所向无敌，一手造就了这个帝国。他们将风俗各异的南方部族团结起来，维持了长久的和平。

几乎无人敢反抗。所有反叛者，比如被诅咒的国度艾卡西亚，都被无情地碾碎了。

然而，经历了数千年的发展与繁荣后，恕瑞玛末代皇帝的飞升仪式以失败告终，导致整个帝国化为废墟，昔日的荣光最后也只能在人们口耳相传的神话里窥见一丝踪影。如今，大多数生活在恕瑞玛沙

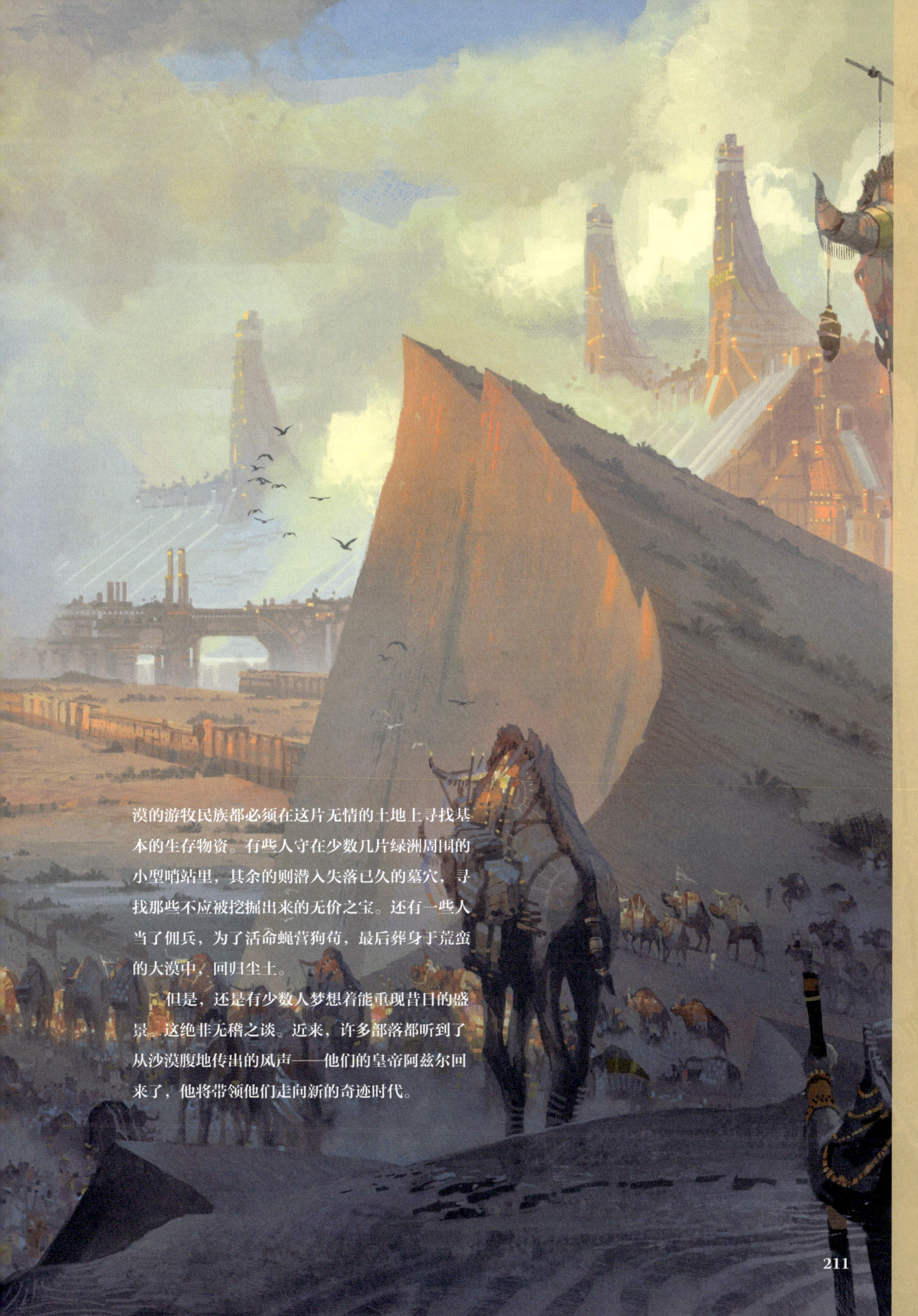

漠的游牧民族都必须在这片无情的土地上寻找基本的生存物资。有些人守在少数几片绿洲周围的小型哨站里，其余的则潜入失落已久的墓穴，寻找那些不应被挖掘出来的无价之宝。还有一些人当了佣兵，为了活命蝇营狗苟，最后葬身于荒蛮的大漠中，回归尘土。

但是，还是有少数人梦想着能重现昔日的盛景。这绝非无稽之谈。近来，许多部落都听到了从沙漠腹地传出的风声——他们的皇帝阿兹尔回来了，他将带领他们走向新的奇迹时代。

虽然恕瑞玛帝国最初的首都是远在西边的奈瑞玛桀，但之后就迁都到了一座更大的城市。新都坐落于传奇般的黎明绿洲之中，这里是恕瑞玛许多条大河的交汇点。

无数代恕瑞玛皇帝都在这个宝座上沿袭统治。每一次征服或结盟都让帝国再度成长，以绪塔尔、卡尔杜加、巨神峰和法拉杰等古老的国度全都得到了帝国的接纳。

然而，皇帝阿兹尔飞升失败之后，恕瑞玛的一切希望也都一同随之葬送。皇族的血脉从此中断。河流干涸，土地荒废，太阳圆盘也沉入沙海。

活下来的飞升者为了保留帝国的传承而各执一词，最后反目成仇，掀起的战火几乎席卷整个已知的世界。

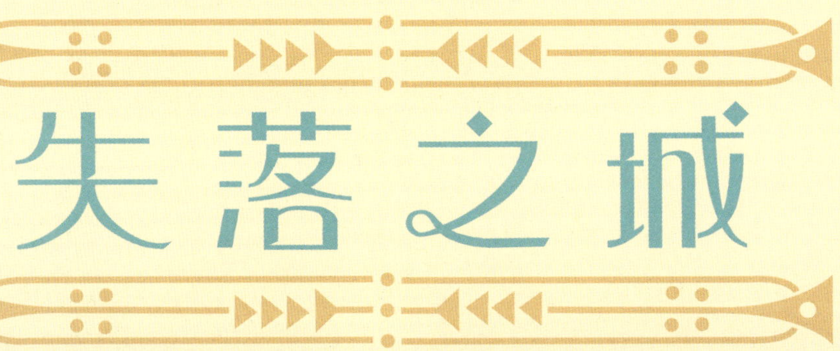

现在，阿兹尔已经重新崛起，生命渐渐回到了这片沙漠。在重生的阵痛中，恕瑞玛艰难地寻求平衡。既要让这远古的力量荣耀归来，也要面对人们在这段漫长的失落中为了生存而形成的迥异文化与生活方式。

在巨神族的启迪之下，经由当时最有天赋的法师群策群力，光辉夺目的太阳圆盘落成了。这是恕瑞玛对世界统治权的闪耀象征。获得资格的人可以进行神圣的仪式。他将跪在太阳圆盘前面，沐浴在天界彼端反射而来的光芒中。

这个过程被称为飞升，恕瑞玛就是这样创造出了举世闻名的“天神战士”，他们被赐予了超越凡人理解的力量。

圣人与

飞升者是无敌的英雄、无双的谋士和高明的巫师，是恕瑞玛军队的首领。据说只要天神战士踏进战场，胜负就已见分晓。敌人当场就会落荒而逃，绝不会与他们正面对抗。

弃徒

虽然太阳圆盘的秘密由飞升者们严加保守，但这毕竟不是精准的科学。有一些凡人虽然接受了飞升仪式，但变成了瑕疵品或者怪物，被称为“巴凯”。仁慈的做法是尽快终结他们非人的痛苦。

无论是皇族、战士、奴隶、学者，恕瑞玛人都头顶着沙海中的烈日。对沙漠的认知、家族血缘的纽带，以及不会被历史遗忘的坚定决心，让恕瑞玛人在绵延百年的战乱中活了下来。

阿兹尔的陨落也宣告了帝国的分裂。每一个碎片都声称自己才是正统——无论是来自神赋、继承或者其他手段。正是这权力的纷争才近乎摧毁了恕瑞玛的人民。如今，每个自封的继承者，无论是否握有实权，都有一段传奇故事，讲述了为何只有自己才是合理的统治者，为何理应享尽荣华富贵。

每个恕瑞玛人都知道他们的帝国曾经是世界上最伟大的……但对于那些给外人运沙赚取微薄酬劳的人来说，这份遥远的荣光则喜忧参半。虽然如此，每当他们在运输淡水、挖掘水渠或者从事其他卑微的劳动时，都会回忆那个遥远的黄金年代。

血中沙

外来人眼中的恕瑞玛只有废墟，而这里的商人却看到了机遇。从刺探古墓寻得的远古圣物，到魔法潜能不可估量的鸣音水晶，这些商人精打细算、锱铢必较。面对那些被沙漠的财富吸引、蜂拥而至的异国探险家，他们非常清楚该收取怎样的费用。

在恕瑞玛灼灼烈日下，稍有不慎就会面临灭顶之灾，然而这群坚强的牧民斥候却把大塞沙漠当作家园。他们为皮尔特沃夫的探险队或者诺克萨斯的密探充当向导，穿梭于一个个孤零零的聚落和绿洲之间。

从乌泽里斯出发的探险队可能已经全数殒命。

通往

纳施拉美的总督和总督夫人

恕瑞玛和诺克萨斯贵族之间的通婚曾经是为了政治上的便利性，因为这个方式的效果往往好过任何将军的声明或者不朽堡垒发来的一纸空文。

遗忘宝藏

阿兹尔驾崩以后，恕瑞玛彻底变了模样。南面的可哈丽塞和枯朽的艾卡西亚开始侵蚀那些葱郁的山野，逼迫人们四处迁徙，不断寻找水源。

恕瑞玛的人口数量连年锐减。游牧生活十分艰难，人的寿命也十分短暂。远方的世界奇观无数，但有幸见证的恕瑞玛人却越来越少。

贸易和旅行变成了一种生活方式。帝国麾下的古老王国都已不复存在，大河以北的一切都被大塞的流沙吞没。游牧民的车队不得不承担起责任，维护散落各地的聚落之间的路标。

另外，随着遥远异乡的探险家前来寻找恕瑞玛失落的财富，一些恕瑞玛人为了赚取外国人的黄金而满心欢喜地成为他们的向导。恕瑞玛北部的许多港口和城市都自愿投靠了不断扩张的诺克萨斯帝国。这些定居点的原住民与诺克萨斯侨民和平共处，他们知道，以食物交换和贸易特惠待遇为代价，换回的是更可贵的对抗劫掠者的军事保护。

大塞

从南方的荒原，到号称“无尽平原”的法拉杰塞，恕瑞玛的沙漠除了干旱的气候之外，还有许多其他危险。虽然大多数贸易站点可以自行制定他们的习俗和法律，但只要走出了当地执法者的掌控范围，就没有了任何安全保障，商人要是掉以轻心，通常都无法在荒原上存活太久。

索昂萨沙瀑

黄沙的潮涌在岩石间凿出了通路，飞泻而下。根据传统，恕瑞玛人会来到这里，将心爱之物扔进沙流，当作献给飞升者的礼物。

于是，沙瀑也就成了拾荒者和寻宝者的乐园，虽然危险，但收获丰厚。

对于凶猛的掠食者来说，绿洲和人类的聚落就是猎物的聚集地，而在沙漠的最深处还潜藏着一些真正致命的生物——剧毒的蜘蛛、盲眼的沙地蛇以及不属于这个世界的“艾克塞”。

斯卡拉什是一种耐力极强的驮兽，非常适应恕瑞玛的严酷环境。虽然它们暴躁难驯的性格众所周知，但却仍然受到当地人的极大崇敬。它们的毛皮上画着护体的神圣符记，犄角上挂着图腾和护身符——拥有一只斯卡拉什往往意味着繁荣兴旺。

在永恒烈日下求生

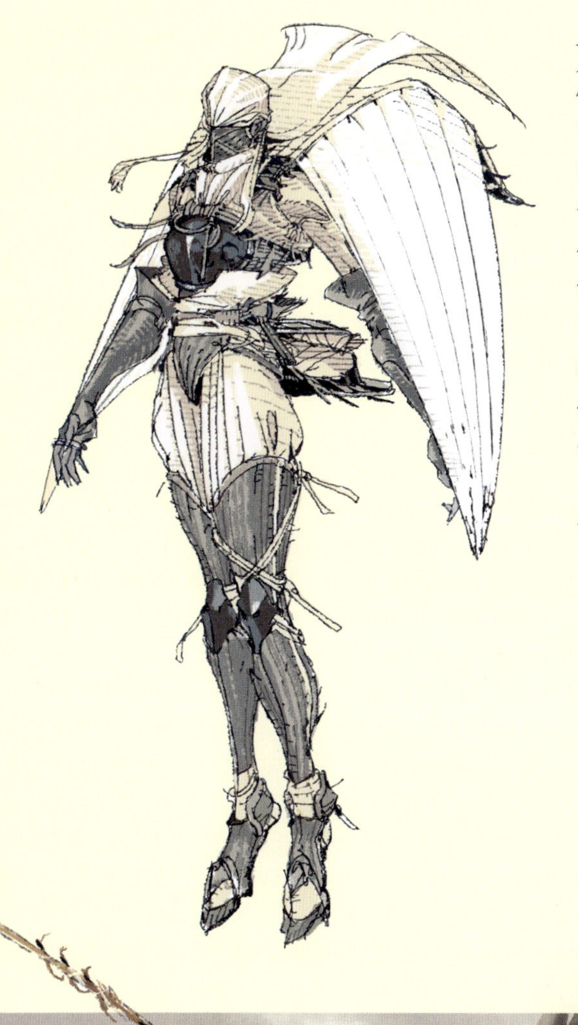

恕瑞玛强盗团的生存不靠贸易，全靠暴力。这些由掠夺者组成的团队经常会伪装后混入环境中，引诱没有防备的旅行者踏入陷阱，然后杀人越货，极少数情况下还可能吃掉他们。

这支强盗团自称沙喀尔，以身手敏捷、冷血残暴著称。他们装备有加固的骨质护板和长柄武器，以恐怖的速度冲向目标猎物，冲锋的同时还会号叫着发出战吼。

予你水和阴凉

作者：格雷厄姆·麦克尼尔（GRAHAM MCNEILL）

自打可哈蕊记事以来，这还是第一次看到这条街上长出了花儿。这条街从塞可哈尔的城镇广场起始，一直延伸到“切口”，当地人称之为“尘埃之路”。不过可哈蕊的摆摆说，很久以前这条路叫“水路”。但那还是在摆摆出生以前，而且是在摆摆的摆摆出生以前，甚至还要更久以前的事了。对于可哈蕊这样只有八夏的小女孩来说，那和织母最初纺出世界的时代没什么区别。

她带着一只黏土做的水碗，碗口有一道难看的裂痕像蛇一样蜿蜒，碗身胡乱补着几团凝固的树胶。侧面画着矢车菊的蓝色花纹，碗底用珐琅釉装饰了一个太阳圆盘。每当碗里盛满了洞井里的泥沙水，透过表面的波纹似乎就能看到碗底的太阳在跳舞。

但如今河水又回来了，“切口”也已经不再是那条绕过镇子的干枯石渠。现在这里有水在流淌，而且不是那种混着沙砾、喝进嘴里会硌牙的井水。清澈的水如同吹制好的玻璃，绝不会让人喝了就忍不住想吐。

每到夜里，老人们聚到一起抽烟斗的时候，他们会悄悄地说鹰父将他的城市从沙漠之下托起，才让河水重新流淌。他们还说有大批朝圣者涌向了那座金色的城市，但老人们说话时紧锁的眉头和把她赶走时的严厉声调让可哈蕊想不通，他们究竟认为这是一件好事还是坏事？

可哈蕊停下脚步，嗅起了花香。喇叭形的花朵由一片片细长的椭圆花瓣组成，奶与蜜的颜色相间。摆摆管这种花叫星簇，说它和河水一样已经消失了很久，摆摆还在可哈蕊这个年纪的时候就再没见过这种花了。可哈蕊喜欢这股浓郁的香味，不过辛辣的花粉让她突然想打喷嚏。她紧闭双眼想要憋回去，先把头扭向日出方向，再扭向日落的方向。摆摆说在正午之前打喷嚏会倒霉——她是可哈蕊认识的最老的人，所以她说的肯定没错。

想打喷嚏的冲动总算忍过去了，可哈蕊睁开眼睛就看到了马扎伊萨，她正从自己家走过来，那座饱晒阳光的砖瓦房门口长出了许多绿叶植物。现在想躲开她已经太迟了。这位老太太知道镇上所有的小道消息，要是马扎伊萨拉着你聊天，不到日落你都走不掉，但至少你可以了解到镇上每个人的往来行踪。

“予你水和阴凉，可哈蕊，”马扎伊萨对她喊，“安禾的孩子能见阳光了吗？”

“还没呢，马扎伊萨，”可哈蕊说着举起了碗，“摆摆叫我去打干净的水！”

伊萨点了点头，指着切口的方向。“一定要从河里舀清凉的水，孩子！新生命不该沐浴着脏井水迎接太阳！”

“是，马扎伊萨。”可哈蕊心里暗自庆幸伊萨把她放走。

她继续沿着路蹦跳着前进，沿着城镇边缘蜿蜒的小径走着。其实她很高兴可以不用听到安禾分娩时的尖叫，所以她开开心心地拿上摆摆崩了口的碗跑去河边。

河。她依然不习惯这个词。

已经有许多代人不曾见过河水流经塞可哈尔了，最多也就是在云季当中的几周时间里，南边高耸的山脉顶端下雨的时候。那时雨水会聚成短暂的洪流冲到切口，但这股水流从未长久过。云季过后，塞可哈尔的人就又只能喝那种尝着像吃铁一样的洞井水了。

最初河流开始干涸的时候，塞可哈尔的居民固执地选择了留下，没有去寻找其他的水源。先民们选择了留在山里，但如今已经没人记得他们决定留下的原因。

可哈蕊走出了镇子的基岩边缘，沿着

歪歪扭扭的小路往河边去。曾经，这条路上平整地铺着玻璃砖，本身就像一条河，但现在只有寥寥几块蓝色还依稀可见。走出了城镇的影子，太阳就像一轮炙热的金色圆盘，现在正在最高点。可哈蕊盼着快点到达凉爽的河岸。

从这里已经能清楚地看到河流——一条美妙的银色缎带，沿山奔涌而下，清澈、凉爽、没有异味。两岸布满了新绿：山莓树丛、金合欢树苗，还有色彩绚丽的野花丛。

在河对岸，远空中的云朵汇聚在巨大的山脉顶端。山的另一头就是恕瑞玛大陆的西海岸，而北方和东方则是一望无际的黄沙。沙龙卷在沙丘上跳跃，吹出奇怪的图案，就像是一只沙泳兽在寻觅藏在地下的昆虫。

她一手遮住太阳，河边有一个金色的东西反射着强烈的阳光。太亮了看不清，而且中间还有新长出来的棕榈树枝遮挡。那是什么东西？

一头游荡的斯卡拉什？游牧的沙喀尔强盗？

或者是从山上的某座古墓里冲刷下来的宝藏？在可哈蕊三夏的时候，她父亲曾找到过一把金色的匕首。当时它一半埋在河泥里，一半露在外面，握柄非常大，几乎是一把剑。没人知道它的来历，但即使是过了许多年它也没有变钝或者生锈。

爸爸从来都觉得，这是一位天神战士的武器。

老人们聊起过古代的天神战士。他们是身形巨大的人兽混合体，曾经率领着古恕瑞玛的军队。据说远古的战争摧毁了他们，而遗留下来的东西则被封印在失落的古墓中，由咒语和怪物把守。宝藏猎人、拾荒者和盗墓贼会穿越恕瑞玛滚烫的沙漠，试图寻找这些财富。老人说在逝者安息之地寻宝会招致灾祸，但可哈蕊更小的时候一直把自己想象成一名勇敢的冒险家。

直到她的父亲对她说，世上有发了财的寻宝人，也有年纪大的寻宝人，但没有又富裕又年老的寻宝人。

她继续往河流的方向走，经过了一片野花丛。这里的花瓣是鲜艳的蓝色和深红色。花粉团腾空而起，飞来飞去的昆虫发出慵懒的嗡嗡声，她也跟着一起哼唱起来。哗啦啦的水声越来越近了，她深吸一口气，嗅到了清冽的水汽和温润的花香。

她来到一片宽敞的空地，这是被塞可哈尔运水人踩出来的平地，可哈蕊驻足片刻欣赏眼前的美景。她脑子里已经完全忘了被山洪冲下来的什么宝藏，只剩下眼前这条秀美的河流。

所谓的切口其实是一条大概五十尺宽的石头沟，没水的时候有十尺深。塞可哈尔的孩童们来玩的时候会躲在底下乘凉，但现在这里已经没有阴凉了，因为切口已经被流淌的河水填满，浪花就像高山上流下的液体白银。河流拍打着岸边红色的岩石，卷起无尽的漩涡。镖蜓在水面上飞掠，可哈蕊能感受到水雾凝结在她褐色皮肤的手臂上。

她单膝跪在岸边，把碗放到一旁，然后双臂扑进了河里。在这样炎热的一天里，凉爽的感觉太好了。可哈蕊用手舀起一捧水喝了一大口……和洞井水完全不同的味道。

这一定是国王和天神才能喝到的水。

解了渴，她把碗放进水里，然后咯咯笑着把水浇到自己头上，冰凉的感觉让她大抽一口气。她又舀了一碗水从头浇到脚，如此奢侈的行为在几年前根本不敢想，现在则让她开心地大笑。

“神清气爽，对吧？”一个深沉的声音沿着河岸传来。

可哈蕊吓了一跳，手里一松，就在水碗快要摔到地上时才勉强接住。她长舒了一口气。上个夏天她就摔过这只碗，当时她没有承认错误而是想要掩盖，把摆摆给气坏了。

她不耐烦地抬起头，又在河岸边高高的草丛之间看到了刚才的金色闪光。

“谁啊？”她的语气硬邦邦的，“你害得我差点又把摆摆的碗摔碎了。如果这次彻底粘不好，我就说是你摔的。然后你就等着挨罚吧。”

“抱歉，孩子，”那个声音说，“我不是故意要吓着你的。”

可哈蕊轻轻地把碗放到地上，然后望向草丛。

“你谁啊？”她问道。

草丛向两侧分开，一个蹲伏其中的身影高高站起，可哈蕊惊得倒抽一口气。

这个身影从头到脚都覆盖着金色的战甲，胸甲正中镶着一块精致的宝石，透着春日苍穹的颜色。他比镇上的打铁人卡迪杜还高，而人人都说卡迪杜算得上半飞升者。眼前这位战士的护肩外形像一对翅膀，还挂着褐色的披风和镶金边的深红飘带。

她看不见他的脸，只能看见鹰嘴和翅膀形状的头盔，但他的双眼却像初升的太阳一样燃着白光。她知道自己应该惧怕这个战士，显然这是个危险人物，而且她也能感受到盔甲之下暗藏的可怕力量。但他的谈吐并无威胁性，他的行为也没有让她感到害怕的理由。

这个时候可哈蕊才意识到，他粗壮的双腿并不属于人类，而是像猎鹰一样有着反向的关节。他一只手湿漉漉的，还挂着河水，另一只手里则握着一根巨大的权杖，耀眼的金色长杆顶端装着厚重的枪头。

“你穿这么多盔甲，不热吗？”她问。

那双犹如太阳般灼人的双眼眯成了一条缝。他把头扭向一边，试探地回答她。

“应该是热的吧，”他的声音浑厚，带着一种没听过的口音，“但是，我已经不像从前那样会感觉到热了。”

“为什么？”

“太阳祭司重塑了我的身体，”他说，“他们的火焰让我的肉体更强壮，而且刀枪不入。我变成了某种全新的存在，即使是我自己也无法完全理解。”

“那你是……飞升者吗？”可哈蕊问，“我听说过你们。摆摆经常讲飞升者的故事。她说你们曾经是人，后来变成了怪物，开始自相残杀。”

“我们称自己为天神战士，”他的语气里带着哀伤，“但或许，称作怪物反而更准确。”

可哈蕊望了一眼河对面，对岸草丛的另一侧有动静。有那么一刹那，像是人影在沙丘之间移动。但她用手搭起凉棚一张望，又不见了，仿佛沉进了黄沙。

“其实，我已经没有任何一丝从前的感觉了。”他一边说，一边蹲在河边，再次让河水调皮地流过他的指缝。

“你来这做什么？”可哈蕊问，“你是来找什么古墓的吗？”

“古墓？”他差点被逗笑，“不，小姑娘，我不是来寻宝的。”

“我不叫‘小姑娘’，”她说，“我是可哈蕊，我马上就要九夏了。”

“予你水和阴凉。”

“也予你水和阴凉，”可哈蕊说，“既然不找古墓，那你来做什么？”

穿盔甲的人看着河流，他的倒影在水面上随着波纹破碎起舞。

“思考。”他最后答道。

“有的时候我也会思考，”可哈蕊说，“好像河水回来以后，人们更容易思考开心的事了。你在思考什么呢？”

“许多事，”阿兹尔重重叹了口气说，“但没一件是开心的，塞可哈尔的可哈蕊。”

“等等，你知道塞可哈尔？”

他点点头说：“我确实知道，可哈蕊。曾经它还只是河边的几座茅草房。后来它变成了一座小镇，我还曾客游此处。”

“那你肯定很老了。”可哈蕊说。

他笑了：“是的，我很老了。你怎么会不认识我？虽然距离我上次巡视领土已经过去了很久，但有人告诉我人们还没有忘记我的名字。”

“那你到底是谁？”

“我是阿兹尔，太阳的宠儿，恕瑞玛的皇帝。”

“你是鹰父……”

“没错。”阿兹尔说，这时可哈蕊又看到河对岸有更多影子在动。

她感觉脚下有动静，低头一看，凉鞋周围的沙子像水一样泛起了涟漪。再一抬头，她感觉隔着高高的草丛似乎看到了另一个身影，但看过去的同时只听得一阵沙尘流淌的声音，人影不见了。

“有人和你一起来的吗？”可哈蕊问。

“我是皇帝，”阿兹尔说，“皇帝很少独自出行。”

“你真的把你的城市从沙漠底下升起来了吗？”

“是的，是我，而且付出了很大代价。”

“看起来是什么样的？”

“那是一座充满奇迹和魔力的金色城市，”阿兹尔说着，举起一只手，让河水顺着他鹰爪般的手指向下流淌，“它的崛起让河流重返恕瑞玛。这条支流重新流淌，皆因我让它流淌。”

可哈蕊的妈妈教过她要懂礼貌，“谢谢你。我们以前只能靠洞井水，脏死了。又红又浑，还全是沙子。这条河水好喝多了。我就是来打清水的。我表姐安禾要生孩子了，所以摆摆派我来河边打清水。”

她转过身舀起一碗水。

“且慢，留步。”她刚要转身离开，阿兹尔叫住了她。

“我……真的得回去了，”她说，“小宝宝随时可能会出生的。”

“我可以命令你留在这儿。”阿兹尔说。

“那我就必须留在这了吗？”

“你的皇帝下了命令，你就必须服从。”

“你是我的皇帝吗？”

阿兹尔蹲下来，将一只鹰爪般的手轻轻放在她肩膀上。他的皮肤有一股畜禽身上的气味，就像刚剥下来还没鞣制的生皮。他的尖爪抠进了她的皮肤，力道足以断铁碎石。

虽然手上用力，但她依然没有感觉到他的威胁，只有一种奇怪的孤独感。

“我是你的皇帝。”他说。

“那好吧，我留下，”可哈蕊说，“但你要去跟摆摆说，是你让我留下的。”

“这就不必了。”他说。

“你是不知道我摆摆有多厉害。”可哈蕊回头望向山上的小镇。

炊烟袅袅，不知载着谁家晚餐的肉味。鸣吠殷殷，应和着卡迪杜铁砧上的铿锵。有人正吟唱着古老的寻水谣。可哈蕊想到家里即将迎来新成员，不禁微笑起来。

“和我说说，你对塞可哈尔的历史知道多少？”阿兹尔问道，“你知道它的特别之处吗？”

“特别之处？有吗？”可哈蕊说，“我觉得并不特别。这里从来都没出过大事。摆摆说这座镇子已经存在了好几百年，但所有精彩的故事都发生在很远的地方。”

“你错了，”阿兹尔说，“最精彩的故事就是我们眼前的经历，只是我们当时没有觉察。这座镇上发生过很重要的事，就在它扩建后不久。”

可哈蕊来了兴趣。“真的吗？发生了什么？”

“塞可哈尔是泽拉斯的出生地。”

“谁？”她问道。

一群钩吻鸭飞过河流，可哈蕊又从河里舀出一碗水泼到自己脸上。气温升高了，太阳现在正好直射着大地。

阿兹尔在期待她的反应。

“这个名字，对你没有任何意义吗？”他问。

她摇了摇头：“是你的朋友？”

阿兹尔转身望向沙漠。她觉察到他紧张起来了，仿佛弓弦即将崩断。沙子又开始变换形状，可哈蕊这次看见了人影的数量。有数十个，也许更多。她不自觉地后撤一步踩进了浅水，终于感觉到恐惧压上来。阿兹尔细长的爪子再次将她抓住，刺透了她单薄的外衣。

“你弄疼我了。”她说完，他就立刻放开了手。

“说实话，这名字对你没有任何意义吗？”

“对不起，没有。”

阿兹尔单膝着地，仿佛突然被沉重的负担压倒。他手杖一挥，扫过那片无垠的荒凉，直至看不见的地平线之外，那片热气噬人、石兽潜沙的地方。

“这一切，”阿兹尔疲惫地说，“都是他的杰作。他被野心和仇恨所鼓动，在我最辉煌的时刻背叛了我。至少我是这样告诉自己的。事实则是，他在我最自负、最盲目的时候，痛下杀手。”

“我不明白你在说什么。”可哈蕊说。

“是啊，料你也不明白，”阿兹尔说，“时间让恕瑞玛面目全非，抹除了所有成败兴衰，只留下了传说。新的恕瑞玛人将我们往昔的伟大经历编成了故事讲给孩子们听，他们觉得那个时代已经一去不返。你可知道，我的帝国曾横跨整个大陆，疆域的边界只有海洋？你可曾听说过东方丛林中的黄金哨所？六十名总督将贡税和勇士送至都城，财富像黄金的江河一样流入国库。恕瑞玛帝国有上百种语言，不同文化的美术和音乐数不胜数。”

阿兹尔沉默片刻，抬头望向塞可哈尔。可哈蕊看不到他头盔之下的表情，但那双苍白的眼睛燃起冰冷的火，他再度开口。

“但那是建立在奴隶血汗上的帝国。军队的俘虏、犯法的罪人，或是世袭的名分，都同样是奴隶。我们的帝国以残酷为乐，奴隶只能使用主人赐予的名字。我们剥削他们的血汗，却报答以痛苦。我们压榨他们的身体，直到他们力竭。当我们觉得已经物尽其用，就把他们丢弃。”

“泽拉斯是奴隶吗？”

阿兹尔点点头：“是的。他是在西北边的奈瑞玛桀被雷克顿的大军俘虏的，但这里是他出生的地方。我第一次见到他是在先父都城的大图书馆，我们很快就发现了历史和数学方面的共同爱好。因为王室血统的我不能与奴隶交好，所以我们只能私下碰面。我们一起长大，一起翻遍了图书馆的卷轴和书籍。在我成为皇帝以后，他带我来到了这里。我们当时就躺在这条河边仰望星空，与孩提时一样。”

“听上去你也没有很残酷嘛，”可哈蕊说，“听起来你们是朋友。”

“我也曾相信我们是朋友，甚至他可能也曾这样想过，”阿兹尔说，“但我生自皇室，还拥有其他奴隶，我起初对他们并不和善。所以泽拉斯知道，我们在一起的每一刻，他的性命都在我手里。我只要一个不顺心就可以杀了他，他自己也心知肚明。虽然我永远都不会动这个念头，但对他来说那不重要。他是奴隶，我们的友谊永远不可能对等。”

“他后来怎么了？”

阿兹尔笑了，可哈蕊觉得这笑声苦涩又空洞。

“就在我自以为是的皇帝梦逐渐成真的时候，泽拉斯的野心越发膨胀，他的无情也一起增长。我早就知道，一清二楚，但他的阴谋是在为我铺就登基之路……所以我选择了无视。”

阿兹尔起身，将权杖插在身旁的地上。他的盔甲闪着阳光，虽然犹如铁塔般高耸在可哈蕊面前，但这时的他似乎突然缩小了。

“在我飞升仪式的那天，就在我打算解放恕瑞玛所有奴隶的时候，他背叛了我。他将我投进了死亡之火，而他自己则取代了我在太阳圆盘上的位置，打算盗走我的神格。我本应在那天飞升，结果恕瑞玛却在那天陨落。灾难席卷了大地，统治了已知世界上千年的帝国眨眼间灰飞烟灭，可怕的大灾变让大地变成废土，蒸干了河流与湖泊。”

“所以恕瑞玛变才成了沙漠？”

阿兹尔点点头。

“我还挺替他难过的。”可哈蕊说。

“替泽拉斯？”

“对啊。你看，虽然背叛你是他不对，但他心里怎么可能舒服呢？他是奴隶，时时刻刻都要听你的，否则就活不了了。”

她能感受到他的愤怒，但不知道是对她、对泽拉斯，还是对他自己。

“幼稚小儿，”他厉声说道，“我已经跟你缠夹太久。是时候完成此行的目的了。”

皇帝挺直了身，可哈蕊连连后退，面对他突然投来的凝视害怕起来。

“什么目的？”她叫了起来，“你要干什么？”

“在风中、在水里、在地上，我感受到你的存在，”阿兹尔说道，但可哈蕊知道他只是在对一个幽灵讲话。“我站在维考拉的废墟，那是我母亲的城市，如今已是破败不堪、尸横遍野的残垣断壁，而我感受到你邪恶的魔法。在无形的湮灭中度过的时光，在崛起后的这些年岁，我都没有虚度，我的兄弟。太阳每次升起，我的力量都在增长；大地正在复苏，而我也获得了重生。但只要你还活着，世界便没有未来，所以我将用太阳的烈焰，把你从黑暗的藏身处引出来。”

权杖的枪尖迸发出金光，刺得可哈蕊无法直视。逼人的高温让她不得不后退了一步。她看向河对面，那里的黄沙再次改变形态，之前她看到的那些人影终于现出了真面目。

沙粒汇聚成高大威武的战士，穿着和他们的主人风格相近的盔甲，但全部都由黄沙构成。数百名战士齐头并进，黄沙不断从他们的战甲中泻出。他们的步伐整齐划一，任何人类士兵都不可能达到。他们手持长矛，锋刃上除了有构成他们身体的黄沙，还点缀着闪闪晶芒。

看到他们，可哈蕊感觉肚子里拧成了一个死疙瘩。

脚下的土地出现裂口，她匆忙跳开。可怕的沙兵纷纷破土而出。他们带着地底深处的腐臭，腾起干燥的尘土，就像风吹过沙丘时揭露的骸骨和破布。

他们像被风吹起的沙墙一样，排成一行行，齐头并进，上坡走向塞可哈尔，每一步都带着杀意。

这些不是保护至亲或捍卫弱者的战士，而是可怕的杀戮魔法，他们唯一的目的就是破坏。可哈蕊曾听老人讲过发生在远方的可怕战争。然而那些故事再恐怖，她也知道作战的双方都是心底还存有一丝善意的凡人。

而这些没有意识、没有灵魂的战士根本不会。

“你要干什么？”可哈蕊大声问道，“他们要去哪？”

阿兹尔俯视着她，仿佛在纠结是否要回答她。

“只要过去还束缚着我，我就无法重新建立恕瑞玛。”阿兹尔说，“泽拉斯必须死，这样我才能继续前进。我要肃清他在这片土地上的痕迹，无论是根源还是支系，所以没什么地方比这里更合适了——这个毒种诞生的地方。”

“你要毁掉我的家乡，就因为泽拉斯出生在这里？”

皇帝颔首：“正是如此。”

他从她身边走过，迈着缓慢、庄重的步伐走上沙坡。

可哈蕊肚子里的疙瘩像蛇一样自行扭开。恐惧蔓延，她感觉喉咙里泛起辛辣的胆汁，不禁一阵干呕。那条蛇在她身体中肆意横行，似乎用毒液麻痹了她。

摆摆说遇到蛇该怎么办？

踩上去，使劲踩。对准头的后面，让它的毒牙咬不到你！

摆摆的话在一次心跳的工夫里偷走了可哈蕊的恐惧，愤怒的火焰烧走了她肚子里的蛇。她面向阿兹尔，将身上唯一的东西扔了过去。

那只碗划过空中，砸在他的脑后。蓝色、红色和金色的碎片散落在他脚下。阿兹尔转身面对她，沙兵大军也一齐转过来，他们手中的长矛对准了她的心脏。

“比这更小的过错，曾经害死过一整个部落，小姑娘。”他说。

可哈蕊被自己吓得目瞪口呆。水碗的碎片让她想起，让摆摆最伤心的是谎言，而不是一只碎碗。她看着地上的碎片，抬起目光看向阿兹尔，突然有了一个念头。

“你是怎么回来的？”她问。

他愣了一下，可哈蕊自己也是一愣——她不知道这个问题是从哪冒出来的，但她知道这很重要。沙兵在向塞可哈尔进军的路上停了下来，她思绪万千，努力思索如何还能拖延得更久。

“你说泽拉斯杀了你，”可哈蕊说，“把你推进了火里，对吧？那你是怎么回来的呢？你现在为什么又活了过来？”

起初，她以为他不会回答，以为他在水边的自省时刻已经结束了。但随后他眼中的冷焰开始动摇，她能感觉到曾经的那个凡人依然在那双眼眸后面。

“吾血之血让我回归，”他最后还是开口了，“黄沙的女儿，相去数百年。她也同样遭到了背叛，被遗弃于弥留之际。她的血浸湿了我死后的黄沙，让我成为沙尘的幻影回归于世。”

“但你现在已经不是幻影了，对吧？沙尘什么的。”

“我是飞升者。”

“发生了什么？你是怎么从沙尘变成……这样的？”

“我……她……”

“你救了她，对不对？你回到世上以后，反正救了她。”

阿兹尔向她迈出一步，金甲的杀手笼罩在她头顶。“你怎么会知道？”

可哈蕊深吸一口气，嗅到了他心中的炽热和狂怒，但同时也嗅到了他的灵魂，那个在图书馆里与奴隶男孩交上了朋友，又因朋友的背叛而饱受煎熬的灵魂。

“因为我就会这样啊，”可哈蕊说，“你看到她需要帮助，所以就帮了她，不是吗？”

阿兹尔缓缓点头。“她奄奄一息，所以我把她带到了黎明绿洲，”他说，“那里早已枯竭，但我每向它迈进一步，都有清澈的水从脚下涌出。我把她放进去，清水浸润，让她活了过来。而在她睁开双眼的同时，太阳的力量将我托起，用它的烈焰拥抱了我、复苏了我。它燃尽了我的旧身，将我重铸为某种新的存在，比我之前任何时候都更伟大的存在。”

“这就对了！你还没发现吗？”

“发现什么？”

“你能够复活，是因为你看到有人受了伤，吃了苦，”可哈蕊说，“我敢说，如果你把她留在那等死，什么都不做，你现在肯定还是一个废墟里的鬼魂。”

阿兹尔看了看他的沙兵，他们依然将矛头指向可哈蕊。

“我牺牲了太多……”他说话的同时，可哈蕊弯腰捡起一块水碗的碎片。

“你看这个，”她举起一块锋利的碎片，“我上一个夏天的时候打碎了摆摆的碗。我没拿稳，结果边缘磕掉了一块。这是她最喜欢的碗，所以我把它粘了回去，希望没人注意到。我想瞒住自己做错的事情，但结果却更糟。”

可哈蕊站起来将碎片递给阿兹尔。

“以前做错的事情已经没办法了，但我们可以吸取教训呀，”她说，“把小镇毁掉可不是吸取教训，而是重复泽拉斯已经做错的事情。”

阿兹尔始终一言不发，过了很久。她看到他内心在抗争，周围的沙兵也在震颤，反映着他动荡的情绪。

他抬起头，用苍白的双眼凝视她。

“你的话很幼稚。”他说。

“你说过了。”

“但这一次不是贬义，”阿兹尔说，“我的意思是，你的话语没有掺杂贪婪、野心，或者关于命运的大道理。你在用一颗天真无邪的心说话。”

阿兹尔单膝跪下。她毫不动摇地迎上头盔里太阳般耀眼的目光。

“你有着超越自己年龄的智慧，塞可哈尔的可哈蕊。”他说。

“那你是不是能放过我的小镇了？”

“是的，可哈蕊，是这样。”

随着沙漏中沙粒流淌的声音，沙兵大军又沉进了沙丘之下。

可哈蕊叹出一口气，咬紧下嘴唇，欣慰的泪水差点溢出眼眶。

但她不想在皇帝面前哭出来，所以低下头把下巴抵在胸口。

阿兹尔扶起她的头，说：“你知道吗，你的眼睛和她一样，蓝色的，像一对蓝宝石。”

“谁的眼睛？”可哈蕊问。

阿兹尔没有回答，而是把摆摆的碗的碎片捧了起来。碎片在他手中翻转，可哈蕊惊讶地看到一股黄沙从阿兹尔脚下升腾到空中。

黄沙卷起了一场微型的沙暴，围着碎片打转。阿兹尔的双眼放出太阳般的光，双臂上蜿蜒爬过泛着金光的花纹。那束光织进了阿兹尔手上的沙尘旋涡，当尘埃落定，可哈蕊看到那只水碗完好如初。

倒也不完全和最初一模一样，而是变得更好了。碎片间的缝隙由蜿蜒的黄金弥合，散发出太阳的光芒。碗里的水无比清澈，像是盛着水晶。

“这是我给你的礼物，塞可哈尔的可哈蕊。”阿兹尔说着，将修复的水碗交给她，“为了答谢你赠给我的礼物。”

“什么礼物？”她问道，但阿兹尔没有回答。

他站直了身子，沿着河岸出发，向东方的沙漠走去。她目送他离开，不断地深呼吸，想要平复狂跳不止的心脏。

“谢谢你！”她对他的背影喊道。

但阿兹尔已经消失在了高草丛间。

在可哈蕊头顶的高空中，渺渺地传来了新生儿的初啼。

虚

伴着宇宙的诞生，一声尖叫宣示着虚空的开端。虚空代表着境界彼端某种不可知的虚无。它是一种不知餍足的饥饿。经过了亘古的等待，直到它的主人、神秘的监视者们发号施令，迎来最终的万物消解。

任何凡人如果被它的力量触碰，就意味着瞥见了永恒的虚幻。那不可思议的剧痛，足以让最强大的心智崩坏瓦解……

夫人：

我很高兴地得知，在此地外围绕行的商队提供了一些新消息。正如此前的报告中所提到的，这些生物似乎是"攫取"了现实世界。它们的个体从最初的抽象体——可能并不是原生物，形成了实体形状，然后凶猛地吞食周围的一切。如此深不可测的力量和饿意，如果让它们攻击我们的敌人，我简直无法想象会有怎样的结果。我会建议队长把前哨站迁到更靠近废墟的地方。

我依然是您的仆人。

夫人：

过去的四天，没有任何生物的动向。哨站营地里有许多人出现了轻微的头痛和畏光症状。一些人意识模糊，无法立刻想起自己的名字、军衔、亲人或此次探险的目标。感觉似乎会传染。

我依然是我。

其他人进入了废墟。

记忆。记忆？就像把水抓在手中。并非完全不愉快。不。不完全。这是我的双手吗？我做不到。很难想起。

必须对抗。对抗它。如果你放弃，它就会将你冲走。很好。被冲走。当我闭上双眼，闭上，双眼。没有了。

回去，去，现在回去。艾卡西亚在等我。

约德尔人的故乡究竟在何处，世间众说纷纭。不过，曾有凡人声称自己通过不可见的道路进入了精神领域深处的魔法国度。据说，在那片魔法肆意的地方，鲁莽的人会被无数的奇观带入歧途，永远迷失在梦境中……

据说，外人在班德尔城里会发觉自己所有的感官都会变得极其敏感。眼中所见无不色彩斑斓，口中之物让人经年沉醉，尝过一次就会终生难忘。这里日光溶溶，春水清冷，每一株植物都会结出累累硕果。这些描述或许有些属实，或许全是假的，因为每个人所讲述的见闻都与其他人不同。

只有一件事可以肯定，那就是班德尔城和里面的居民都具有某种超脱时间的属性，这或许可以解释为什么从那里回来的凡人全像是一夜苍老了许多，更多的人则根本是一去不返。

将印既现，无可逃遁。

致谢

故事编辑：Michael Haugen Wieske
世界观顾问：Laurie Goulding
编辑助理：Abigail Harvey, Thomas Cunningham, Laura Michet
叙事总监：Ariel Lawrence
监制：Omar Kendall, Ghiyom Turmel
艺术指导：Bridget O'Neill , Laura DeYoung
本地化顾问：Addie Sillyman, Petros Pantazis
首席设计师：Greg Street

特别感谢

拳头游戏中国团队及腾讯团队将这本书带给中国玩家
其中包括：王宇翔，谢楚聿，汤昱文，李志男，沈晓霞，夏丹，李洁娜，张弦，霍锦，卢泓宇等
所有为这本书提供帮助的人

图书策划　中信出版·先见
策划编辑　张飚
责任编辑　孙曙
营销编辑　王振栋
装帧设计　姚雅雯丨创意工场
内文标题字设计丨疾风剑豪·许诺
全文排版丨尹秋羡 姚雅雯

出版发行　中信出版集团股份有限公司
服务热线：400-600-8099　网上订购：zxcbs.tmall.com
官方微博：weibo.com/citicpub　官方微信：中信出版集团
官方网站：www.press.citic